遇邪記

司馬中原 著

遇邪記

目錄

七里墳的鬼話

「快甭哭，再哭，看不把你扔到七里墳去！」

在七里墳附近的那些村落裡，不管誰家的孩子，只要一張開嘴來號啕，大人們便用七里墳這三個字作爲恫嚇，奇怪的是：這三個字似乎比什麼「麻鬍子」更靈，一提到它，就像一張封住人嘴的爛膏藥，硬把那些號啕大哭的小嘴巴封住了，使他們立刻抽抽噎噎的噤了聲。

即使是再淘神再野性的孩子，也沒有不怕七里墳的。在荒遼的北方，窮鄉僻壤上，多的是這些群葬的亂塚堆，也有人把它叫做亂葬坑，或是亂葬崗子，大部份孤落的小村莊，簡直像被圍困在野鬼窩裡，——舉眼四看，窮荒漠漠的高天底下，村屋沒有墳頭多，活人沒有鬼魂多，就算在大白天的日頭底下，看看那些墳包，也會覺得渾身發冷，覺得身前身後，有些陰戚戚的鬼氣。

傳說這些亂塚堆，都是很久很久之前，就已經有了的，從沒有吃飽飯沒事幹的人，有心腸在附近的野天荒湖裡詳細數一數，看究竟有幾千幾百個墳頭，只怕連村頭上香煙不濟，餓癟了的土地老爺，也沒有精神去查這本鬼頭賬的了。

就拿我們住的村子來說罷，連頭連尾一共只有五戶人家，算人頭，總共不到二三十個人，大都是些光著屁股，挺著青筋浮凸冬瓜肚子的孩子，村前村後，村左村右，四邊都是一望無邊的大荒蕩子，灌木叢叢，蒿草淒淒的，一眼看過去，重重疊疊的都是墳頭，前面的亂塚，我們管它叫大亂葬坑，後面的亂塚，我們管它叫後亂葬坑，左邊臨近低窪的水澤的亂塚，我們管它叫棺材窪子，右邊的斜坡地上的亂塚，就叫做小鬼灘。

人住在鬼窩裡面，跟鬼的關係當然很近，平素聊天講話閒拉聒，三句有兩句離不了鬼，大人們說起那些鬼人鬼事來，一點兒也沒有什麼驚怪，平平淡淡的，好像某些長舌婦提起她隔壁的鄰居一樣。

差不多的孩子們，在聽得懂話的年歲，就都裝了一肚子奇奇怪怪的鬼故事，並且相信那些故事都是真實的，因爲那些故事發生的地點，都在家根附近，有時間，有地點，甚至還有好些還活在世上的證人，有些是親眼看見的，有些是叫鬼迷過的，有些是遭鬼戲弄過的，更有好些自誇他曾戲弄過鬼的，還有的交過鬼友，一道兒賭錢喝酒，有的遇上惡鬼作祟，害過一場幾幾乎送命的大病，真是形形色色，不一而足。

當時我曾迷迷惘惘的想過：要是附近沒有這許多群鬼聚居的亂葬崗子，沒有這許多鬼的故事，人們只怕活得更孤單，更寂寞了。那些年的年成很荒亂，兵來馬去，平民百姓人家活得更爲艱難，有些大人在忍飢受餓，遭上災劫的時刻，也不哭，也不喊，只像煙一樣的飄出一聲嘆息，沉沉的說：

「人間世上，活著受苦受難，一點意味都沒有，真的，這樣熬下去，還不如死到亂葬坑做鬼去呢！」

實在的，那些大人們在受苦受難的時刻，也會說鬼有鬼的好處，不是嗎？人佔白晝鬼佔夜，一天十二個時辰，人和鬼扯平了分，人靠兩腿走路，磨磨蹭蹭，鬼走路只靠一陣旋風，又快又輕靈；就算是一個孤魂野鬼罷，也沒有什麼好牽掛、好憂愁的。他們不會愁水澇荒旱，愁田地裡頭歉收成，不會愁夜晚的強人攔路劫財、牽牛抱被，不會愁一家大小的冷凍飢寒，那一張張嗷嗷的餓嘴。他們餓了，張嘴喝兩口西北風，渴了，扒在墳頭野草上啜幾滴露水，生前的百般苦楚受盡了，算是還清了人間的債，死後樂得悠閒，夜來晚上，拎著碧綠的鬼火燈籠去串串門子，唧唧啾啾的閒說些鬼話，大白天回墳去呼呼大睡，蓄養精神等著天黑。

也許死在亂葬坑裡做鬼，真的有這種無愁無慮的樂趣，要不然，墳頭怎會多過人頭？鬼的世界愈來愈興旺，人的世界卻愈來愈冷落呢？……也許那些成年人想得遠，看得透，也許他們求活的心，被世上輪番不斷的水旱刀兵磨蝕了，他們才把世上看得那麼無望、那麼灰沉罷？他們不但不怕鬼，反而掉過頭來，羨慕做鬼的了。

至少，我們這群做孩子的，想法跟他們不太一樣。

直截了當的說一句：我們喜歡做人，害怕做鬼！我們年紀輕得很，未來的日子比樹上的葉子還多，總想著，荒亂不能亂一輩子，好日子還在後邊等著我們呢！

我們怕鬼，也許就因爲不願意做鬼。因此，鬼故事聽得越多，心裡越叫壓迫得透不過氣來，也越怕那些看來平淡無奇的亂塚堆了。

在北方長大的鄉野上的孩子們，沒有誰沒聽過一大堆關於亂葬坑的故事，這裡或那裡，有許多故事大體上都是相同的，只不過換了人名地名，在故事發生的情節上略有一點兒出入罷了。至於故事生動不生動，那全得看講說它們的會講不會講，同樣一樁事情，會講的能講得有聲有色，那不會講的，只有三言兩語。

儘管每座亂葬坑都留下不少的鬼故事，但是，座落在南大荒叉河口的七里墳，卻是怪異傳說最多的一個地方，如果說我們村落左近的亂葬坑子算是鬼村，那麼，七里墳那一帶，就該算是鬼市了。

七里墳是個地名，也可以顧名思義，推想出那是怎樣的一個地方——三里寬，七里長，迤邐不斷的都是叢塚，正像是三國演義上劉皇叔伐東吳時所紮下七百里聯營，不過，那裡再沒有撼搖過久遠歷史的雄兵，而是許許多多鬼魂，在不見人煙的南大荒中間，極其神秘的活動著。

早在我還沒去過七里墳之前，就常聽村落裡的人講說它了。我還記得頭一次聽他們講說七里墳鬧鬼的事情時，是在一個燠熱無風的夏天的夜晚，幾個閒聊天的大人坐在打麥場角的幾棵大柳樹樹蔭底下，吱呀吱的吸著葉子煙，我們幾個孩子圍坐在一邊的碾盤上，彼此挨靠著，出神的聽。

天上積著些飽蘊雨意的碎塊黑雲，擋住了月亮，不讓它露出臉，偶爾在雲塊的裂隙裡，看得見一兩顆似有還無、遠得飄渺的星粒子。四野沒有什麼風，那些長長的柳條兒都在溫寂沉遲的黯色裡，影影綽綽的直垂著，空氣裡留著一股凝結的鬱熱，只有幾隻煙桿頭上，不時閃動著幾點微弱的紅火亮，一隻燃著了垂在樹枒間的火絨繩兒的紅火亮，依稀照映出這一圈兒的人臉的輪廓。

偶爾也有一些旱閃的光，在遠天抖動，一些飛舞的火螢兒落在柳葉上。

總之，那是個很適合談鬼的夜晚。

「昨天我路過丁頭屋的私塾館，館裡的老董先生的那匹青驢死掉了，老董先生也叫鬼嚇出病來，董奶奶要買些香燭，去七里墳他遇鬼的地方燒一燒，那老古董還不肯向惡鬼低頭呢！」

談鬼的話匣子，是長工老喬先扯開的，緊接著，手摸茶壺的加農大伯就問了：

「這又是怎麼一回事？又是七里墳那鬼地方鬧出來的亂子。」

「怎麼回事?還不是老古董太迂板，不肯聽人的勸，」老喬說：「教書先生，老脾氣拗起來，直如一條牛，人怎麼勸他，他也不肯聽的。……我早就跟他說過，七里墳那座亂葬崗子，埋的多半是沒名沒姓的凶死鬼，連土地廟裡的紙錢都敢搶的，要他小心點兒，把那兒當做老虎出沒的景陽崗，千萬不要摸黑走夜路穿過七里墳，哪怕你為人再正經呢，鬼不到塾館來找你已經夠了，你怎能半夜三更的騎著青驢直闖鬼窩，遇著鬼，嚇出病，怎樣也不能怪那鬼不好，全是自找的。」

「嗨，孔老夫子說的不錯，敬鬼神而遠之！」加農大伯唸過幾年古書，說話就有些搖頭晃腦，彷彿他那大斑頂的葫蘆腦袋裡裝的玩意兒總要比旁人多些，他立即同意老喬的話說：「老董先生，委實不該去沖犯惡鬼的。」

「這個鬼倒還不算甚惡，他並沒有追魂索命似的對待老古董，只是先開了他一個玩笑，後來……後來翻了臉，粗聲嗓氣的反訓了老古董一頓，——因爲老古董教書教了大半輩子，從沒被旁人訓過，一向都是板起臉，拍著戒方訓人的……」老喬抹抹沾在煙袋嘴兒上的口涎，乾咳幾聲，吐出一口痰來說：「依我看，老古董不一定是嚇病了的，八成是氣病了的，我臨走，還聽他擂著床在喊叫說：我這私塾還能教嗎？——人沒批斷我，鬼卻都訓起我來了！這可不是乾坤顚倒?!」

接著，老喬換裝了一袋煙，用他那常年粗濁的嗓子，詞不達意的轉述那個故事，說是老董先生到南大荒南邊的集市上去買紙墨，碰著個早年的同窗，如今已過氣的老秀才，拖他進酒舖喝晚酒。兩人相對唏噓的話了一陣子舊，又酸不拉嘰的論了一陣子文，等他倆酒到三分，夜也快到了三更。

老董先生踉蹌撞出酒舖，就要牽牲口回塾館。

那老秀才一把把他給拉住了說：

「老哥，你既耽誤了時辰，還是回我屋去過一宿罷，南大荒沒有人煙，七里墳又是個經常出鬼的髒地，萬一遇著什麼邪氣，你究竟是上了年紀了……」

「哪兒的話？」老董先生說：「咱們都是飽讀經書、心懷正氣的人，俗說：一正逼三邪，什麼穢物敢擋著我的驢頭？南大荒，我常走，從來也沒遇上什麼邪魔鬼祟的事情，如今趁著涼風，正好趕一程夜路醒醒酒。」

那老秀才留不住他，只好由他騎驢走了。

老董先生離開集市朝北走，南大荒地勢空曠，果真是涼風颼颼的，吹得他好不愜意，星月在天，路影分明，他趁著酒興，便在驢背上朗聲誦起他自傲的詩文來。他唸詩一來是藉著自己的聲音壯膽氣，二來是因著鄉角落裡沒有幾個人能解得他的詩文，只有大聲的唸給鬼聽。

唸著唸著的，驢就到了七里墳。

他抖韁經過墳場當中的窄道時，大塊烏雲擋住月亮，天色說變就變了。當時，老董先生也沒以爲意，夏夜的天氣像瘋人的臉，喜怒哀樂沒準兒的，莫說起烏雲，就是突來一陣暴雨，也是常有的事情。不過，烏雲掩住月光，天變得沉沉黑，也使他有些苦惱，因爲老董先生經書啃的多了，兩眼老花得緊，即算戴著那付玳瑁邊的老花眼鏡兒，暗夜裡看東西，還是不靈光。

他身上帶的有火刀火石（鄉野上常用的發火器），想打著火紙媒兒，拔下別在後衣領上的小煙袋，捺袋煙吸吸，誰知等他反過手，去後頸上拔煙袋時，那煙袋卻嘩啷一聲，自己滑落到地上去了。

「真是有鬼！」老董先生自言自語的嘰咕著，趕緊勒住驢韁，喝停了牲口，翻身下驢，蹲下來摸他那桿一向心愛的小煙袋，他那煙袋不值幾個大錢，值錢的是那隻老漢玉的煙袋嘴兒。

他蹲下身摸了一個大圈圈，肩背上都摸出汗來，不但沒摸到他的小煙袋，又因爲伸著腦袋，一股勁兒低著頭，嘩喞一聲，把個玳瑁邊的老花眼鏡又弄掉在地下去了。他心想，人蹲在這兒沒有動，眼鏡落下來，也只落在面前，伸手慢慢的摸，總會摸著的，他伸手慢慢的摸過去，摸著的不是眼鏡，卻是他的那匹青驢的後腿。

黑地裡，那匹青驢不認人，突然打了一個蹶兒，這一蹶，正蹶在老董先生那張慣誦詩文的臉唇上，不輕不重的蹶了他一個屁坐兒，朝後跌在地上，這傢伙，使老董先生除去摸煙袋，摸眼鏡之外，還得摸他那顆僅賸了裝點門面的大門牙。

「哎……唷，哎……唷……」老董先生雙手摀著被驢踢腫了的臉，吐字不清的說：「真……真……真的有鬼！這畜牲竟踢起我來了！」

那匹青驢才不會聽懂老董先生的埋怨呢，後腿微分，水淹七軍似的，嘩嘩啦啦就是一泡騷溺，迸濺了老董先生一頭一臉都是騷汁兒！老董先生動了火，手扯著驢尾巴，打算站起來把那匹青驢打一頓，誰知他這一扯，驢朝後一退，就聽見喀嚓一聲響。嗯！好像是眼鏡！老董先生急忙鬆開手，顧不得打驢，先去撿起他的眼鏡來。

他把眼鏡撿到手一摸，眼鏡還是好好的，只是缺了鏡片兒罷咧！

「活見大頭鬼！驢蹄子什麼地方不好踩踏？偏生踩踏在我的眼鏡上?!我這老花眼睛，不戴眼鏡，不是成了睜眼大瞎子嗎？」

「不會的，不會的，」他忽然聽見身後有個陰不陰、陽不陽的怪聲音說：「您是北鄉丁頭屋裡團館的老董先生，既會教子曰，又會作詩文，哪能自比睜眼大瞎子，——那是稱呼不識字，沒唸過書的土佬鄉愚才用的字眼兒，加在您頭上，豈不是太委屈了？」

聲音雖很怪氣，話頭兒聽來卻帶著三分奉承，老董先生聽在耳裡，倒是滿受用的，只怪這個人來得太突兀，剛剛騎驢一路過來，並沒覺得身後有人呀？心裡一納悶，嘴上就說：

「您是多早晚跟下來的？怎麼我沒見著？」

「嘿嘿嘿，」那個人笑說：「我就住在這附近，黑裡沒事幹，路邊上坐著歇歇涼，剛才南邊吹過來一陣酸風，驢蹄子得得響，我就知是您騎牲口回塾館來了，不敢擋您的驢頭，讓在草溝裡坐著，等驢過去了，才敢跟您開口講話，冒失，冒失！」

「您貴姓？」老董先生問說。

「不敢，」那人說：「小姓張，張三李四那個張。」

「聽您的口音，倒不像是本地人。」

「不錯，」那人說：「小地方河南。」

老董先生急著摸他要摸的煙袋和門牙，也沒甚介意那人說的話，那條通過墳場窄的原路是黃沙路，久旱不雨，路面的流沙足有一兩寸深，伸手去摸煙袋，就像在渾水裡摸魚一樣難。

「您敢情是丟失了什麼東西？」那人說。

「唉，甭提了，」老董先生埋怨說：「真是活見鬼的怪事情！我剛剛騎驢過來，想打火吸袋煙，後衣領上的小煙袋，卻像叫誰拔了一把似的，滑到地下來了。我勒住牲口，翻下驢背來摸煙袋的，一付老花眼鏡又滑掉了！我摸眼鏡摸在驢腿上，驢打了一個蹶兒，又蹶掉了我那獨一顆門牙！……」

「您摸這老半天，可摸著了沒有？」

「只摸著了一付眼鏡框兒，鏡片叫青驢蹄子踩碎了！」老董先生苦著臉說：「我活了這一輩子，從沒遇著這種倒霉的事情，東西沒摸著，青驢又衝著我撒騷溺，弄得我一頭一臉的驢騷！」

「嗯，我也聞著了！」那人說：「幸好您老先生是個舞酸文弄臭墨的老騷人，人在騷中，久而不聞其騷，還能耐得了這股驢騷氣味，換是我，只怕三個月都喝不下露水珠兒了！」

「您怎能把文人的風騷，跟驢騷混成一談呢？」老董先生摸不著煙袋和掉落的門牙，已經鬱了滿肚子的火，一聽這話，就直著嗓門兒，跟那人抬起槓子來說：「此騷迥異乎彼騷，你這樣混扯，分明是不解騷，一瓶不響半瓶搖，你準是裝了一肚子酒糟！」（**酒糟，高粱等蒸酒的材料，使用二次後廢棄，北方通常用以飼豬，此處是指人愚笨如豬的意思。**）

「嘿嘿嘿，」那個人聽著老董先生的話，反而喝喝的大笑起來：「我說，老先生，風騷也是騷，驢騷也是騷，天底下，一筆寫不出兩個騷字來，我沒覺得拿這騷比那騷，有什麼不妥當！啃經書，背八股，食而不化的老冬烘，甭說騷得像驢，連那股酸味，也有驢肉的味道，板起臉抬大槓兒那股子拗執勁兒，也跟驢差不多，至於寫詩作文，不但惹騷，還有幾分腐臭氣呢！……當然，我說這話，並非轉彎抹角的罵您，在北鄉，算是『蜀中無大將』，您老先生總還是一方的『才子』呢！」

老董先生轉念一想，天上黑雲越積越厚，眼前更見不著路影兒了，我何苦跟這陌生的外方漢子鬥嘴？萬一落起雨來，自己既沒帶簑衣又沒帶雨傘，只怕要被淋成一隻落湯雞了！他既不是指名道姓的罵我，就打點兒馬虎眼，算了罷，還是摸著煙袋再講。

「咱們甭再抬大槓兒了，」他說：「我呢，沒有您說的那麼酸，又稱不得什麼才子，只不過北鄉不識字的居多，平常央我寫寫婚喪喜慶的對聯，賣田買地、折產置產的契約，唸唸遠人書信，弄弄雞毛蒜皮的狀子。」

「這可真是用牛刀去殺雞了！」那人說：「您原該是套上馬蹄袖，翹屁股伏丹墀的料子，可惜朝代一換，廢了科舉，只算一個過氣的老酸丁，不得不在鄉角落裡團小館，混人家幾升麥子束脩塡肚皮，我都在替您抱不平呢！」

這番話，真是說進老董先生骨髓裡去了，想當年三更燈火五更雞的熬過了十載寒窗，那樣子發奮苦讀爲的是什麼？還不是爲著那一份夢裡的功名。甭說喝那三杯御酒，頭插兩朵金花，做那披紅跨馬的狀元郎了，就是能弄個舉人，也有放出去爲人父母的風光日子，甭論收紅封、貪墨財，略略攏攏袍袖，也不至像這樣窩在鄉角落裡，忍受這種日落西山的清貧……對方把自己看成個酸丁，其實自己連酸丁也沒攤得上，只做了半輩子場場落第的老童生。爲了強充殼子，還得當著人面，說是早把功名利祿看淡了，畢生只羨陶淵明……

「張大哥，」老董先生嘆口氣說：「聽您說話，也竟像個文墨之人，難得懂咱們的甘苦。可是，我倒是個淡泊人，倒不稀罕那份功名。」

「我哪是什麼文墨人？」那人說：「我是張飛的後代——賣肉的出生，雖是粗賤些兒，自問生平行事爲人還算實在，像那種口是心非，掛羊頭賣狗肉的行當，卻沒曾幹過。」

這話一說，又戳在老董先生心裡那個不爲外人道的爛窟窿上，老董先生那張滿是皺紋的老臉，不是紅，是赤赭赭的變紫了，是紅？是紫？橫豎天黑，也看不到。

「還沒摸著？您那煙袋？」

「連一點鬼影兒也沒有。」老董先生說：「這塊地方，全都摸遍了！」

「我來幫你摸罷！」那人窸窸窣窣的挨過來說。

「那敢情太好了！」老董先生說。

「也許真的有鬼，煙袋桿兒不是一根繡花針，在七里墳這種野鬼窩裡。您聽這風吹得多急，那邊的鬼火有笆斗大，一前一後的繞著墳頭追滾，嗯……」那人陰慘慘的說：「嗯，你聽著沒有？那啾啾的鬼叫！」

可憐老董先生的耳朵已經不太靈，眼上又只戴著一付空鏡框兒，變得半瞎半聾，看也朦朦朧朧的看不清楚，聽也恍恍惚惚的聽不真切，聽他若有其事的這麼一形容，心裡早就害怕起來，兩隻伸在浮沙裡摸索煙袋的手，抖得像在沙盤上扶乩一樣。

「除非您張大哥……親眼看見，就不要盲信世上……有……有什麼鬼！」老董先生的上下牙同室操戈的打起架來，心裡越是勸解它們不要打，它們格格的打得越兇。

「您身上有些冷罷？」那個人說。

「不……不……不冷。」老董先生說。

「我試試。」那人伸手握住老董先生穿單衫的膀臂說：「您是上年紀的人，乾瘦乾瘦的，皮下沒油，擋不得深夜裡帶露的風吹呢！」

天喲！這哪兒是隻人手?!老董先生覺得自己的膀子上不是人手，簡直是一條涼涼滑滑的蛇，又像是一把賣肉的屠戶用的五爪鋼鉤，把自己鉤得緊緊緊緊的，一股森冷無比的寒氣，隔著衫子和皮膚，朝人心裡滲滴，連身上的血也快被他逼僵了。

「不……不用試，張大哥！」他幾乎是哀求的說：「我……我真的不冷……」

好不容易的，那人才鬆了手，噓口冷氣說：

「其實，冷點兒倒不要緊，只要不是心虛膽怕就好了，——前沒幾天，就在這條路上，嘿嘿，我不是存心嚇唬您，……也就在這個地方，大荒南邊有個平素自稱不怕鬼的老頭兒，偏在這兒撞上了鬼，硬叫嚇暈了，二天天亮遇上我，把他揹回屋，撬開嘴來灌薑湯，才把他灌活！……他說他看見那個鬼，最先長得像我一樣是個人，兩人還坐在那邊的石碑座子上聊天話鬼呢。後來話不投機，互相抬起槓來，老傢伙爭說世上沒鬼，那人偏說有鬼，老傢伙說氣話，說是真有鬼，讓他露個鬼臉我看看，我才相信！那人笑笑說：這還不容易，只恐你真的見著鬼，會嚇得魂飛膽裂，口吐苦水，也許就翻起白眼翹辮子了，那可不是罪過！……那老傢伙是個揹著糞箕兒拾大糞的，聽了這話不服氣，掂掂手裡的糞杓說：只怕你沒那種喚鬼的能耐，要有，不妨喚個鬼來變給我看看瞧，我瞧得順眼，點個頭就放它走，瞧得不順眼，只怕手起一糞杓，打得它嗷嗷的鬼叫！……那人說：不用喚什麼鬼，遠在天邊，近在眼前，我就是個鬼！你要我變個什麼樣兒？還是顯顯我的本來面目？那時不像今夜，天上起烏雲，那夜沒有什麼風，亂墳塚裡飄著些薄薄的夜霧，月色煙迷迷的，老傢伙眯眼把那人瞧了又瞧，瞧來瞧去是個人，就說：老哥，你甭開玩笑，想嚇唬我，我是不怕嚇的！……那人說：既然不怕嚇，那更好，我就變得惡些兒罷！說著說著，猛可地站起身子，尖尖的一聲吱叫，那霧就攏了過來，變成綠慘慘的顏色，連月光都跟著變綠了！」

「有……有這等的怪事？」老董先生一屁股坐在沙地上，煙袋也忘了摸了，只管一陣一陣的打著寒噤。

「在七里墳，這有什麼稀奇？」那個人說：「老傢伙一瞧不是勢頭，揹起糞箕兒就想跑，誰知兩條腿不爭氣，早已嚇軟了，就像您這樣兒，一屁股坐在地上。」

「我？我……我……不是怕，只是……是兩腿蹲得太久，硬蹲麻了。」

「我可沒存心笑話您，老董先生。」那人說：「我是說那個嘴硬心虛的老傢伙。」

「我的心倒是實在的，」老董先生自家寬解說：「還是那句老話：一正逼三邪！我雖是空著兩手，卻有滿肚子經書護著，就算世上真的有鬼，也……也怕磨難不得我的！那些經書，足能壓邪。」

那人從喉管裡擠出一串乾啞的笑聲來：

「就算一正逼三邪罷，您今夜窩在七里墳的鬼窩裡，也得防著『道高一尺，魔高一丈』呢！何況有些自命正經的人物，成天把經義掛在嘴頭兒上，那顆心卻又黑又黃，人老了，騷勁兒不減，枕底下還壓著《桃花菴》、《肉蒲團》，做著西門大官人的春夢，——那也能壓得邪?!」

這一回，老董先生啞口無言不說話了，——他枕頭下面，真是壓著這兩本淫書，不知怎會被這人一說說中了的？轉念再一想，這傢伙不會就是個鬼罷？可就更害怕啦！嗨，窩在這鬼地方，叫他糾纏住了，可不是好玩的，那支旱煙袋，寧可不要了，還是卅六著，走為上著，騎上牲口走罷……誰知念頭這麼一動，對方又說話了：

「我說，人一窩在這種地方，遇上了鬼，就甭想走得掉了！可不是？——那個老傢伙想跑沒跑掉，就瞧見那人伸手朝臉上一抹，他就著月光再一瞧，我的老天！哪還是剛才那個人?!只見他頭上缺了天靈蓋兒，骨嘟嘟的湧著鮮血，好像一鍋滾開的高粱糊兒，兩眼翻得酒盞大，全都是白眼珠，一排焦黃的門牙足有兩寸長，牙尖朝外捲，反包著上嘴唇，身上穿的是前朝『勇』字號衣，全都鮮血染透了，扯前胸搭後胸，直貫著一桿斷折了的長矛！惡形惡狀的，擋著他的面前蹦跳，一邊跳，一邊還吐氣咻咻的說：老夥計！怎不拿你那糞杓打我?!」

「噢，夠了……夠……了！張大哥，您甭再講下去了！」老董先生簡直在那兒哀叫說：「這……這太噁心人了，我胃裡有東西朝上翻，您再講，我就會吐了。」

「嘿，摸著了！」那個人岔開話頭，也叫說：「摸著了，這可不是您的煙袋，倒插在草叢裡，呃，您拿去吸袋煙，壓壓胃氣也好。」

他把煙袋從黑裡遞了過來，老董先生接在手裡一摸，不錯，這正是自己那桿摸半晌沒摸著的東西，急忙道了謝，從腰裡取出煙絲袋兒和火刀火石來。火刀火石一取到手裡，老董先生的膽子就壯了些，傳說鬼是怕火的，燃著一袋煙捏在手上，鬼就不敢欺近人身了。

他把煙袋嘴兒朝嘴裡一塞，就覺得全不對勁，這煙袋兒怎麼弄的？沾上了一灘稀狗屎，黏乎乎的一股瘟臭味兒燻頭腦子！用舌尖裹一裹，越裹越不是味道，一時也沒心腸打火了！哇的一聲，翻江倒海的嘔吐起來。

「這是怎麼了？」那個人說。

「倒霉！」老董先生差點兒用三字經罵出來，但還是啞子吃黃蓮，罵不出口，對方在黑裡幫自己摸煙袋，摸著了就遞在自己手上，天這麼黑，他又沒長夜眼，怎知煙袋嘴兒沾沒沾上狗屎？

「剛剛我忘了摸一摸，」那人說：「這兒常有人用蒲包裹了死孩子來扔，惹來成群紅眼野狗，到處亂拉屎屎，也許……也許您那煙桿嘴兒朝下栽，無巧不巧的，正栽在狗屎上了！」

「嘔，嘔！」老董先生吐了又吐說：「可不是狗屎怎麼的！今晚上，我倒霉算是倒透了，先惹一身驢騷，又吃了一嘴狗屎。」

「這真是，」那人說：「又騷又臭又帶酸！」

兩人正說著，一陣風挾著沙煙飛捲過去，緊接著，劈哩啪啦的就來了雨點，就這麼下起雨來了。

「糟糕，下雨了！」老董先生爬起身來撮驢說：「我得趕緊上驢走！」

「天黑得伸手不見五指，您朝哪兒去？」那個人說：「您實在要走，我只好撮著驢韁送您一程，不把您領出七里墳，只怕您的驢和這身衣裳都保不住！」

「怎麼？——鬼窩裡也有強盜？」

「只是一窩惡鬼！」那人說：「他們結起旋風來，連土地廟都敢搶，甭說您這個瘟頭瘟腦的四書先生了。」

老董先生處境很爲難，心裡更是爲難，風刮得簌簌的，遍地都是荒草的嘆息和樹枝磨擦的吱呀聲，雨點子大而不密，疏疏落落打在人身上，天黑成一片濃墨，就是眼力好的人，也看不見什麼，莫說自己這雙不濟事的老花眼了……有心讓這位姓張的撮驢呢，覺得這個來路不明的陌生人有些鬼氣，說是不要他撮驢領路罷，自己是寸步難行，心裡正在舉棋不定，那個人業已把驢韁給撮住了。

驢在路上走著，老董先生說：

「張大哥，看光景，您對七里墳這一帶很熟悉。」

「噢，熟得很。」姓張的說：「我背這兒墳頭，跟您當年背經書一個樣兒，而且熟到倒背如流的地步！您唸的是經書，我唸的是墳！」

「唸墳？」老董先生驚怪說：「墳有什麼好唸的？」

「墳裡有死人，我唸的是那些鬼！」

「鬼也能拿當書唸？」老董先生迷糊住了。

「怎麼不能？」那個人說：「鬼難道天生就是鬼？難道不是活人變的?!這墳頭下邊每個鬼，肚裡都裝著一本鬼經，若把各篇鬼經合起來，可算是世上沒有的一部奇書，比它娘的廿四史還值錢得多呢！」

雨點兒還是稀一陣緊一陣的打著，把老董先生那件藍布衫子打得緊貼在脊梁蓋兒上，驢好像飄在水霧裡似的，也不知飄到哪兒來了？

鬼經這兩個字，真把老董給嚇著了，五經之外哪還能多出這一部鬼經來？要是在平時，塾館哪一個調皮搗蛋，不知好歹的學童提出這兩個字來，自己要不吹鬍子瞪眼，拍桌子打板凳才怪呢！五經不唸唸鬼經，那不是「孺子不可教也」嗎?!

但今天夜晚可比不得平常，那人撮住了驢韁，就彷彿撮住了自己的山羊鬍子，逼得自己不能不聽他講說鬼經了！但則，鬼經究竟算是哪一門子學問呢？

這邊心念一動，那人就說了：

「世上只有那種老冬烘，才死抱著那幾本經書，津津有味的窮啃，自以爲一啃熟了書本兒就有了學問，從來也不肯抬頭看看人，甭說看看鬼了！孰不知就連孔老夫子那門子學問，也都是從人堆裡掏出來的，人是活學問，書是死學問，兩邊參酌才成，說啃書，不察人，只是個書蟲罷了！」

「那鬼經跟人有什麼相干呢？」老董先生咕噥一句說。

「鬼既是人活過來的，鬼經當然就是人經。」那人說：「你們啃經書、背八股，都是幹啥來著？還不是爲了要治世救人嗎？歷朝歷代，都是啃經書的老酸們站在台口兒上，滿嘴亂嚷嚷，世道沒治好，反把活人都治成了鬼！……您老董先生沒放眼看看，這周圍賸下幾個活人？

他們挨著餓，受著凍，也有逃荒避難的，也有害病生瘟的，人人都瘦骨如柴，皮包骨頭，臉色青黃得還不如鬼，說他們是鬼，還多半口游漾氣，說他們是人罷?他們活著已望得見鬼門關了！」

「話呢，也不能這樣講，張大哥。」老董先生乾咳兩聲說：「人生百歲，也脫不了一個死字，就算是逢上太平盛世罷，棺材舖也照樣有生意，讀書人治世，不是叫人能起死回生，長生不老，荒地上墳塋多，怎能怪在啃經書登官場的頭上?……至少，我還弄不清您這番道理。」

「這只怪您沒讀過鬼經！」那個人說：「您得先瞧瞧這些亂葬坑！這都是些『野』墳。像這塊鄉角落罷，家墳跟野塚不一樣，任誰一眼都看得出來的，家墳埋在耕地上，四周還種著護塋的松林子和花草，有碑記，有墳台，常年有人圓墳化紙。野塚堆可就不同了，石倒碑殘的也有，沒名沒姓的也有，——入葬當時豎的那塊木牌牌兒，早不叫誰撿了當柴燒了，可憐十個死人，有九個九都是用蘆蓆捲的，哪天見著一口薄皮棺材?!開門見山的說，這些亂葬坑裡的鬼，全不是安享天年、壽終正寢的鬼，有的是逃荒餓死的，有的是生瘟病死的，有的是遭亂兵土匪砍殺的，有的是妻離子散傷了心！解下褲帶吊死的，有的中了蝗蟲毒，有的叫發大水溺死，世上真有太平盛世，他們怎會這樣屍橫遍野?!」

「這……這總怪不到我這團小館的人啊！」

「那可不一定。」那人說：「您是救人治世的人，不肯放眼觀世界，只管教人啃死書，算是罪魁禍首。假如今天夜晚不是遇上我，是遇上一群惡鬼的話，您這皮包水的腦袋瓜子，怕就會頂上開花啦！」

老董先生叫嚇得在驢背上抖，差一點兒連驢都騎不住了。

「張……張大哥，這到哪兒啦？」隔了一晌，他才伸著腦袋，戰戰兢兢的問說。

「天太黑，」那個人說：「連我也弄不清楚。——咦，奇怪呀？這……這怎麼又走回原路上來了呢？怕是遇上惡鬼來打牆了罷？」

老董先生一聽，嘴裡不說，心裡可就更害怕了！近不多時，他曾閒讀紀曉嵐的《閱微草堂筆記》，這位紀公，是前朝一位大儒，素稱曠達，連他都相信鬼神，跳不出宿命的圈子，何況我這個老童生？只是心虛嘴硬罷了！……鬼打牆這種事情，自己雖沒真的遇上過，可聽人講得太多，說是走夜路的人，一走走到亂葬坑、荒河邊或是叉路口，一下子碰上嬉弄人的惡鬼，就會噓出一團綠霧來把人給迷住，叫你抬頭不見星和月，低頭辨不出路影兒，三轉幾不轉的，就連東西南北也分不出來啦！……那霧，是一道鬼氣森森的綠牆，你進，它跟你進，你退，它跟你退，你跑，它跟你跑，硬是把你緊緊圍住困住，包住捆住。你朝這邊走，這邊現出一座新土沒乾的墳來擋住你的去路，墳頭上的招魂旛和哭喪棒還插在那兒呢！……你嚇得改朝那邊奔，那邊移來一棵老樹，枝幹都會動，要撲來抱你……你跌跌絆絆的跌腫了嘴唇，喊也喊不出聲，叫也叫不出口，只好坐在那兒，任那些鬼火像一窩小奶豬似的用嘴來拱你，任那鬼變出千百種怪異的鬼臉來嚇你，直到你心驚膽裂，嘴吐白沫昏迷過去爲止，再睜眼，業已大天四亮了。

諸如此類的說法，當時也只拿當故事聽，沒以爲有一天自己也會遇上鬼打牆的事情，今夜有些顛顛倒倒的，原已叫鬧怯了膽子。再加上眼前這個撮驢的人有些半人半鬼，更逗起自己的疑懼。

老董先生騎在驢背上，一時弄不清是驢在打轉呢？還是風在打轉？只覺出那疏疏大大的雨點，像沾了水的皮鞭似的，一會兒兜著臉打，一會兒認著脊梁蓋兒抽，一會兒又刷打到左邊或右邊來了。

「糟……糟……」那個人又在叫說：「可不是鬼打牆怎麼地？咱們儘在老地方兜圈兒呢！」

「張大哥，」老董先生慌說：「您不是……不是說路很熟的嗎？」

「路很熟有個屁用?!」那人說：「咱們全叫打在牆頭裡邊來啦……」

老董先生一急，濁氣下降，咕叮咚放了一個大臭屁，雖沒像錐子一般的錐通了驢蓋，卻也像不小心劃破了褲子似的。

「噢，誰家壞了醬了？」聽那人的聲音，就知他是不情不願皺著眉頭說的：「怎麼這股酸臭味？不知是人味？還是鬼味？……要是鬼，也該是匹文驢——不知臉長的東西。」

老董先生一想，鬼哪會有什麼味兒？這個傢伙分明是指桑罵槐，分明知道我放屁，卻故意在那兒繞著彎兒罵我；除了他，這兒只有我，我要不認賬，他還不知會脫口罵出什麼來呢?!

想著，就訕訕的厚著老臉說：

「張……張大哥，您甭罵，是……是我放的屁！」

「那就怪我冒失了，」那人說：「原來老董先生拿出肚裡的『正氣』來抗鬼的，可惜這一屁嗅不著半點經書味，我只聽見一聲乾『不通』（與屁音同聲音）！這一屁沒轟著鬼毛一根，卻害得我聞嗅烏煙瘴氣似的嗅了一鼻子，我說，鬼既打了牆，咱們乾兜圈兒也沒用了，您還是下驢來，找個地方坐坐，您也歇歇腿，驢也歇歇腿，可不是兩全其美的事兒?!」

「我弄不懂，張大哥。」老董先生說：「我聽講鬼迷人，都迷的是單身過路的人，沒聽說迷過兩個人的，今晚上，幸虧遇著您，要不然，就是不遇著邪門兒，只怕我是一步也挪不動的了。」

「您太一廂情願了！」那個人的聲音突然變冷，低哼一聲說：「這兒哪有兩個人?!」

「呃……呃……」老董先生伸著兩手，朝後退了一步說：「張……張大哥，您可是在存心耍弄我？欺我沒了眼鏡，兩眼見不著人，這兒明明是你我兩個人……」

那個人吃吃的笑說：

「我是個鬼！一開頭您就該知道。您就委屈點兒，在這兒蹲上一夜罷！您這匹驢，借我騎去叫喚些鬼來，讓您老董先生親眼見一見，也好聽聽它們唸鬼經，多少增點兒見識，長點兒學問。」

「喔，不不不，張大哥！」這一回，老董先生低頭認輸說：「就算我剛剛說錯了話，算世上真的有鬼！……叫我看著了，真的會嚇死的。」

「哦喝喝喝！」那個鬼笑著說：「您竟也知道害怕了？像您這把年紀的人，鬼有什麼好怕的？您的命還有幾盞燈油的時刻？兩眼一閉腿一伸，不也成了鬼了嗎？」

「不……不是我怕死，張大哥，……我們老倆口兒，恩恩愛愛的一輩子，膝下無子，我萬一撒了手，她靠誰來養活？」老董先生說：「單憑這份牽掛，我就死不得。再說，…再…再…再……說，這一季，幾擔糧食的束脩，還沒有收齊呢！」

「您這算是老驢起騷，過了耳順之年了，還戀著老婆，撇不開那個色字，又念著那份誤人子弟的束脩，撇不開那個財字，」那個鬼說：「您這是好色、貪財，外加上怕死！」

「嗳，嗳嗳，張…張大哥，您聽…我…我說……」

那個鬼卻不再理會他，騎著驢走掉了。

可憐老董先生抱著頭蹲在地上，身上有幾隻篩子在窮搖，也不過過了盞茶的功夫，只聽見一聲驢叫過後，緊接著滾過來一片啾啾的鬼叫聲，霎時間，四面八方都是一片嗷嗷嘈嘈的鬼語。

老董先生看見綠瑩瑩的鬼火滾過來，約莫總有幾十團兒，大大小小的都有，滾到自己身邊，的溜溜的打旋，越旋越快，好像走馬燈似的。

「你們瞧瞧，就是這個團館的老董先生，把三字經全白了的。」那個騎驢的鬼叫說：「明明是『號洪武，都金陵』，他把它教成『敲紅鼓，抖金鈴』，還好意思一路上搖頭晃腦的跩他的臭詩文呢！」

「該罰！該罰！」眾鬼嚷嚷說：「這個不要鼻子的老傢伙，應該割掉他的鼻頭兒，叫他做個沒鼻子哈迷蚩（金兀朮的軍師，見岳傳），看他還敢不敢冒充聖人?!」

「罰已罰過了。」那騎驢的鬼說：「他叫我摘了眼鏡，又讓他吃了一嘴狗屎。咱們如今顯個形給他瞧瞧，就放他回去罷！」

這時候，雨停了，雲散了，西斜的月亮照在荒墳塚上；那些團團的鬼火忽然變呀變的拉長了，幻出許多奇奇怪怪的人形，披頭散髮的、缺頭斷腿的、七竅流血的、披麻戴孝的、瞪眼吐舌的，有的見頭不見腳，有的見腳不見頭，都在半空裡浮盪著。

那個騎驢的鬼，形狀更怕人了，他的頭髮四下裡披散著，額頂勒著一道鐵箍，極像是一個披髮的頭陀，身上穿的是一件青大布的對襟短小褂兒，敞著懷沒扣扣兒，一張鐵青的蟹殼臉，一付濃刷刷的掃帚眉，兩隻綠光暴射凸出眶外的眼珠，咧開上下有四隻獠牙的闊嘴，朝老董先生笑著。他的胸脯經刀矛捅過，心窩有盆口大的一個血窟窿，滲滲的朝外滴血，他的腰帶不是腰帶，是兩根他自己的、花白的肚腸……。

來。

「啊——，啊——，啊——」

老董先生不但是搖股戰慄，連舌頭也叫嚇麻了，嘴打窩團，光是啊呀啊的，再也說不出話來。

「您上驢回塾館去罷！」那鬼說著，彎腰伸出他冰冷的鬼爪兒，一叉就把老董先生給叉起來，又扶他上驢說：「少啃經書多唸人，沒事背著手看看墳，這才算是活學問，您記著就好了。」說完話，跟眾鬼說：「打驢！」

眾鬼不斷的打著驢，打得那匹青驢像發了癲狂症的，一跑一跳，幾幾乎把老董先生那把老骨頭顛散了板！及至回到家，正好逢上五更頭的雞叫……。

這故事很長很長，可在當時聽來並不長，月亮正當頭，但還是在碎雲背後躲躲掩掩的，樹枝上掛著的火絨繩兒，也不過只燒去幾寸長的一截兒罷了。

「後……後來呢？老喬。」

我們做孩子的聽故事就是那樣，心裡越是怕，興緻也越高，每回都非打破沙鍋問到底不可。

「我不是說了嗎?!」老喬擠擠他那常年出水的爛紅眼，聳聳肩膀，扮個鬼臉說：「老董一回家，就昏昏迷迷的發了高燒，這全是他說夢話時招供出來的，……他那匹老青驢，許是叫鬼嚇壞了，第二天，就嘴吐白沫兒，翻眼死在驢槽邊啦！」

我就是懷著這種心情去看七里墳的！

那年秋天，母親帶著我坐手推車，到外祖母家去，推車的就是老喬，等我知道車子一定要經過南大荒中間的七里墳時，一顆心就嚇得怦怦的跳，連眼裡的太陽光也彷彿暗了幾分。

「靈靈你甭怕，」老喬說：「七里墳的鬼，有好些都是我的老朋友，北邊集鎮上，吃鬼爹爹是我二大爺，我沒吃過鬼，卻也嚐過一碗小鬼湯！」

「吃鬼爹爹？」我瞪著眼說：「我要聽。」

「你要聽，我就講。」他說：「這故事一講完，咱們就能望得見七里墳了！」

「講歸講，說歸說，老喬！」母親說：「你可不要擠眉弄眼，把孩子嚇著了。」

「不會不會。」老喬說：「這回講的不是人，卻是鬼怕人，講了，還會替靈靈壯壯膽子呢！」老喬咳嗽幾聲，清清他那多痰的喉嚨，就講起來了：

「我那二大爺，是個開糧食行的，在大荒南北的兩個集市上，都有爿糧行，因此上，他常常走夜路，騎驢經過七里墳當中的那條荒路。二大爺他平素愛喝老酒，一隻頭號酒葫蘆，常年裝足了酒，掛在驢墊子旁邊，什麼時候想喝，就捧起葫蘆來，拔開塞子嘴對嘴，骨嘟骨嘟喝幾口。人說：常走夜路，沒有不碰上鬼的，二大爺常走七里墳，當然也就碰上了……」

「是什麼樣的鬼呢？老喬？」

「讓我稍停點兒，吸袋煙再講！」

「甭逗我！」

「好了！」老喬把煙吸著了，聳聳肩上的車攆帶說：「只是一窩子小鬼，又會胡搗蛋，又很貪饞。他們敢情是聞著了那葫蘆裡的酒香味兒，想出來跟二大爺討酒喝，彼此素不相識，又開不得口，只好手牽手，攔住二大爺的驢不讓走。

二大爺這個人，常走道兒，閱歷過的事情很多，這晚上，騎驢經過七里墳，月亮牙兒斜掛在頭頂上，路影子白沙沙的，走著走著，就見一陣旋風橫捲過來，立在路當中的溜打轉擋著驢頭，那匹黑叫驢夾著尾巴，唔昂唔昂的叫幾聲，兀自停住蹄子不走了，他一看這光景，就知遇上了攔路的鬼了。

『甭鬼鬼祟祟的把路攔著，』二大爺他說：『現出鬼形來，讓我點點有幾個鬼頭？每個鬼二百錢紙錢！明晚上，到我糧行後門外去領。』

經他這麼一吆喝，哇哇哇，一個一個的全都顯出鬼形來了，高高矮矮的四五個，全是些油頭滑腦的小傢伙，有的擠著眼，有的歪著嘴，嘴角上拖著饞口水，前頭那個約莫有二十七八歲，尖頭把戲的，生就一張驢臉，上唇外邊，突出兩顆褐黑的怪門牙。二大爺會相法，不單會相人，連鬼也相得，他拿眼橫裡那麼一逡，就知這夥子小鬼都是生前沒教養，甩膀子逛盪的料子，即算做了鬼，還帶著那分流氓氣味，有些鬼多勢眾硬欺人的樣兒。

『您老爹貴姓大名，倒要先請教請教！』為頭的那個呲牙鬼說。

二大爺他原想當場發作的，一聽他說話還夠和氣，就隱忍著說：

『連我全不認得嗎？人都管我叫二大爺，諢號又叫吃鬼爹爹……你們都跟著叫我二大爺就是了！』

二大爺他把這話一說，幾個小鬼你望我，我望你，臉上都露出駭懼的樣子來，有點兒縮頭縮腦，只有爲頭的那個吱牙鬼，兩眼的溜打轉的望著二大爺，露出不肯相信的神氣說：

『吃鬼爹爹？啊，好大的口氣！我自來就沒聽說過，還有人能吃鬼的？』

剛剛二大爺說那個話，也是趁著酒後膽壯，說了嚇唬那窩小鬼的，其實那時二大爺他已上六十的人了，連牙都老掉了幾大顆，又在鬧著牙疼病，連塊雞骨頭都啃不動，哪還能吃得鬼？原想說了這個話，會嚇退那窩小鬼，誰知這個吱牙鬼很夠油條，嚇不住他，一句話反頂了回來，二大爺就不得不硬著頭皮說了：

『人就不能吃鬼？你說！』

『我看你不能，』吱牙鬼伸出長舌頭，舐舐他朝上翻捲的門牙說：『你是在心驚膽怕，偏在那兒說硬話，充殼子罷了！』

二大爺一聽，暗叫一聲不妙！哪來的這個吱牙鬼，這麼精靈法兒，竟能隔著人的肚皮，猜著人心裡的意思?!橫直事到如今，怕也沒有用了，說我硬著頭皮，我就硬著頭皮，猛嚇唬到底罷！

當時也就把老臉抹下來，沉聲說：

『我不能吃鬼，還配稱什麼吃鬼爹爹?!——今兒大早，我空著肚子，還拿了兩個小鬼當點心呢！』

『你……你二大爺吃的是什麼鬼？』吱牙鬼也將信將疑的打了個哆嗦，朝後退了半步。

二大爺抹抹那撮七彎八拐的山羊鬍子，拍拍肚皮，在驢背上呵呵的笑說：

『我常年到頭的吃鬼，哪還管它是什麼鬼?今兒大早吃的那兩個，是剛打油鍋裡炸得黃黃脆脆撈起來的，敢情是叫「油炸鬼」罷！』

幾個小鬼一聽，嚇得吐舌頭，吱牙鬼也換出一付醜怪無比的笑臉說：

『我說，二大爺，您上年紀的人了，總該積些德，您吃鬼就吃鬼罷了，哪還興上油鍋炸著吃?炸得它們狼喊鬼叫的，虧您還能吃得下去？』

『沒辦法，』二大爺他說：『我正鬧牙疼，忌吃生冷，總要炸得香脆些兒，吃起來才有味道，也省得再使牙籤兒剔牙了！』

這窩小鬼竊竊的一計議，今晚上算是倒了鬼霉，旁人不遇上，偏遇上這個神氣活現的吃鬼爹爹，看樣子，想硬打硬上的討酒喝，是萬萬不成的了，也許這位吃鬼爹爹一動火，真會伸手擰住兩個，胡亂塞在驢背囊裡，回去下油鍋，炸了好下酒。

硬的來不成，只好來軟的罷，先用些甜言蜜語把二大爺他給哄住，橫豎他三天兩日的常打七里墳過路，只要先跟他套上交情，還愁日後喝不到酒？

這窩小鬼有了這番計議，就一個個放下笑臉，左一個二大爺長，右一個二大爺短，口口聲聲的爭著奉承，吱牙鬼跟二大爺撮驢韁，一窩小鬼輪番的趕著驢，一直替二大爺護送出七里墳。

『嗯，看來你們都還不壞。』二大爺抹抹鬍子說：『我原想帶兩個回去炸炸下酒的，咳，如今有了這番交情，自又不同了！』

『實……實在的，二大爺，』一個斜眼小鬼說：『您就是三個月沒吃鬼，我勸您也甭在七里墳這一帶動腦筋，實……實在的……二大爺，七里墳的鬼，不好吃。』

『嗯？』二大爺說：『七里墳的鬼，爲什麼就不好吃？我倒要聽聽。』

『七里墳的鬼，身上都……都沒一點兒油水，真個兒的，二大爺。』另一個歪鼻子小鬼說：『您一煮，就化成一鍋湯，一炸，只賸下幾根啃不動的胡骨頭了，您看我們這哥兒幾個瘦成什麼樣兒，多看幾眼，只怕您就倒了胃口了！哪還會想吃？』

二大爺把那幾個再瞧瞧，果真是瘦骨如柴不經吃，就點頭說：

『嗯，你們說話倒挺實在，可是我弄不懂，你們怎麼弄成這種狼狽樣兒的來？』

『年頭不是年頭了，二大爺，』吱牙鬼扮出苦兮兮的樣子說：『我們這些陰司不收，陽世不管的野鬼，平素哪有金銀紙箔花用？早些年裡，全靠過鬼節的時辰，搶幾把紙錢。這如今，四鄉的人頭越來越稀少，自顧不暇了，哪還記惦到野鬼的頭上？破瓦缸裡的土地老爺都在勒褲帶了，何況乎咱們這些游魂？』

『不要緊，』二大爺他就說：『你們都叫什麼名字？說給我記在心上，等我回去，燒些紙錢，喚你們按份兒領就是了。』

『那……那敢情好。』斜眼鬼說。

『你說你叫什麼名字？』二大爺說。

『我姓韓，叫韓楚，』斜眼鬼說：『也許是祖上缺德，掉在那邊小河溝裡，翹著屁股淹死的。』

『喔喔，你是一隻旱鼠，你這個缺德鬼，』二大爺他點頭說：『旱老鼠氽河，豈不是自找死嗎？』二大爺又拔出小煙袋桿兒，指點著另一個歪鼻子鬼說：

『你呢？』

『我姓書，叫書志。』歪鼻子鬼說。

『什麼梳子攏子的？你又是怎麼死的呢？』

『我……我死的可比他要壯烈點兒，二大爺。』歪鼻子鬼的那個鼻頭兒在笑著的時候就顯得更歪了，但總帶點兒厚著臉皮的味道。

『他哪兒是什麼壯烈?!』另一個小鬼喊說：『您甭聽他的鬼話，二大爺，他是騙你的。

他……他是叫人捆起來，用柴火燒死的。』

『柴火燒死不壯烈，怎樣死法才壯烈?!』歪鼻子鬼嚷嚷說：『總比你這個王八叫錢擔子壓死的好！』

『你怎麼取這個名字？』二大爺說：『無怪乎你縮頭縮腦的真有幾分像是王八了。』

『啊……不不不，二大爺，』那縮頭鬼說：『我這王八可不是天生的王八，只因為我姓王，向這位黃大哥借過一雙鞋穿，他們就這樣的叫我。』

『你既是叫錢擔子壓死的，想必很有幾文錢了？』二大爺說：『死後怎會變成餓鬼？』

『我來告訴您罷，二大爺！』歪鼻子鬼說：『他這傢伙死得才窩囊呢！當年十三協（清朝兵制，一協相當一旅）炸營（即兵變），亂兵在城裡搶劫，一家錢莊朝鄉下遷移，找人挑錢擔子，王八這小子見錢眼開，也去應募替人家擔錢。走到半路上，他擔著人家的錢溜跑了，錢莊的掌櫃知道了，吆喝了幾個人，舞著幾隻扁擔跟著追，喊說捉住他，就使扁擔把他砸扁。這小子顧錢不顧命，寧肯死，也不肯扔開錢擔子，一奔子跑了十四里，跑到南大荒的邊兒上，他叫錢擔子壓倒了，結果一文也沒撈著，人卻變成了鬼！您說，二大爺，您說他死得夠不夠窩囊?!』

『你何苦當著人家二大爺的面，拆我的蹩腳來？』縮頭鬼說：『你說我死得窩囊，你死得也不夠光明，二大爺，他死得不單缺德，還它娘的缺德帶冒煙呢！……他……他是搶劫人家的牛，又打死了牛主，叫人捉著燒死的……』

『好了好了！』二大爺皺起眉頭說：『我又不是閻王老子，管你們這檔子鬼事？屎不撥弄不臭，越撥弄，越是臭氣沖天！你們一個是半斤，一個是八兩，統統替我免講！』轉臉又指著吱牙鬼說：

『你！你叫什麼？』

『我姓黃，叫黃丹。』

『什麼？渾蛋?!』二大爺搖著頭。

『是……是……的，二大爺。雖不是渾蛋，也跟渾蛋差不多！這名字是我爹替我取的。』

『那連你爹也是渾蛋，——一個老渾蛋！』

『啊，不不不，二大爺，我是黃丹，我爹不是，他……他叫黃崇。』皮牙鬼辯正說。

『嗯，這還差不多，』二大爺說：『渾蟲生渾蛋，在道理上，勉強說得通。』

『咱們哥兒四個，是磕過頭，拆過鞋底的把兄弟，』吱牙鬼說：『這幾年來，一個鼻眼兒出氣，彷彿就是一個人，也拉成小小的一個幫，嘿嘿，二大爺，七里墳這一帶，是咱們的地盤，朝後二大爺您有什麼吩咐，咱們是隨時聽候差遣，每回也不要您多，有二百錢的紙箔，也就足夠了。』

『人拉幫結社，你們做鬼也幹這個？』二大爺說：『你們拉的是什麼幫？』

『是鬼幫！呃……呃，鬼幫。』吱牙鬼說：『我是老大，王八是老么，那兩個夾在中間。您問鬼幫幹些什麼？二大爺，也不過是攫著機會亮亮窮相，出出鬼風頭，替人當當打手，罵罵大街，扣扣黑鍋，喝喝酸醋，有錢的大爺能肯賞咱們幾疊紙錢，咱們就叩頭搗蒜的喊他老子！那遠近知名的罵雞王婆，就是小的們現認的乾娘……』

『你們真的是渾蛋、王八、蝦蟆、老鼠，臭味相投的弄到一道兒來了，這也算是風雲際會罷？』

『不敢，不敢，二大爺，咱們只是一窩小鬼。』

『唉，』二大爺長嘆一聲，自言自語的說：『若說大鬼是君子，小鬼正是一窩小人，看來夫子他說：唯女子與小人爲難養也，這句話說得是不錯的了，怪不得俗語說：看見大鬼害場病，看見小鬼沒得命！自己遇上這窩小鬼，夠難纏的，回去及早燒紙化箔認晦氣，打發他們算了罷！人跟鬼打交道，沒有不吃虧的。』

驢出七里墳，很快到了南大荒北邊的三叉路口，遠遠的聽見一聲雞叫，眨眼再看，那窩小鬼全已貼地化成一陣煙，不見了！

晨風吹著一身沒乾的衣上的露水，有些冷颼颼的。

二大爺他喝了幾口冷酒，吸了一袋旱煙，把那幾個鬼名字默唸了幾遍，一回到鎮上，就掏錢著人去買大疊的紙箔，當晚就在糧行後門外的旱河邊焚化了，一面叫喚著說：『渾蛋啦，早鼠啊！王八嘜，梳子啃！二大爺我賞紙錢給你們啦！快來領罷，講好了每人兩百，不准搶，不准打架……』

剛剛叫喚過兩遍，那堆紙箔還紅通通的沒燒完呢，南邊沙地上就捲起了四道歪歪邪邪的鬼旋風，嘰哇鬼叫的搶了過來，噓的，噓的，吹著紅火，也不怕滾熱的紙錢燙爛手心，就這麼你搶我奪，須臾之間，把一大堆紙錢搶得精大光。

這麼要錢不要臉的猴急相，弄得二大爺也覺得臉上無光，無論如何，惹鬼上門，自己總推脫不掉這付擔子，當時心裡還在想，紙錢也燒給你們了，搶了錢，總該歡天喜地的走了罷？嘿，這回算他二大爺拿君子之心，度小人之腹——想左了！

這鬼幫裡的四個小鬼，平時你兄我弟的，叫得不亦樂乎，一旦見了紙錢，就眼翻得像牛卵子似的，六親不認的湧上去混搶，你搶的多了，他得的少了，哪肯就此甘休？在糧行後邊的旱河心，惡狠狠來了一場鬼打架，四條旋風來來回回的捲旋，使集鎮上的人都看傻了眼。

那場架打得很惡，把一大片紙灰拱到天上去，飄過來，盪過去，有人聽見旋風裡呦呦的鬼叫，更有人在旱河心看見一些由旋風中灑下的血滴兒，每滴都有銅錢大小，也不知是哪個小鬼挨了揍？哪個小鬼帶了傷？

鄰舍聽說這窩小鬼是二大爺燒紙化箔喚得來的，就紛紛責難二大爺說：

『唉，二大爺，您這是沒事找事做了？花錢費精神，啥事不好幹得？偏要把鬼朝家門口引？』

『我哪是招引它們？』二大爺說：『我騎驢路過七里墳，是它們攔著路找我的，我給它們二分顏色，誰知它們就開起染匠坊來了！』

『我道是鬼怎會這等惡法兒。』間壁丁大娘噓了口氣說：『原來是打七里墳那個髒地方出來的！』

『我們後院的竹竿上，晾著的兩件衣裳，也全叫他們順手撈的去了！這些賊養的鬼孫兒！』

『它們又拔走我園子裡的幾顆大青菜！』

『你們這還算好，』另一個女人說：『這窩鬼，什麼東西不好拿，偏偏搶去我的馬桶箍……二大爺，您說說著，他們搶了馬桶箍那種騷閧爛臭的東西，能有什麼用處？這可不是痾屎不給狗吃——骯髒胚嗎？』

『連馬桶箍都搶？』二大爺大搖其頭說：『這何止是骯髒胚？這簡直是下三濫了！』

『他們搶馬桶箍去，有什麼用呢？』

『是呀！那玩意臭閧閧的，又不能當餅啃。』

『真它媽鬼有鬼名堂。』二大爺說：『那種邪門兒的鬼心眼，誰能猜得著？看樣子，只好等我再走七里墳，遇著那窩小鬼，才能問清楚了！』」

老喬一面講著故事，一面推著手車兒朝前走，高粱田和玉蜀黍田混雜著，在路兩邊輕輕的打著旋，緩緩朝後推移過去，許多青蚱蜢、黃螞蚱，喬婆婆……在路邊的草葉上飛來跳去的，偶爾碰上幾棵柳樹和榆錢樹，樹梢上響著啞啞的蟬唱聲。

太陽變烈起來，母親撐開遮陽的黑傘，傘影兒像一朵透明的黑花，罩在人頭上，連怕熱的涼風，也都擠聚到傘下來了。

這些汗氣沒乾的風從亢熱的高粱、玉蜀黍田裡來，身上溫濕濕滑膩膩的，微涼的身體上，蒸發出一股熱亢亢的沙土味、青禾味、野花野草的葉香……。

「怎麼著？老喬，又要吸袋煙了嗎？」我說。

老喬這個人，和氣是滿和氣的，就是有點兒捉狹，——慢吞吞的那種捉狹，他這份壞毛病，多半是打小書場上學來的，我猜想。那小書場上唱小書的小老頭兒就有這種老毛病：正唱到緊鑼密鼓的節骨眼兒上，突然把鑼也停了，鼓也歇了，端起茶盞呷幾口茶，摸起小煙袋吸起煙來，更趁這個時候，翻過銅鑼，當做討錢的盤子，伸一圈兒手，向聽書的人討錢，就算他討錢是應該的罷，也覺得有點兒勒索的味道。——爲什麼早不討，晚不討，偏要把人心逗得癢癢的再討呢？

老喬就是這個樣兒。

每逢黃昏捫磨時，老喬閒著了，一夥孩子就圍住他，拖他到麥場邊的碾盤上，坐下來講故事。老喬一開口講故事，旁的不講，十回有十回全是講鬼，講得人全身起雞皮疙瘩，根根汗毛直豎著，一心一意的迷在故事裡。老喬伸腿半靠在那兒，一會兒說是腿痠了，要小三毛兒替他捏腿，一會兒又說腰疼了，要小二狗子替他搥腰，把他服侍得像皇帝老子似的舒坦。

人家做孩子的，既這樣誠心誠意的對待你，你老喬就該順順當當的把故事講完，不要故意賣關子，講到節骨眼兒上停住嘴，對不對呢？

嘿，老喬不是賣關子，是在死火上燉他那罐子溫吞水，——有得磨棱呢！正趕著人家害怕的時辰，他卻說：「趕路趕多了要歇腿，講話講多了要歇嘴，我嘴動這半晌，牙骨發酸，連唾沫都吊上去了，你們誰想聽下去的？就乖乖兒的摸到灶房去，替我舀碗熱茶來潤潤嗓子。」等到他伸著脖子喝了茶，這總該講下去了罷？嘿，他那老毛病多得很，又說：「不能讓我乾熬癮罷？」一邊取出小煙袋，抹抹煙袋嘴兒，吹吹煙灰通通氣說：「不抽一袋煙提提精神，張嘴就呵欠連天，哪還有心思講鬼？誰去把老樹枒上的火絨繩兒牽過來，把煙鍋裡的煙給點上，等我煙癮過足了再講。」

你說這種人瘟不瘟？

橫豎我嚐他這種瘟勁兒也嚐慣了，算是摸熟了他的脾氣，每講一個故事，必得要歇兩三回，吸上兩三袋煙，喝上兩三碗茶。老喬講鬼這樣吊胃口還不要緊，不會弄出岔兒來，可是他連幹獸醫閹貓閹狗都是這樣，你拿他有什麼辦法？……

幹獸醫，原不是他的本行，他卻像愛講鬼說怪一樣的愛幹這個，發了騷的公豬，拐著翅膀亂彈瓵（雞之交媾，俗稱彈瓵）的小公雞，愛砍架的老山羊，會咬人的叫驢……凡是他看不順眼的畜牲，他就會從腰眼摸出刀來說：

「閹掉！閹掉！這些騷畜牲，閹掉牠就安穩了！」

人要是說：「老喬，你當真也會閹牲口？」

他就兩眼一翻說：

「怎麼著？閹畜牲還需得著大學問？破開牠的肚子，把那兩根騷筋替牠拿掉，讓牠想騷也發不起騷來，可不就得了？——你們甭瞧不起我老喬手粗巴掌大，幾個月前，我攫著個大老鼠，也照樣把牠閹掉了！牠娘吱吱叫著不服閹，一口差點兒咬著我那玩意兒！」

「哇，一隻老鼠也恁兇？」

「發窮騷的公老鼠，十隻有十隻都暴躁，再說，我拿刀閹牠那命根子，牠不反咬一口成嗎？」

「見鬼！」

「嘿嘿嘿，」老喬笑起來就有那麼開心：「我就是沒見著鬼囉！要是有一天，真遇上發騷性的小鬼，我它媽也是照閹不誤就是了！」

當然嘍，老鼠和鬼，我都沒曾親眼看見他閹過，卻見過他用那慢吞吞的性子閹過我們村上的那條黑四眼狗的。黑四眼兒是李聾子餵養的，李聾子是個孤老頭子，自從抱來這條小狗，就把牠著兒子養，嬌寵得不得了，替牠頸下扣鈴鐺，又按鄉裡老習慣，替牠取個吉利的名字叫「瑞弟」，真是處處把牠拿當人待了。

誰知狗總是狗，嬌寵不得牠，瑞弟是叫李聾子嬌寵壞了，變成一條逢人就咬的惡狗，老喬早就要拔刀閹掉牠，跟李聾子說：

「你那條狗惡得很，幾乎把過路的人都咬遍了，雖說沒發瘋，也跟瘋狗差不多！還是讓我拔刀替牠閹掉算了！俗說：狗咬一口，要賠人白米三斗，免得日後人家找上門來，替你惹麻煩。」

「啊，不成不成，」李聾子抱著瑞弟說：「這條狗我拿牠當兒子養的，你閹掉牠，那不是變成二尾子了（**陰陽性不分的畜生**）？你看，牠樣子長得多斯文，眼上那兩塊黃斑，遠看像戴了眼鏡的小學士似的，怎會是亂咬人的惡狗呢？你甭亂糟蹋牠罷！」

老喬費了半天的口舌，李聾子還不肯，只答應寫個惡狗牌子替瑞弟掛在脖頸上頭，寫的是：「此乃惡狗瑞弟，行人務請當心！」

照理說，李聾子這樣疼護牠，瑞弟免受一刀，該當感激李聾子不盡了？哪知狗這玩意最不是玩意，正如俗說：「狗眼不識人」，也不知怎麼弄的？竟連李聾子也咬了一口，李聾子跑來找老喬，氣喘咻咻的拐著腿哼說：

「悔當初不聽你的話，老喬。這畜牲，如今竟連牠老子也咬起來了！你老哥快些兒磨刀，閹掉牠算了！要不然，日後傳下狗種來，也定是會亂咬人的！」

老喬算是有本領，不一會兒就用狗卡子（鐵製，成馬蹄形，有長柄，為閹狗用具）卡住瑞弟的頸子，把牠撥翻過來，在牠肚皮上磨刀，轉臉叫我說：

「你來幫幫忙，把卡柄兒替我捺住，我要消停的閹牠，讓牠嚐嚐慢刀閹狗的滋味，看牠日後見人還敢不敢再呲狗牙?!」

可憐那瑞弟一旦被鐵卡子卡住，哪還有半點兒惡狗的氣燄，鬼哭狼嚎，眼淚汪汪的，好像求老喬不要動刀，老喬又就著鞋底，把尖刀擦了擦，衝著狗說：

「甭怪我老喬手段辣，小畜牲，當初你不亂咬人，老子今兒就不會拿你開刀了，你今天挨閹，全是你它娘自找的！」

說完話，又招呼幾個人來捺住卡柄兒，他可就猛的下了刀，那一刀扎得很深，血花直冒，你老喬要是爽快人，用刀尖把那狗蛋兒挑出來，把牠兩根騷筋扯掉不就沒事了?嘿，他可又拿出講鬼時那套溫吞勁兒來了，一刀下去，搓了搓手，把那柄尖刀留在狗肚子裡，他卻撣撣屁股，轉到樹蔭底下抽煙喝茶去了。

就這樣，他連閹狗都閹了一個上午，一樣是抽了兩三袋煙，喝了兩三碗茶，讓那隻惡狗在那兒乾嚎。後來瑞弟一見老喬的影子，就像見了閹狗的活祖宗，夾著尾巴飛跑。

你要是弄清楚老喬這種脾氣，你就知道他講說七里墳二大爺吃鬼的時刻，好好的頓住口的緣故了。

「找一處樹蔭涼歇歇……」他這麼回答著。

——其實是他吸煙喝茶的藉口，我知道。

「我問你，老喬。」我更知道他不過足了癮，不會再講那故事的後半截兒，就岔些旁的話問他說：「李聾子家的那隻瑞弟，幹嘛會那樣亂咬人?當真是發狗騷嗎？」

「你怎麼會好好的問起牠來？」老喬懶洋洋的說：「瑞弟那個鬼畜牲，起兇發橫的緣由多得很，一來是李聾子過份嬌寵牠，寵壞了牠的狗脾性，二來是一般人多不願跟惡狗一般見識，儘管牠咄咄的亂咬空，沒曾傷著人的皮肉，誰也不願認真用打狗棍子狠砸牠的狗腦袋，日子久了，牠就以爲人是怕狗的，吠得更加洋洋得意了！」

「還有呢？」

「還有，」老喬說：「這隻沒人管教的狗，常到七里墳來，撕開蒲包吃腐嬰，黑夜跑進鬼窩，聽的是鬼話，走的是鬼路，牠那腳爪踩在鬼腳印兒上，叫鬼迷了心！要不然，怎會連李聾子也咬？」

「你那二大爺吃鬼的故事，還沒講完呢！」我趁機提醒他說。

「我曉得。」老喬說；「前頭就是樹蔭涼了，等我抹把汗，潤潤喉嚨，過足了煙癮再說。」

他這一歇腳，就歇去了大半個時辰，再上路時，他才又拾起了那個故事……

「噯，剛剛我講到哪兒了？」

每逢他停歇一陣之後，他總要這麼問上一句。

「不是說，四個小鬼爲搶紙錢打架，撈走人家的衣裳，拔去人家的青菜，又取走人家的馬桶箍，二大爺說是要去七里墳，遇著小鬼問一聲嗎？」

「對了，對了！你瞧我這腦筋，叫太陽晒得不靈光了……你聽著，咱們二大爺，他心裡也是懊惱著、納悶著，懊惱的是遇上這幫討厭的小鬼，打發全打發不掉，納悶的是鬼打架要拿走馬桶箍，究竟能派上什麼鬼用場？爲這個，他一夜都沒睡好覺，第二天傍晚，又騎驢去了南大荒，起更的時刻，到了七里墳。

叫驢那麼一停蹄子，幾個小鬼又現出來了。

遲升的月亮白蒼蒼的，彷彿害過一場大病，那窩子鬼也像害過一場大病，呲牙鬼的那兩顆上翹的大門牙，掉是沒有掉，只是變得朝下彎，再不是朝上翹，兩隻眼皮也像受了傷，一邊貼著一莖青菜葉兒（**鄉野上人們，認為青菜葉兒功能拔毒怯火**），葉邊半遮了他那雙喜歡打轉的鬼眼，望人都得仰起脖子，鼻孔朝天，斜著朝上望。

嗯，他拔兩棵青菜是用來貼他那傷疤的，雖說是取之不正嘛，倒也還情有可原。

轉眼再看看，歪鼻子鬼和縮頭鬼兩個，也是鼻青臉腫，拐腿拖胳膊，成了一狼一狽。歪鼻子鬼扯了從人家後院晒衣架上撈來的白小褂子，斜包著半邊臉；縮頭鬼把那條黑布長褲倒過來，褲管挽個結，套在他那和腦袋不分彼此的脖頸上，把一隻胳膊懸吊著。

『二大爺，您好。二大爺，』也許就因爲那疊子燒紙錢，幾個小鬼老遠就作揖打恭的，那股子親熱勁兒，就像做了乖兒子似的。

『你們這幾個小鬼頭，真不是東西！』二大爺動火說：『爲了幾個燒紙錢，打架打成這個樣，又可憐，又可嫌，虧得還有臉說是什麼把兄弟呢！』

『二大爺，您無須乎大驚小怪，』吱牙鬼說：『鬼打架，在咱們是家常便飯，等到錢花完了，也就不爭了，不吵了！』

『昨晚上燒的紙箔，今晚就花完了？』二大爺他說：『怎麼花的？花得這麼快當?!』

『吃、喝、嫖、賭。』歪鼻子鬼說。

『外帶抽大煙（鴉片的俗稱）。』縮頭鬼接了一句。

『還加上做賊！』二大爺吹動鬍子說：『你們昨晚上搶紙錢打架，不該把人家衣裳褲子、青菜，馬桶箍都搶的來，街坊鄰居全罵我不該惹鬼，我燒紙消災，也只這一回，再沒下一回了！』

『您……您可甭生氣，二大爺，』吱牙鬼解嘲說：『咱們既不是暗裡偷，又不是明裡搶，只不過是一時高了興，來了個順手牽羊！』

『牽旁的倒也罷了，』二大爺質問說：『牽了人家的馬桶箍來，算是那一門子？』

『什麼瑪瑙箍？二大爺？』吱牙鬼說。

『咱們沒……沒……看見，是不是？王八。』歪鼻子鬼在一邊附和著。

『那也許是韓楚拿的來的。』縮頭鬼說：『咱們沒拿，根本不知道什麼叫瑪瑙箍？』

二大爺聽了話，有些哭笑不得的味道，這窩子小鬼，眼都是有眼，怎會連一塊馬桶箍都認不得？爲了追查清楚，不得不做出手勢，這麼反覆比劃著說：

『這馬桶箍，是人家馬桶上的外圈蓋子，木頭做的，不是什麼珍珠瑪瑙，上面還沾些兒尿屎的騷臭味兒！……它的樣子麼？呃……呃……像是……對了！像是個寬邊沒底兒的銅盆，不過上面還加個小圓蓋子，叫做馬桶蓋。這玩意兒，你們做鬼的拿來有什麼用？』

『那……那？二大爺，』吱牙鬼說：『那一個空心圈兒瞧來好做什麼？』

『嗨！連這個也要問？』二大爺翻下驢來，蹲個樣兒說：『那是墊屁股用的，不懂嗎？』

也許二大爺他年老骨頭硬了，蹲下身子時，把不住分寸，蹲得太猛了些，嗶叉一聲，把個燈籠褲子的褲襠蹲叉了線，差點兒露出老三件來。幾個小鬼笑得頭更縮，鼻子更歪，門牙更彎了。

『笑！有什麼好笑？』二大爺站起身來叱喝說：『沒有這行當，你們能從石頭裡迸出來！』

幾個小鬼忍不住，還是笑，還是笑，笑得前仰後跌的，閉不攏嘴來了！

『我沒功夫跟你們泡蘑菇，』二大爺說：『你們這窩子小鬼，在鬼窩裡飄來盪去沒事幹，閒著也是閒著，我是時刻都有正經事等在身上，你們再笑，我得用旱煙袋燒你們的鬼腦袋了！』

『不，不是的，二大爺，我們不敢笑您哪！』

『小的們真不是笑您，二大爺，我們笑的是那個斜眼老三……韓……韓……韓楚！』

『說給您聽，您也會笑的！二……二大爺！』吱牙鬼笑得流淚彎腰說：『那……那……那隻馬桶箍，就是……他，他偷來的。』

『嗯，』二大爺點點數，昨天的四個小鬼，眼前只有三個，正差那個什麼旱鼠，就問說：『那個翹屁股的缺德鬼，偷了馬桶箍，躲到哪個老鼠洞裡去了？』

『您甭再罵他老鼠了，二大爺，他哪兒再去鑽什麼老鼠洞？』吱牙鬼說：『這個傢伙回來窮吹其牛，說是跟您二大爺——吃鬼的爹爹，有過一面之緣，這兒的一些孤陋寡聞的土鬼，立刻就奉承起他來了！』

『他何止吹這點兒？』歪鼻子鬼說：『他是見著鬼就說：那個吃鬼的爹爹法術高強，捻著鬼就吃，好像喝酒的時刻捻著花生米兒一樣，但他卻不敢打我的主意，昨晚他打七里墳路過，我噴霧打牆要迷他，攥長了他那黑叫驢的耳朵，那老傢伙跟我說好聽的，說樂意跟我做個朋友，又請咱們去那兒吃齋供，臨走，每人各送兩百紙錢做路費，那吃鬼爹爹最是看重我，還特意賞我一個大紅頂兒戴！』

『我哪兒賞過他什麼大紅頂兒？』二大爺說。

『就是……是那紅漆的馬桶箍呀！』吱牙鬼說著笑著，差點把他那兩顆鬼牙笑掉下來。

二大爺雖然憋了一肚子氣，也忍不住的朝外噴氣，天下竟有這種丑鬼，搶隻馬桶箍，拿當大紅頂兒戴?!還說是我二大爺賞賜的。

『您瞧，那不是咱們的斜眼鬼兄弟，引著大群的鬼來啦！』

嘿，二大爺他轉臉一瞧，就瞧見那個得意洋洋的斜眼鬼，頭上頂著那隻馬桶箍，不倫不類的跳著蹦著，嘴角扯到耳朵邊，笑得見牙不見眼，彷彿連骨頭都酥了。二大爺不見他這副鬼形不生氣，一見他這付鬼德性，不禁氣朝上湧，七竅生煙，掄起小煙袋，唰的就是一傢伙，打得那斜眼鬼哎唷一聲鬼叫，腦袋上腫起個紫疙瘩，連身子都朝下矮了三寸，抱著頭，轉臉就跑。

『你這隻賊鼻賊眼的老鼠，』二大爺說：『我這只是師徒倆比武——點到爲止，你若再敢假二大爺我的名頭，行那種骯髒事，當心二大爺還有殺手鐧和回馬槍，夠你瞧的就是了。』

二大爺這一煙袋，把那幾個小鬼的氣燄都打沒了，齊聲求告說：

『二大爺，您息息火氣，他借您的名頭，回鬼窩來吹牛誇口，還不是爲了顯姓揚名，過過出風頭的癮嗎？您剛剛打了他一煙袋，業已夠了。』

『揚名？揚名！揚它媽的鬼名！蛤蟆就是蛤蟆，老鼠就是老鼠，再變也變不出人味來，憑那臭東西頂在頭上去揚名，只怕弄得臭名遠播，穢不可聞了！』二大爺轉臉取過酒葫蘆，拔開葫蘆塞子搖一搖，骨嘟骨嘟喝了兩口，噓出一股子濃香撲鼻的酒氣，逗得那窩子小鬼喉骨直跳。二大爺也不理會，喊說：『替我撮驢，我要到南邊集鎮上盤賬去了！』

幾個小鬼叫二大爺震懾住了，吱牙鬼乖乖的撮驢韁，那兩個跟在後頭，輕輕拍打著驢屁股，怕二大爺騎得不愜意，又會動那小煙袋。——就算點到為止，也怕吃不消。

走著走著的，縮頭鬼說：

『二大爺二大爺，您這一臉的福相，日後有老福享呢，若是多做點兒功德事，怕不是五子登科的命？您說功德嗎？多替咱們燒點兒紙箔，鬼都會替您唸經的。』

『二大爺，您膝下有幾個子女了？』吱牙鬼說。

『正如他所說的，我有五個兒子，外加一個女兒。』二大爺說。

『您日後不會再騎驢，該換匹高頭大馬啦。』歪鼻子鬼說。

『幹嘛要換馬呀？』二大爺不以為然的：『粗茶淡飯菜根香，人說：走路不離毛驢，吃飯不離鹹魚，日子過得去就成，我這人，不貪那高官厚祿，哪用得騎馬坐轎子，擺那種闊排場。你幹嘛勸我換馬呢？』

『嘿，二大爺，您騎驢，咱們拍的是驢屁，』歪鼻子鬼說：『您要是不買匹馬騎，咱們這窩子鬼，就是想拍您的馬屁也拍不上啦！』

說了這半天，原來是拐彎抹角的，存心要拍我二大爺的馬屁，真是鬼心眼兒難揣摸，二大爺就說：

『要就馬虎點兒，驢屁將就拍拍罷，講到拍馬屁，現如今還談不上，倒不是我不讓你們拍，你們二大爺我，這一輩子也沒那閒錢去買馬。』

『你們兩個，也甭盯著二大爺了！』吱牙鬼拿出做老大的神氣說：『也許在二大爺的心眼兒裡，咱們鬼幫的弟兄幾個，連拍馬都嫌不夠料兒呢！』

閒話邊走邊談，不一會兒就出了七里墳，二大爺也沒有要他們再送，揮退了幾個纏人的小鬼，一個人趕夜回到店房去，要掌斗的老徐剔亮了燈，翻開賬簿兒來盤賬。也不知怎麼的？總覺心神有些恍惚，平素盤熟了的賬，竟沒有心腸盤下去了，吸著一袋煙，鎖著眉毛儘打楞盹。

掌斗的老徐見著了，忍不住問說：

『二大爺，您可是有什麼心事？不言不語的，光在打楞盹。』

『唉，跟你說了也沒用，老徐。』二大爺兩眼發直，看著他自己噴出來的煙。

『遇事您不妨看開點兒，您一向是曠達的人。』

『唉，跟你說了罷，我想我是得罪了小鬼了！』

『唷?!』老徐叫嚇了一跳。

『我不該一時動火，用小煙袋敲腫他那鬼腦袋的！』二大爺說：『寧可開罪閻王，開罪不得小鬼，這傢伙，脫不掉麻煩了！』二大爺就跟掌斗的老徐，把怎麼在七里墳遇上那窩小鬼的事，原原本本，一五一十的又說了一遍，壓尾他愁說：『我只是個本份的人，素來也沒跟鬼物打過什麼交道，哪會吃什麼鬼來?……鬼心眼兒窄得很，容不得針尖兒，今夜我敲了斜眼鬼的腦袋，他幾個鬼東西，背地後還不知咕咕嘰嘰的想出什麼樣的鬼主意磨算我呢！萬一他們變了嘴臉，光憑這管小煙袋怎麼成？』

『嗯，實在是宗棘手的事情，二大爺。』掌斗的老徐說：『我也早就聽人說過，說七里墳有一窩子惡鬼，看樣子，是想在鬼窩裡開碼頭，西鄉有人看見他們結起鬼旋風，把七里墳邊叉路口的小土地廟也給搶了！』

『這夥子鬼、東、西！』二大爺挫著牙說：『他們眼裡還有王法嗎？土地公公正是當方的福德神，竟也遭了小鬼的搶劫？他怎不去告訴城隍？』

『告訴城隍有什麼用？』老徐聳聳肩膀說：『管鬼的遭了鬼劫，土地老爺的面子摘不掉，只好啞巴吃黃蓮，肚子裡叫苦。他就是摘下老臉告訴城隍，城隍也會說：這是自己的事，怎麼倒來找我？』

『我這管旱煙袋，怎能強得過土地老爺的拐杖？』二大爺苦笑說：『若有第二條路好走，我們也犯不著硬走七里墳，不過，我自信爲人清清白白，沒有什麼軟手把兒抓在那窩小鬼手上，雖是有麻煩，也不至於怕他們。』

就算他二大爺不怕鬼罷，有事黏在心窩，也刺刺戳戳的不太好受。強捺住性子把賬盤妥了，就躺在那張斑竹躺椅上睡了，一夜到天亮沒睡實落，老是做怪夢。好像夢著有個小鬼，耳朵貼在門縫上聽壁根子，也不知被他聽去了什麼？

二天晚上，二大爺又該回北邊鎮上去了，他叫人把他酒葫蘆裡灌足了酒，像硬著頭皮闖關似的，騎驢朝南大荒去。快到七里墳時，他打火吸著了一袋煙，把小煙袋捏在手上備用。

騎驢剛轉進墳場，貼地一陣旋風捲過，就見那四個小鬼大模大樣的攔路坐著，明明見了黑叫驢過來，驢背又馱的是二大爺，他們卻愛理不理擋住了驢頭，讓二大爺他沒路好走。

『起來起來！』二大爺說：『你們這樣攔著我，是想耍賴怎麼的？』

『不錯。』吱牙鬼懶洋洋的說：『好漢怕賴漢，賴漢獨怕歪死纏，咱們今兒就是歪死纏。』

『二老頭子，你放明白點兒！』上一回挨過二大爺煙袋敲腫腦殼的斜眼鬼氣勢洶洶的說：『你甭想再拿吃鬼爹爹的名頭嚇唬咱們，昨夜我去聽壁根子，業已聽出你那吃鬼爹爹是冒充的，咱們今晚上該當算算賬了。』

二大爺一聽口風不對勁了，斜眼鬼連『二大爺』這個稱呼也收了回去，直稱『二老頭子』

了。無論如何，眼前是人少鬼多的局面，這場鬼氣算是受定了，不過，受氣總不能乾瞪兩眼受？不能通之以情，總該喻之以理罷？……想到這兒，就清清喉嚨說：

『你們這窩子鬼，真是翻雲覆雨的小人，前些日子，收我二百錢紙錢，就爭著呵奉我，我沒馬屁，你們連驢屁也照拍，今兒二大爺我沒紙錢燒給你們，你們就想變鬼臉我看？作興這樣勢利麼？』

『嗐，那些酸話你少說！』歪鼻子鬼說：『你還不知咱們弟兄幾個是幹哪行的?!訛、吃、詐、騙，咱們是老本行！』

『外帶偷雞摸狗。攔路劫財！』縮頭鬼把頭伸出來說：『今兒攔的就是你！』

『乖乖的下驢來，陪咱們坐一會兒罷，』吱牙鬼怪裡怪氣的笑著：『你還不肯下來，敢情是想嚐一嚐鬼扯腿的滋味？』

二大爺還算沉得住氣，翻身下了驢，找個石碑座兒坐下來說：

『你二大爺我下來了，你們想怎樣？動搶罷！』

『也沒什麼好搶。』吱牙鬼說：『陰司用不得陽世的錢，陽世也用不得陰司的冥紙，咱們搶你幹什麼？只是咱們攫著這匹黑叫驢，卻要借來騎一騎了！』

幾個小鬼向二大爺『借』驢騎，就像山上老虎下來『借』豬吃那樣霸道，借字一出口，不管二大爺點頭不點頭，伸手就去牽驢。吱牙鬼要騎驢，那三個也搶著要騎，吵吵鬧鬧的爭持不下，又來找二大爺評理。

『二大爺，您說，驢是我開口先借的，該不該由我先騎？』呲牙鬼說。

『你先借的？』斜眼鬼嚷嚷著：『驢韁繩是我先撮著的！誰先撮著了該誰騎！不信你問二老頭子。』

『你兩個甭爭了，』歪鼻子鬼說：『借驢的鬼主意，是我先拿的，當然該我先騎！』

『好了，好了，你們三個都在爭，不拉臭屎佔茅坑，』縮頭鬼說：『我沒爭沒搶，還是讓我先騎算了！您說怎麼樣？二大爺。』

二大爺又好笑又氣惱，捏著煙袋桿兒盤算著，假如四個小鬼輪流騎我的驢，就算每人騎一圈兒罷，也要騎幾個時辰，自己這一夜，就得在鬼窩裡乾熬，橫豎他們一心要騎驢，不如慫恿他們一道兒騎罷！當時就說：

『既然要玩鬼騎驢的把戲，不要一個騎，三個等，乾脆一道兒騎上去，要得熱鬧些。』

『咱們一道兒上，只怕那牲口經不住壓。』

『呿！』二大爺嗤嗤鼻孔笑說：『你們這幫子小鬼，合起來上秤稱，也沒有二兩重，空有個人模人樣的鬼形，又沒血肉，又沒骨頭，莫說只有四個，再來上十個二十個，也不要緊！』

幾個小鬼有了驢騎，也不管二大爺了！鬨的一聲，一窩蜂似的爬到驢脊背上，嘟嚷得兒的鬼叫一陣，拍手打掌笑鬨鬨的把驢給騎走了。

二大爺他也沒辦法，誰叫他遇上這窩鬼，又不自量力的喊出吃鬼爹爹這名號來的呢?!沒有驢，這條幾十里長的荒路怎麼走?只好捺住性子等著罷，既是人佔白晝鬼佔夜，夜也快過去了，天亮前，他們還得把驢給送回來的，小鬼再惡，也不能把活驢牽進墓穴裡去的。……

他就這麼等著，等了又等，看看天色都快亮了，還是沒見小鬼牽驢回來，心裡想，這究竟是怎麼回事兒?難道當真像俗語說的——說鬼話，不算數嗎?他們不是說搶，是說借的呀!還是去找找罷。

二大爺打定主意，叨著煙袋站起身，想到七里墳的亂塚堆深處去找驢，說真箇兒的，那可是宗難事兒!亂塚堆密密麻麻的，眼望不盡都是墳頭，多過秋天野地上的花生堆子，即使在大白天裡，誰要走到亂塚堆深處去，也不見得能摸出來，也可以說從沒有人進去過，何況天色說亮還沒亮呢!

就因爲急著找驢，二大爺他也管不了這許多了，荒草漫過膝蓋頭，一腳高一腳低的踩著坑窪!越走越不知走到哪兒來了?這哪是什麼亂墳塚?簡直像諸葛亮擺下的八陣圖嘛!好像聽見驢在叫，離腳下還很遠很遠，等到順著聲音摸過去，二大爺的褲管也叫草刺刺破了，兩手也叫草刺劃傷了，連鬍子也叫灌木枝拔掉好幾根，虧好這時刻，天色業大亮了。」

「他找著那匹驢沒有呢?」我這是頭一回打岔。

「驢是找著了，渾身汗氣蒸騰的，被拴在爛泥塘邊，二大爺的那隻頭號酒葫蘆，卻被小鬼們摘了下來，扔在亂草窩裡，』老喬說：『二大爺過去牽了驢，再彎腰去取酒葫蘆，發現葫蘆塞兒拔開了，滿滿一葫蘆酒，叫幾個小鬼偷喝得乾乾的，點滴不賸。

當然囉，咱們二大爺這一回是吃了點兒小虧。

二大爺回家見著二大娘，二大娘說：

『你這個大酒桶，可不把人給急死了?!等你一整夜，沒見你回店舖，叫人打著燈籠到處找！還以爲你抱著酒葫蘆，在荒郊野外喝醉了呢！』

『我在七里墳的鬼窩裡得罪了一窩子小鬼，』二大爺說：『昨晚上他們窮消磨我，強借了我的驢去，又偷喝了我一葫蘆好酒！我是個老實人，沒法子再跟他們打交道了，困在鬼窩裡，那滋味也不是好受的。』

二大娘平素就怕鬼，一聽到七里墳這三個字，更嚇得直唸『阿彌陀佛』，哪還能拿出半點主意?……街坊鄰舍呢，各有各的看法，有那寧人息事的，就勸二大爺，說是：人怕鬼不爲羞，您就算怕了這窩子惡鬼，也損不了您二大爺幾根汗毛，多燒點紙箔給他們，把積怨消了，也就罷了！更有些叫鬼物嚇怕了的，真個是『一朝挨蛇咬，十年怕草繩』，乾脆就勸二大爺白天下去，把大荒南的那片糧行收拾收拾，盤給旁人經營，這一輩子不走七里墳；但咱們二大爺那種脾氣，哪肯向小鬼低頭?!他說：

『惡鬼這種東西，除非他不找到你頭上，既是找到你頭上來，你就不能讓他怕他，你讓他一寸，他就會進一尺，你一輩子不走七里墳，他一樣會找上你！』

『您說的對，二大爺！』有幾個膽大的說：『這些欺人的小鬼，非得給點兒厲害的顏色給它們瞧瞧不可！最好是趁它們騎驢的時刻，攫兩個回來煮了下酒！』

『也許有一天，我真會吃鬼的，』二大爺一心的豪氣，又叫他們挑動了，掀著鬍子笑說：『咱們是老公爬兒媳婦——悶幹到底！』

二天又該去大荒南了，二大爺又把那隻酒葫蘆灌得滿滿的，這回灌的不是酒，卻是一葫蘆尿水。到了七里墳頭的叉路口，老遠就聽見那窩小鬼在嚷叫：『哦，又要借驢騎嘍！來喝二老頭子的酒啊！』

『下來罷，二大爺，』吱牙鬼說：『咱們還是要借您的驢騎一騎。』

『對！咱們借驢騎一騎。』那三個也搖旗吶喊的，在一旁助威。

『好好好，』二大爺連聲答允說：『我下來，你們把驢給牽去騎去！』

二大爺翻身下了驢，把韁繩交給吱牙鬼，卻順手一摘，把裝了尿水的葫蘆摘下來說：『你們儘管騎驢作耍去，我坐在這兒喝我的老酒罷！——上一回，忘記把酒翻蘆摘下來，你們騎著驢狂顛，把葫蘆顛掉在地上，把我那一葫蘆好酒全糟蹋了，真是可惜！』

幾個小鬼原是拿騎驢做幌子，想趁機偷喝掉那葫蘆酒的，一瞧二大爺摘下葫蘆，就沒心腸再去騎驢了。

『不瞞您說，二大爺。』歪鼻子鬼說：『上回那葫蘆酒，一滴都沒糟蹋，是叫咱們弟兄幾個偷喝了，醉了一天一夜還沒醒透呢！』

『沒醒透不好再騎驢，再騎會摔跤！』縮頭鬼說。

『借酒來醒醒酒，是再好不過的法子！』歪鼻子鬼說：『二大爺，咱們變了主意！不騎您的驢了，您葫蘆裡的老酒，借給咱們喝喝罷！只要您常常給酒給咱們喝，咱們幾個小鬼，就不找您的麻煩！』

『今兒可不成！』二大爺故意緊抱著葫蘆說：『平常我那酒，都只是土產的原泡高粱，今兒這葫蘆，卻是旁人送我的，紹興產的名貴花雕！』

二大爺越是把葫蘆抱得鐵緊鐵緊，那幾個小鬼越是饞得口水咧咧，幾幾乎動手來搶奪了。

『你們幾個先聽我說話，』二大爺說：『你們二大爺我不是小器人，也沒存心找你們的岔兒。鬼是鬼，人是人，井水不犯河水，上回我打了斜眼鬼一煙袋，是替它去去晦氣，犯不著記恨我……』

『只要有酒喝，我韓楚就不記恨誰。』

『好！』二大爺把葫蘆推出手說：『這麼珍貴的花雕酒，我自己都沒捨得嚐一嚐，全給你們喝了罷！』

幾個小鬼攫著酒葫蘆，忙不迭的拔開塞子，你一口，我一口，輪替的大喝起來，喝了半葫蘆之後，這才咂著嘴，品嚐著。

『這酒好像有些不甚對勁兒？』咬牙鬼冒充內行說：『怎麼有些酸酸的，像是變了味？』

『我還覺有些發苦呢！』縮頭鬼說。

『我從沒喝過這種樣難喝的酒！』斜眼鬼說：『這……這哪兒像是酒呀?!』

歪鼻子鬼一聽那三個都開口批評了，爲了表示他懂得的多，又與眾不同，就搖頭說：

『你們三個，敢情全是二半調子，非但沒到過紹興，在世爲人的時刻，也從沒喝過花雕酒！』

『你充什麼人熊？』哎牙鬼說：『咱們沒喝過，難道只有你喝過？』

『當然囉！』歪鼻子鬼說：『我喝過才敢說這話！人家二大爺這葫蘆的酒，硬是正宗紹興產的花雕，又至少窖了近廿年，你們全是井底下的瞎眼烏龜，沒嚐過花雕，一味在那兒胡說八道！』

『你這缺德帶冒煙的小鬼頭，什麼時刻嚐過花雕的？』哎牙鬼說：『聽你那鬼話，鹽都賣餿啦！』

『你們怎能這樣門縫看人?!』歪鼻子鬼嚷說。

『你根本不是人！我問你，你什麼時刻嚐過花雕的？你不說出緣由來，就是侃空（意即窮打高空）！』

『嗯，那……那該是前一輩子，我做人的時候。』歪鼻子鬼說：『那時刻，我有個親戚，是我家三嬸兒外家的表兄弟的襟兄弟的遠房姪兒的堂房叔叔……的內弟家的大舅父的兒子…』

『天喲！這算它娘哪一門子鬼親?!』

『這該算是狗皮膏藥貼爛肉，——硬沾硬黏的掛角親，』吱牙鬼說：『說罷，你那位尊親跟花雕酒有什麼相干？』

『要是沒相干，我特意提他幹什麼？』歪鼻子鬼說：『我的鼻子歪，嘴可沒歪，用不著胡扯蛋。我那位親戚早年幹土匪，搶過一罈子陳年花雕酒，我也喝過那麼一盅，這酒嘛，酸裡帶著些兒辣，苦裡又帶著些兒甜，陰醇到極點，最是補人……人家二大爺這葫蘆酒，是正宗的花雕，沒錯的！』

『嗯，既像你說的，有這麼許多好處，』吱牙鬼搶著說：『那我得再喝幾口嚐嚐了！』話沒說完，動手就搶過葫蘆來，牛飲水似的大喝特喝，那兩個小鬼，也聽了風就是雨，扳著葫蘆動搶，一面抱怨說：

『哪興這樣獨喝的？要補，大家都補一補！』

總共一葫蘆尿水，哪經得四個小鬼爭著補的？葫蘆傳了兩個圈兒，就搖不響了！斜眼鬼扳著指頭一數算，旁人都喝了三遍，唯獨自己才喝了兩遍，心有不甘的把空葫蘆搶來，朝石碑角上一摔，把個葫蘆砸成兩隻破瓢。

『你這叫什麼話？』吱牙鬼說：『葫蘆是人家二大爺花錢買來的，你它娘睡不著覺怨床歪，拿葫蘆出氣做什麼？——下回叫人家二大爺拿什麼裝酒？』

『我要舐舐，』斜眼鬼說：『我要舐夠老本！』

『不要緊，不要緊，』二大爺笑說：『市上的酒葫蘆多得很，這隻壞了，我再換一隻就是了！只要你們不嫌酒味淡薄，改天我再請……今晚上我有事，不能久耽擱，這就得走了！』

二大爺騎上驢，幾個喝了一肚子騷水的小鬼，還一直送至七里墳南呢。二大爺他心想：你們這窩子小鬼，孤陋寡聞，也只能耍點兒鬼頭聰明罷了！能把尿當成花雕，自然也能把花雕當成尿水，仗著有一張厚臉皮，居然還敢搖頭晃腦的發議論，真讓人笑掉大牙啦！

像這樣的一窩子小鬼，二大爺原也無心怎樣它們的，就因為回去當夜，他做了個夢，夢見哭著臉的喪土地老爺，帶著一群哭哭啼啼的鬼魂，來到二大爺的店舖裡，二大爺當時就問說：

『這是怎麼了？土地老爺，您老人家找我，可有什麼事嗎？』

『二大爺，我是來求您幫忙的。』土地老爺說：『七里墳是個窮地方，年輕力壯的野鬼魂，都跑到遠處去，拎條草繩兒謀生去了，只賸下些老弱婦孺守著墳，前些時，來了四個惡狠狠的小鬼，歪鼻子邪眼，吱牙縮脖子，拉起鬼幫來到處橫行，這些都是受害的……您瞧瞧。』

『哎喲，土地爺，我能幫您什麼忙呢？』二大爺說：『您手裡那根打鬼的拐杖，對付不了這窩小鬼嗎？』

『甭談了，二大爺……』土地老爺說：『算來我也是個受害的。它們結起旋風闖進我那破瓦缸，搶去我吊在拐杖頭上的那兩串紙錢，把那隻紅薯刻的蠟燭台分著啃掉了，最不該把我那口子的鞋也脫了去，讓她赤著腳，走不出廟門。……我年老力衰，加上常年捱餓，一心想打鬼，哪還舉得動拐棍？』

『這個忙，我只怕幫不上，』二大爺他說：『前幾天，我也受了小鬼的窩囊氣，今晚上，剛剛灌了它們一葫蘆尿水……這麼點到為止的出氣方法我是有的，要說是拿鬼吃鬼，您還得去找鍾馗！』

『這如今鬼亂子太多，鍾馗我不是沒找過，』土地爺說：『我去的時刻，他正躺在病床上哼哼呢！他說吃鬼吃喪了食，一聽說叫他來捉鬼吃，他就哇呀哇的，吐了一大堆鬼渣子出來。』

『這……這叫我怎麼辦呢？』二大爺說：『我只是個血肉凡人，沒有那個吃鬼的能耐，明知這幾個小鬼可惡，可也拿他們沒辦法呀！』

『不要緊。』土地爺說：『您只要弄一壺一杯即醉的烈酒，把它們弄醉了，揣在驢背囊裡帶回家，放在烈火頭上燒，就會把它們燒得散成一陣青煙！』

二大爺醒後一回味，才知剛剛做的是一場夢，不過土地爺講的話，還句句記得很清楚。七里墳的那窩小鬼，原來都有邪惡和施壞的兩付嘴臉，對自己用的是小壞，對那些老實鬼魂用的卻是大惡，這種鬼，憐惜不得它們，一把火把它們燒成一股子青煙也就罷了！

天亮時，二大爺他想出個主意，叫掌斗的老徐到市上去，買回一條兩尺多長的大鰻魚來，——你問他買鰻魚幹什麼用？嘿，他要製一種一杯即醉的酒！

說起來很簡單：二大爺他買隻新的酒葫蘆，裡頭裝了一壺子原泡的高粱酒，他把這條活鰻魚塞進葫蘆裡去，把葫蘆塞子塞緊，——那鰻魚淹在酒裡，竄又竄不出來，不多一會兒就醉死了，你知道，鰻魚嘴裡吐出來的沫子最黏，使那酒凝成一股陰醇的黏勁，喝了下去，久久不發散，甭說那窩子小鬼，就是丈八金剛，也照樣會給醉倒。

這回二大爺還沒到七里墳邊呢，四個小鬼早就攔在路口等著他了，一聽見驢叫，就喊說：

『來了！來了！咱們二大爺他又帶酒來了！』

它們一邊喊著，爬起來就朝二大爺騎著的驢身上跳，斜眼鬼和歪鼻子鬼，一邊一個坐在二大爺的兩條腿上，呲牙鬼坐在二大爺的懷裡，縮頭鬼沒地方擠，就騎在黑叫驢的脖子上。

二大爺並沒跟它們熟悉到這種程度，那幾個小鬼是自來熟，只要能搶到酒葫蘆，親熱得肉麻兮兮原形畢露也不要緊。它們爬上驢，並不是要跟二大爺親熱，全爲想早點兒攫著那隻葫蘆。

『今兒這葫蘆裡，裝的是烈性的酒。』二大爺說：『你們喝是喝，可要喝得斯文些兒，千萬甭嗆壞了喉嚨管兒！像吞了鹽的蛤蟆似的鬧咳嗆。』

『酒不怕烈。』吱牙鬼說：『跟您說句實話，您前晚帶來的那葫蘆花雕，醇雖醇得很，可惜的是酒性太軟了些兒，喝了不夠過癮。』

『喔！這葫蘆酒，才夠過癮呢！咳……咳……咳……咳……』縮頭鬼後來居上，已經喝將起來了。

一葫蘆烈酒封住了嘵嘵不休的鬼嘴，只聽見它們一路上不斷的呵出被酒辣麻了舌頭的嘶哈、嘶哈的聲音。二大爺那法子真靈驗透了，這一回，葫蘆裡的酒還沒喝乾，那四個小鬼就已經醉得軟綿綿的不能動彈了。縮頭鬼把頭縮進脖子洞裡去，半醒半睡的打著鼾，兩手還緊緊的抓著驢鬃毛。斜眼鬼和歪鼻子鬼沒用二大爺多費手腳，慢慢的從他兩邊膝蓋頭上朝下滑，竟自滑進驢背囊裡去了，只有吱牙鬼的身子，越醉越硬，一把捏不動它。

二大爺先搖搖縮頭鬼，把他也揣進驢背囊裡去，單賸下一個硬梆梆的吱牙鬼，二大爺舉起它，橫揣也揣不進去，豎揣也揣不進去，沒法子，只好掏出一條小麻繩兒，捆住它的手腳，把它橫放在驢背上。

他收拾了這窩子惡鬼，就拚命的吆喝著黑叫驢，巴不得立即就趕回大荒北的鎮上去，燒一爐子熊熊的烈火，把它們給燒散成煙，叫它們不能再作祟！欺侮鬼，嚇唬人了！這樣做，也好不負土地爺的一番託付。

眼看快到鎮上時，天到五更頭了，喔喔的一聲雞叫，卻把二大爺這番巴望叫成了泡影，低頭再看，哪兒還有鬼影兒？因爲鬼物跟人不一樣，它那些鬼形，都是仿著人形幻化出來的，有形無影，可大可小，可有可無，你甭說用麻繩，就是換用鐵鍊兒，也照樣縛不住它們，儘管它們醉了酒，一聽見雞叫，全都化成旋風遁掉啦！……嘿，好涼風！』老喬說著說著，又勒住話頭吊起胃口來了。

我一心聽著鬼故事，不覺得車子走得多麼快，抬頭再看看，那些發散著燠熱的高粱田和玉蜀黍田都落到身後去很遠了，眼前是一片空空曠曠的荒野地，涼風沒有遮攔，吹得人飄飄的，只在右前面，有一道很低的橫崗子，崗子上有許多樹圍著一座小村莊。

「這回到了南大荒了罷？」

「這是前孤莊，」老喬說：「翻過眼前這道崗子，就到南大荒的邊兒上了！」

「你等歇再抽煙好不好？」我說：「後來，二大爺他究竟捉著鬼沒有嘛?!」

「好，」老喬說著話，吸口涼風提提神說：「二大爺頭一回捉鬼，算是棋差一著，明明捉到手，又叫它們遁掉了，甭說你懊惱，我懊惱，二大爺他自己可不是更懊惱？幸虧幾個小鬼當時醉呼呼的，要不然，打草驚蛇，下回要想捉它們，可就更難了！

回到家裡，二大娘接著他，他恁話沒說，倒下頭悶睡了一上午，醒後二大娘問他，他才把怎樣捉鬼，沒能捉著的話，跟二大娘說了。

『我弄不懂，』他搔著頭皮說：『究竟用什麼法子，才能把這窩小鬼給定住，叫它們不會再借風遁走掉？我相信，只要有了這法子，捉起這窩子小鬼來，就會像瓦罐裡摸螺螺——走不了瞎爹爹的手了！』

『嗯，我倒想起一個捉鬼的法子來，』二大娘忽然兩眼發亮，抬起頭來說：『這也還是在我做孩子的時刻，聽鄰舍們講說的，他們說：要想捉鬼，有兩個法子，說是鬼的腦後窩，都有三根黏在一道兒的鬼毛，俗稱鬼小辮子，這條鬼小辮子長在鬼頭上，用處多得很，它能使得鬼有鬼精靈，生出鬼主意，敲響鬼算盤，耍出鬼點子，變出鬼花樣，做出鬼名堂來，又能使得小鬼起旋頭，變鬼臉，使遁法……你要想捉鬼，首先得看準了，一把攥住它的鬼小辮子，咬一咬牙，把它那三根鬼毛連根拔掉，鬼就再沒有旁的鬼法門好想了。』

『好！』二大爺說：『那第二個法子呢？』

『誰知道靈驗不靈驗呢？』二大娘說：『我也不過是很久之前聽來的。』

『也許妳說給我聽，多少有點用處。』二大爺說：『橫豎事到急處，我就拿那幾個小鬼試驗試驗。』

『你最好先用第一個法子——攥住鬼小辮子，拔掉它那三根鬼毛，要是一時找不著鬼小辮子或是手抖眼花，怕捉不準，那你就得一口咬破手指頭，把人血洒在鬼身上。』二大娘說。

『人血洒上去會怎樣呢？』

『據說也能把鬼定住，讓它遁不掉！』二大娘又說：『早先我聽人講：馬家頭莊有個馬大娘，家裡常常鬧鬼，有一年也是夏天，一家子都還在外面乘風涼，馬大娘先回屋，掛起紗蚊帳，在床上躺著沒睡呢，床頭的梳妝台上有盞煤油燈也沒捻滅，不過燈燄捻得小小的，也還能見著帳外的東西。

忽然間吹起一陣陰風，紅紅的燈燄變成慘綠的，就看見一個穿著火紅緞子衣裳，脖子上還拖著一條麻繩的吊死鬼，從牆裡邊飄呀飄的飄出來！吊死鬼當時是背著臉朝後退著過來的，等到它脊背挨著帳紗，才停住身子不動了，猛的轉過臉來，直直的對著馬大娘。那吊死鬼的頭髮，朝四邊披散著，兩隻眼珠子從眶子裡凸出來，拖垂在鼻梁兩邊，圓圓黑黑的眼珠子，照樣會瞪著人，還會的溜溜的打轉呢！那條長舌頭血滴滴的，朝下滴著帶血的黏涎……她這樣把馬大娘望了望，又伸出痙攣的、雞爪似的手，去掀動馬大娘床上的那頂帳子。

饒是馬大娘的膽子大，這一嚇，也幾乎把她嚇暈過去，她一想：橫豎是沒有地方好躲讓了，叫她嚇死也是嚇死，那吊死鬼又笑著朝她招手，想勾引她去上吊，馬大娘一急，橫下心來，一口咬破舌尖，朝那吊死鬼的臉上噴出一口鮮血。

她這口鮮血一噴，燈燄立時就轉亮了，陰風也沒有了，馬大娘也就夢裏夢盹的睡了。二天早上起來，還以為昨夜只是做了一場惡夢呢！等到想說話時張不開嘴，張嘴舌頭疼，這才知道昨夜真的是見著了凶鬼，虧好咬破舌頭，用一口鮮血噴退了她，要不然，準會被她勾了去上吊……馬大娘也知道人血能定住鬼的，就不聲不響的回房來找，看見床面前有一綹血點兒，一直通到門後的暗處去；她扳動那扇門，在門軸旁邊撿著一個古老得生綠霉的扁髻餅兒，髻餅上頭沾著許多血點子，就知這髻餅兒是吊死鬼變成的，你要是不找著它，過了七七四十九天，它又會活過來變成原先的那個鬼了！

後來，馬大娘沒讓它再變鬼祟人，就把它扔到鍋灶洞裡去燒，燒的時刻，一屋子的人都聽見鬼叫，先是罵，再是哀告，末尾是嗚嗚的乾嚎……

吊死鬼沾著人血，一樣會被定住，那幾個小鬼，想來也是怕人血沾身的；今晚你再去七里墳，不妨照我講的兩個法子，先行試一試，靈驗了更好，要是不靈驗，那只好再想旁的辦法了。』

『好，好！』二大爺拍著二大娘的肩膀說：『這真箇是「家裡有賢妻，不怕鬼來欺」！今晚上，我就再去七里墳，不過，我還得先準備一葫蘆酒，把它們灌得迷裡馬虎的再下手，要比較牢靠些。』

天黑後，二大爺又動身走這條路到南大荒去，如此這般的，又見著了那四個小鬼，齊聲朝二大爺嚷嚷說：

『好酒！好酒！二大爺。咱們幾個醉了一整天，如今還有些暈頭轉向的呢。』

『今晚上，你們可不能再喝成那樣兒了！』二大爺說：『昨夜晚，你們喝得渾身軟不溜丟的，兩個滑掉在我的驢背囊裡，一個抓著驢頸子兩面打晃，差點兒摜下去，叫驢蹄子踢得亂滾球，……渾蛋渾身發硬，我沒辦法抱他，只好把他捆捆橫放在驢背上，驢走一步，他顛一顛，一高一低，像蹺蹺板兒似的……。』

『咱們都給忘了！』斜眼鬼說。

『只知道醒後睏在草稞裡，醉成一窩泥鰍！』歪鼻子鬼說：『吱牙鬼老大的手腕腳脖子，都叫麻繩捆著，像屠戶捆豬似的，勒進肉裡。』

『真是謝謝二大爺了！』吱牙鬼說：『若不是您把我捆緊，真不知會滾到哪個茅廁坑裡去喝黃湯呢！』

『這麼說，今晚上這葫蘆酒，你們還是不要喝了罷。』二大爺欲擒故縱的說：『萬一再像昨夜那樣，醉得人事不知，那可怎麼成？』

『嗐，醒時站著，醉倒就躺下，哪有見酒不喝的道理?!』吱牙鬼貪婪的摸著葫蘆說：『橫豎這是在鬼窩裡，咱們喝醉了，也無須乎二大爺您煩心，人能醉得死，鬼是醉不死的。』

『你們執意要喝，就喝吧！』二大爺心裡想，醉是醉不死你們，一旦架在火頭上，你們就知道二大爺我的厲害了。——你們喝得越多，燒得越快當。

幾個小鬼跳在驢背上喝酒，二大爺爲了早點兒趕出七里墳，不便吆喝著趕驢，怕幾個小鬼起疑心，就暗裡加了一把勁，沒命的夾著驢走。

殘月漏頭的二更時分，幾個小鬼又醉得發迷糊了，那三個軟得像一灘稀牛屎，吱牙鬼硬得像根頂門槓兒，二大爺擰住那些鬼的耳朵，喊叫也叫不應，就知他們真的是喝醉了。

二大爺他就不聲不響的咬破手指頭，把鮮血塗上那幾小鬼的頭上，又一個個扳過他們，摸著他們的腦後窩，果真有一小撮三寸長的鬼毛。這一回，二大爺不客氣了，逐一捺住那幾個鬼猛拽，拽得它們翹起嘴唇學驢喊，嗚哇嗚的語不成聲，也不知喊些什麼鬼話？

『嘿嘿嘿，』二大爺說：『你們這窩子慣會欺人的鬼東西，居然拉起鬼幫，想在七里墳攔路？一竿子打翻一船人！哼，可惜你們也只有這點兒鬼道行！拔去你們腦後的三根鬼毛，看你們還有什麼鬼皮調?!』

說完話，揣了那三個，仍把吱牙鬼橫擔在驢背上，嘴裡打一聲呼哨，趕著驢飛跑，三更尾，四更頭，就趕回大荒南的店舖。

二大爺一翻下驢，就拚命的擂門，急匆匆的叫喚掌斗的老徐說：

『快些開門喲，老徐！瞧瞧我今晚上捉著什麼鬼東西來了！』

『您捉著什麼了？二大爺。』老徐約莫還沒醒透，聲音懞懞懶懶的，隔著門，聽見他劃火點燈，和趿著鞋子走路的聲音。呀——的一聲，門開了，老徐習慣的接過韁繩，要牽牲口上槽去。

二大爺攔住他說：

『先不忙照管牲口，你趕急去挪個火盆來，替我多抱些乾柴，我要你立即把火給升上，越快越好。』

『大熱天要烤火？』老徐似乎有點不相信他自己的耳朵，重複說：『我脫掉汗衫子，一夜都在搧扇子，還熱醒了好幾遍，你敢情是遭了雨？』

『你沒瞧見嗎？』二大爺急得跺腳說：『我抓了一窩小鬼回來啦，要請他們上火盆，你甭磨磨蹭蹭的，快些去抱柴呀！』

『鬼?您說是抓了鬼?!』老徐一傢伙真的嚇醒過來了，趕急放下燈，跑去挪火盆，抱柴火，把一盆火給點燃起來。

二大爺剔亮了燈，先把吱牙鬼抱過來，就著燈火亮再一瞅，哪還是什麼鬼?原來是一塊長年累月叫日晒雨淋弄朽了的棺材板，那塊板只有兩寸厚，是一塊最不值錢容易彎翹的白木，想來是哪座塌了頂的野塚上的棺材蓋兒，一頭厚，一頭薄，板也算不得板，只能算是板皮兒，裡面全是污泥，面上生著一層霉氣的綠苔。

『我說，二大爺，您哪兒是捉著小鬼?』老徐說：『您約莫是喝醉了酒，一時發起酒瘋了，……旁的東西不好搬?您……您抱了這個晦氣東西來幹嘛?!』

被老徐這麼一說，二大爺他也真楞了一楞，不過他立時就咧開嘴來，指著那塊棺材板罵說：

『你這個鬼東西，再變也是這種渾蛋樣子！二大爺我認得你，燒成灰也認得，——你這一對鬼門牙還是變不掉的！』

『門牙在哪兒？』老徐說：『您是在說酒話?!』

『甭嚷嚷，』二大爺伸手指著說：『這不就是？』

老徐一看，二大爺所指的鬼門牙，原來是棺材板頭上翹出來的兩根大木釘（按照古老的習俗，棺木全由木筍扣結，不能使用鐵釘，蓋北方多以鐵為凶物之故），那木釘因著年深日久，全已變成灰褐的顏色了，當時老徐就逗說：

『這個鬼，生著這對門牙，簡直像個吃鴉片的！』

『它哪有鴉片好吃？』二大爺說：『他成年累月的在荒墳塚裡打轉，只能吃吃狗屎！』

『我說的是句笑話，』老徐說：『我不相信這晦氣東西會是鬼變的，七里墳亂坑裡，這玩意兒橫七豎八的遍地都是，當柴燒都沒人要！』

『棺材板確是棺材板，』二大爺說：『但鬼物的血染在這東西上，它就借它來作祟了！適才我咬破手指頭，用人血把它定住，再拔掉它腦後窩的三根鬼毛，它就這樣的現出原形來，跑不掉啦！』

『柴火燒得旺了！』老徐說：『我就把這鬼玩意給架上，看它怕燒不怕燒！』

老徐身子壯實，手腳夠快的，說架，就把那塊棺材板給架上去了！

『來罷！』二大爺說：『我這兒還有呢！』

他取下驢背囊，翻過來一抖，嘩嘩的掉落下三宗鬼玩意，老徐移過燈來一看，哇，原來都是些污穢不堪的東西，一隻乾掉了的老鼠殼子，沒有心肝五臟，想是叫蟲蟻啃食光了，前後通風，臭不可聞，但還吱著那兩排碎米似的老鼠牙，在那兒悻悻作狀呢！老鼠殼子旁邊，有一隻娘兒們用破了的破木梳，梳齒都殘缺了，齒縫裡纏著一大把亂髮，火燒似的蜷曲著，糾結著，扯都扯不掉，也不知哪兒是頭，只覺得梳身上噴發出一股薰人的腦油臭、刨花兒水臭，和一股溺桶裡的騷氣。

『這個鬼，敢情是個女鬼了！』老徐說。

『不是。』二大爺想了一想說：『是一個歪著鼻子，細皮白臉的小屁精！』

驢背囊裡，最後掉下的是一隻盤子大的烏龜殼，約莫是愛吃龜肉的人家，用柳木沖兒（**北方人吃烏龜肉的不多，食者多用柳木削成錐狀，活沖下龜肉來，將龜殼丟棄**）沖下來的，放在地上看，好像是隻縮頭的烏龜，二大爺瞧著說：

『唉，怨不得那個鬼也縮著脖子，原來是附在這隻烏龜殼上的，龜還有個龜頭在呀，這玩意連頭也沒有，就是想出頭也出不了頭呢！連做烏龜也都是冒牌兒。』

『這些骯髒鬼，哪兒值得您跟它們窮費唾沫星兒？』老徐用火鉗子夾了就朝火堆裡扔，一面說：『燒燒燒，統它娘的化骨揚灰算了！』

這時刻，先架在火上的棺材板，咬牙切齒的說話了：

『二老頭子，你甭神氣！我腰上患有風濕病，裡頭用酒頂一頂，外頭再使火烘一烘，舒服得很！你以為我怕火燒？哼，那你就想錯了！……你要不放開咱們，日後你還走不走七里墳？』

『咦，』老徐嚇得朝後退說：『您瞧這個鬼有多惡！死到臨頭了，還在那兒說大話嚇唬人呢！』

『你既是舒坦，就閉上眼，在那兒舒坦罷！』二大爺用小煙桿敲敲那塊棺材板說：『你該謝我一聲才對，用不著惡聲惡氣的，再把鬼臉給我看，七里墳沒了你們這窩子小鬼，照樣還是七里墳。』

『你們怎麼不講話？』吱牙鬼的聲音在火燄頭上飄著，喊罵那幾個小鬼說：『還說什麼一鼻眼出氣?!遇上性命交關的事，也縮著頭嗎？』

『我…我……我只有個空殼子，』斜眼鬼說：『遇上火一燒，就……就……完了蛋了！』

『我比它更不經燒，』歪鼻子鬼在木梳裡頭哭說：『我……這就要缺德帶冒煙啦！』

『求求您啦，二大爺！』只有縮頭真在龜殼裡哀叫說：『二大爺！壞事都是他們帶頭幹的，搶土地廟，也是……他們拿的主意，我的膽……膽子小，一向都是縮著頭的，你就開恩，饒了我罷！朝後不用您二大爺吩咐，我……我決計從新做鬼，不再跟惡鬼在一道兒趟渾水……了……』

『好罷，』二大爺說；『老徐，你用火鉗兒替它夾出來，扔到糞坑去療療傷，任它自己變去！沒了那三根鬼毛，它就沒法子逞兇了！』

老徐放掉了縮頭鬼，斜眼歪鼻子兩個鬼都已燒成一陣青煙散掉了，只有那個吱牙鬼，還在吱牙硬挺著充英雄呢！二大爺也不理會它，著老徐弄些酒來，斟一大杯在手裡，消停的喝著，心想：你甭再吱著門牙硬充雄，這樣的一盆烈火，連鐵棍也能燒得紅，甭說你這個頑惡的小鬼，原是藉著一塊朽木成形的！一時兩時燒不著你，只因爲棺材板久泡在爛泥塘裡，你肚裡鬱著一些臭水，等一歇，火把你那身上那點子臭水烤乾了，看你說話還風涼不風涼?!

念頭正在轉著，最多不到半袋煙的功夫，那個吱牙鬼忍著疼說了：

『那二老頭子，不不，我說，二大爺，您當真要跟我過不去？』

『說是半真半假也成！』二大爺說。

『那，那您就像放了王八一樣的放了我罷！』

二大爺他瞇了瞇眼說：

『我爲什麼要放你？……我恁情放了那縮頭的王八，也放不了你這個臨死還吱著門牙的渾蛋！』

吱牙鬼在棺材蓋裡吊起嘴唇，嘶呀嘶的吸氣，忽然它也變了聲音，沒命的叫說：

『二……二大爺，二……二老爹，我的背梁蓋，哎唷，嘖嘖嘖都快要烤焦了！我……我也求求您，我叫您二老爺子，二……二祖宗！……真的，真的……呃呃呃……咕嚕咕嚕……』他嚎得正像叫我閹掉的那隻會咬人的瑞弟一樣。

『呿，渾充人熊！也不過多熬這點子功夫，』老徐說著，忽然又指說：『您瞧，二大爺，這棺材板上冒血了！冒了不少的血呢！』

二大爺再瞧，果然看見有血從板裡冒出來，從那一頭朝這一頭淌著，一滴一滴的滴在火盆旁邊，他伸出杯子來，等著鬼血，和杯裡的酒一道兒喝下去，舔舔嘴唇說：

『嗯，這一回，我這個吃鬼爹爹的算是做定了！鬼血的滋味，還不算太壞呢！朝後七里墳再有什麼惡鬼，我二大爺正要拿它們當點心呢！』」

「故事就是這樣兒，靈靈，你說好聽不好聽？」老喬問我說。

「好聽。」我說：「等歇兒，你再講一個旁的罷！」

「不成，」老喬說：「我已經講累了，你還是看看前面的七里墳罷。」

手推車歇在崗坡頂的樹蔭下面，沒遮攔的南大荒，一直朝天邊推展過去，那是我頭一回望見七里墳——千百種鄉野傳說的發源之所，我被那種浩瀚的荒涼震駭著。

數不盡的墳頭疊著墳頭，波樣浪樣的追逐著，那座墳場彷彿是無邊的，它大過我曾看見的那些活人居住著的鎮市，無怪在傳說裡，人們都說七里墳是個鬼市了。

「這些墳裡，都埋的是些什麼人呀？」

「一代一代的人都有，」母親說了：「十有八九，都是在荒亂年代死掉的，沒名沒姓的人。」

「咱們認不得他們，」老喬說：「就像認不得這許多墳頭一樣，早先年成豐足，日本鬼子沒打過來，鄉裡還有些人，每年清明都帶著鐵鍬和鏟子，來替這些野鬼化紙圓墳，這如今，活人都遇上了鬼──日本鬼子，八路的小鬼隊，哪有心腸再管這些墳？一年比一年湮荒囉。」

我沒講什麼話，精靈古怪的念頭在我心底盤旋著，眼裡的這些墳頭，都彷彿變成了人，老的、小的、男的、女的，各式各樣的人，朝我招著手，爭著要說些什麼給我聽，……他們不是都在世上活過？在我們所走的路上走過？在這塊蒼蒼的藍蓋兒底下嘆過氣、捱過餓、生過病、受過飢寒？也許有些也像老喬這樣，擠著紅紅的眼嘆說：

「唉呀，朝前巴著熬著吧！我們老了，快望見墳坑了，受苦受難嚥下肚去，沒什麼好說的囉，單指望下一代……年輕的下一代，不要再逢這種亂局，有段安穩日子過，就好囉！」

究竟在我們之前，有多少代人曾說過這樣的話呢？

一代一代的巴望，卻化成一代一代的煙雲……

但老喬還是推著車子，朝前走著，我雖說很駭怕那座大的亂塚坑，但還得從那中間走過去，因爲眼前的路，只有那麼彎彎曲曲的一條。

車子走進墳場中間的荒路時，連風也變得陰慼慼的了，那些綿延不斷的亂塚真夠湮荒的，有些沒了墳頂兒，塌成一座扁平的土堆，像鄉裡那些害黃癆的瘦婦乾癟的奶子，似有還無的浮凸在大地上；有些露出一角棺材板，白森森的，像發怒的狗牙；更有些連棺材板都散落了，太陽一直射進黝黯的土穴裡去，照亮那白骨骷髏的模樣。

「這些都是沒子沒孫來祭掃的。」老喬說。

「他們的子孫呢？」

「嗨，誰知道?!」老喬那一口氣嘆得沉沉的：「誰知又流落到哪個天涯海角去了？就是能有回來認墳的一天，像這些無主的荒墳，碑也沒有碑，字也沒有字，倒是怎麼能認得出來？再過若干年，也許就這麼湮荒成平地，連墳頭也看不見了……。」

也許老喬心裡，另有一番我所不懂得的慨嘆罷，他一路推車朝前走著，和著車軸吱唷吟唱的聲音，沒頭沒腦，唱起他自編的俚曲來：

「陰世裡有惡鬼喲，
陽間也有惡人哎……
鬧得人沒好日子過，

墳裡的草鬼也不安身，
寧願做那二大爺吃小鬼，
不要做那怕鬼的老董先生！」

從那之後，我聽到過更多更多關於七里墳的傳說，有些是極爲恐怖的，有些滑稽梯突，有些輕鬆幽默，有些則是異常的悲哀。

在極端混亂的抗戰和內戰的日子裡，我沒唸著什麼書本，卻零零星星的唸了一本殘缺不全的鬼經，那時候，鄉野人們的生活，可說是半墳墓的生活，一會兒東洋鬼子來清鄉了，要逃命，一會兒又說是紅小鬼來催捐了，要跑反，連手端紅窯碗（一種土製的粗陶），晒晒太陽，捉捉蝨子的生活：最低的人的生活都顧不到，人的故事和鬼的故事，業已曖昧難分了。

春秋輪移過去，每座亂葬崗子上，都陸續的陸續的……添了一些新墳，也替人們添了一些故事。——也是人的，也是鬼的故事，慢慢的，時間和風雨，會使那些新墳黯淡下去，也生滿雜亂的蒿蘆，和上一代的老墳塚，變成同樣的面貌，我們的歷史也就是這樣寫成的罷？

當然，做孩子的不必想得那麼遠的，我只是有點兒愛慕起故事裡的那個二大爺罷了！我一點兒也不覺得那故事怎樣的荒謬。

至少，從那些故事裡，可以看見鄉野上的人心。

「什麼東洋鬼，紅小鬼！都它媽是從七里墳鬼窩裡冒出來的惡鬼，兇呀橫的像螃蟹！……還沒到那個時辰罷了，到了那時辰，用人血定住它們，拔去它們後腦窩那三根鬼毛，一樣把它們放在火頭上，化骨揚灰！」

我深知，在滔滔的人世間，那些聖賢是很難求的，飽學的大儒也不多，但唸過幾本鬼經，發狠要學吃鬼的二大爺的莊稼漢子，好像遍野青禾，到處都是。為了能守住二畝老田地，一間矮茅屋，為了能收點兒莊稼塡肚皮，夏天乘乘涼，冬天晒晒太陽，端得起那隻紅窯碗，不論是陰間陽世的鬼來了，都有那種吃鬼的二大爺出來吃它們。

而我們真的用不著想得那麼遠的。

有一回，七里墳埋葬了一個打鬼子的游擊隊，聽說是西邊連鎖莊的人，死時還不滿廿歲，老喬坐在碾盤邊，跟我說過他的故事：

「連家的大富兒，真比吃鬼爹爹還要有種得多！

他在縣城的城門口，扮成個拉洋車的車伕，鬼子兵裡，有一個小鬍子軍曹，平素是專管捉拿游擊隊的，大富兒就在那兒等著他！……等到那小鬍子軍曹，神氣活現的拖著刀出來了，大富兒就拉著洋車趕過去，衝著那傢伙的脊背飛戳了一刀，把那昏迷的小鬍子抱上車，拉了飛跑，城下的警衛連聲喳喝著，又不敢放槍，怕把那鬼子頭兒傷著，但城樓上的警衛弄不清楚，乒乒的就放起槍來了，幾槍沒打著大富兒，那個軍曹卻做了擋箭牌，收下了幾粒他們自己造的六五子彈。

連大富兒跑過第二道洋橋，才叫鬼子放槍打倒，他雖然死了，卻也把東洋鬼子吃定了！」

爲了祝賀連大富兒吃掉那個小鬍子鬼，村上的孩子們都到汪塘邊去採擷蘆葉，捲起長長的蘆管來，排成一排，挺著肚子，赤著泥巴腳，嗚啦嗚啦的，不成曲調的吹著。下雨的黃梅天，風吹得熏熏的，日子也過得乾乾澀澀，我們繞著小小的村莊，吹到野林子邊的亂墳場去，自以爲人和鬼都能聽見我們吹奏的笛聲，不知道是爲悼念著連大富兒的死呢？還是詛咒著那小鬍子軍曹的命運？總之，我們的心裡，快樂又悲傷，還加上一些朦朧的惆悵……

有一陣鬼旋風捲到村口來了，小三毛兒說：

「瞧罷，這準不是正經的過路鬼，這是個鬼偷兒，一定是來我們園子裡拔白菜的！」

「是七里墳出來的，」小二狗子說：「不定就是故事裡的缺德鬼的兒子。」

「胡說，缺德鬼缺德在先，哪會有兒子！」

「也許有。」小二狗子認真的說：「都是男盜女娼，他不是來拔小三毛兒家裡的白菜來了嗎？」

「打呀！打鬼呀！嘟嘟嘟嘟——」小三毛兒把那隻蘆管當成衝鋒的銅號，搖動他的桑木小棍，一馬領先的，朝旋風衝了過去，其餘的孩子緊跟在後面，有的拋磚，有的撿瓦，有的就投擲泥巴彈兒！

小二狗子回家摸出一隻銅盆蓋子，噹噹的敲打著。

在窮荒漠漠的野地上，一些童年的眼睛看世界，是神秘莫測的，是古老怪異的；僅有的一些生存的知識，都是得自傳說，而打鬼保家，則是維護可憐的最低生存的重要手段。

大人用傳說教會我們，旋風就是鬼化身，一般鬼魂過路，旋風是輕輕小小的，帶著些裙裾般搖曳的小沙煙，踩著荒，避著人，倏忽的來去；大旋風是成群結陣的鬼匪，他們呼呼的喊叫著，從這座墳堆打劫到那座墳堆，在半空裡分贓，窮搶那些劫來的燒紙灰。也教會我們，攔著官兒們轎頂盤旋不去的，多半是些屈死的冤魂，包龍圖當年就曾斷過許多旋風喊冤的命案。而不走田坎兒不走路，直撲村頭的旋風都是些妙手空空的偷兒，有時攫走人的衣裳，有時拔走人的青菜，有時把人晒晾在麥場的穀粒順手牽羊兜跑，鄉野人們遇上這一類的鬼旋風，往往都揚起叉把掃帚，敲打著各式的響器，來驅趕它們，一面喊著：

「人住人莊子，鬼行鬼道，呸呸，少來騷擾！」

萬一旋風仍然捲過來，沙灰迷了人的眼，就說沙子是小鬼撒的，故意要把人眼迷住，好偷東西的。在那時刻，做孩子的人，常這樣無知的，興高采烈的打著旋風，我並不知道那些旋風是不是鬼變的，只知道我是用那樣的方法，去抗拒著這塊渾圓天蓋下刻骨的荒涼……。

七里墳的那些傳說，可算是我生命成長的酵母，它常在我的夢裡展現形象，發酵著我的思想，在風裡，在雨裡，在黑沉沉的充滿驚恐的夜裡，食屍狗在荒塚間嗥哭著，無數鬼物——分不清是陰世和陽間的，在變換著它們的嘴臉，彷彿這世界上，盡都是魔群鬼物，以它們的黑影，掩覆著這間低矮的茅屋，幾乎令人窒息。

那吃鬼的二大爺呢？……

生存似乎是那樣一條通過墳塚的窄路，又曲折，又艱難，但我必得要撥開荊棘，踏著蔓草，一步一步的走過去的，走過像七里墳那樣湮荒可怖的墳場，走過長長的歷史的荒墟。

真的，我並不想做吃鬼的二大爺，更不願做酸里叭嘰的老董先生，我仍願回歸童年的夢境裡去，面對著遼闊的高天，荒涼的野地，以及野地多過人頭的那些墳頭，在飢餓寒冷、荒旱和災劫中，吹著不解憂愁的蘆管和麥笛，用那樣一顆純真的童心，獨擔起天下的憂嘆，並且夢著遠迢的未來，人的世界能繁盛起來，荒田都成爲綠色的阡陌，到處飄著炊煙。聽著笑語，而鬼的世界也不再那樣混亂，那些湮荒，每座墳頭都有碑石，都有祭掃時焚化的紙錢。到那時，再沒有孩童們會相信「一窩惡鬼搶劫土地廟」的故事，而使那位傳說裡的吃鬼爹爹英雄無用武之地，也許天下就會真的太平了。

在海的對岸，故土上被橫行的紅小鬼鬧得天翻地覆的時辰，我常常關念著已變成鬼域的鄉土，也更懷念起老喬和他所講的那些傳說了。

此時此刻，七里墳的鬼話，多少總該有點意義的罷？

五鬼鬧宅

在古老的小集鎮上活著，眼裡一片苔霉色，連聽來的一些傳說，也都是灰黯生霉的；明知道這樣怪異的故事，朝後不會再有了，甚至那樣寒傖的小集鎮，也會毀於湮荒，再難回復它當日的容貌了，但幾十年來，我仍然忘不了那個一半耳聽、一半眼見的故事，它也像一片霉綠色的苔衣一樣，在我心裡活化，並且生長。

爲了遮擋常年來襲的風沙，集鎮上的街道多曲折，又很狹窄，一排排青磚劖牆的房子，覆上滿生瓦塔松白耳菌的灰瓦頂子，看上去一個嘴臉。若沒有熟悉的人指點你，恐怕你很難認出那座發生過怪異慘案的宅院的了。

那宅子不在正街上，它縮伏在一條陰暗的小巷的盡頭，兩邊被浮滿綠苔和萍草的沼澤圍住，一扇黑漆大門，開向一座青條石鋪成的小橋，那橋是一把石鎖，把兩個沼澤鎖在一起。我也弄不清楚開始時怎會接近那座宅院，並深受它的吸引的了？在長長的夏季裡，使人眷戀的倒是那綠意連天的沼澤，手牽手的垂楊樹蔭。沼澤邊緣，濃密的灌木叢裡，常有野鳥和水鳥棲歇，我們能在那兒撿取很多鳥蛋，因此，就常經過那宅子門前的小石橋，來來回回，自然會多看它兩眼。

我們這些孩子，都是些豎著耳朵的野精靈，小小的集鎮上，實在沒有什麼事情能瞞得過我們：哪家的女人吵架罵街了？哪家的母雞學作公雞啼叫，被人認爲妖異不祥打殺了？哪家的大老鼠竟然咬死一隻小貓了？甚至什麼地方的螞蟻跟蜈蚣打架？什麼小洞裡藏著一對屎蜣蜋？也都弄得清清楚楚的。

但我們對於那座宅子，確實知道得太少。

不論白天或是夜晚，那兩扇黑漆大門總是關得嚴嚴的，誰也不知道它這樣的關著，已經關了多少年月了？鎮上人也很少提過它，偶爾聽人講起胡家瓦房來，大都是三言兩語，彷彿提多了，會蒙上什麼不吉似的？

我只知道，那宅子的老主人早已死了，宅裡只有一個大腳老孀兒，帶著一個兒子有根過日子的。有根身子很孱弱，早年也在我們唸書的那個塾館裡唸過書，出塾後，他娘把他送進一家布莊學徒，滿師出來，常背著長包袱，搖著手鼓，獨自下鄉去賣布，因此並不常回鎮上來……聽來聽去，最多也就這麼多了。

野精靈們並不滿意，總覺得那兩扇緊閉的黑漆大門裡面，一定還關著一些神秘的故事，要不然，怎會每人走過那宅院的門前，都會覺得陰風逼人、鬼氣森森的？於是，就彼此相約，儘量探聽那宅子裡的秘密，誰探聽出一點一滴來，都要毫不隱瞞的告訴大家。

有了這樣的約定之後。不到半個月的功夫，我對於胡家瓦房的故事，便逐漸知道得更多了。

最先告訴我這宅子是座凶宅的，是北街的庚弟，他說這事情是他從高昇客棧裡的一個看牲口棚的老頭兒那裡聽來的：

「有根他爹，人都管他叫老胡淘兒，原在正街上賃房，開一爿和順醬坊；就在醬坊生意極興旺的年頭，他娶了這個大腳女人。收庚帖合婚的時刻，相命先生就青下臉來，把庚帖退給他說：

『這婚事，萬萬作不得，萬萬作不得！』

老胡淘兒那時年紀輕，成天喝酒打諢，連菩薩他也敢調戲，哪會肯信相命先生那番江湖話？當下就笑說：

『你當然希望多合幾次婚，多收幾文錢了！可是，我瞧著她順眼，刻意要娶她，又該怎麼辦呢？……你說這親事作不得，也不是光憑嘴說的，為什麼作不得，總該說個道理我聽聽？』

那相命先生不住的搖頭說：

『照你跟她的生庚八字一合算，這是一門披麻五鬼婚，命相上最相剋、最犯忌、最主凶的婚姻，不是人力挽回得了的！俗說：犯上五鬼婚，滴血棺材抬出門，你要不聽這話，小心就是了！』

『我不聽。』老胡淘兒說：『我倒要鬥一鬥那披麻五鬼！看它們能咬著我的鳥毛！』

老胡淘兒果真沒聽相命先生的話，還是把大腳閨女娶進了門。也就在新婚時，就惹出五鬼鬧宅的事來，把好好的一爿醬坊鬧關了門啦！」

庚弟的年紀小，學話學不到家，不能繪聲繪色的描述，能把故事的概梗說出來，讓人知道曾有過這麼一回事，就已經算不錯的了。

五鬼鬧宅？這事情多麼恐怖怪異？又多夠新鮮？可惜庚弟的舌頭短了一截兒，本身的膽子又小，說到五鬼鬧宅時，他自己嚇得不敢再說了。

追問也追問不出道理來，我們就商議著，到北街梢的高昇客棧去，找那看棚的老頭兒，纏他來講這事情。那天晚上，正巧他喝了酒，便在棚屋的馬燈底下，一五一十的說起來：

「其實這事情，你們家裡的老年人全都知道的，只是他們怕犯忌諱，全都不肯講罷了！——這鬧過胡家宅子的披麻五鬼，傳說還留在鎮上，沒人能行法把它們趕走呢！事情洩露出去，怕五鬼會施報呀！」

「那您不怕五鬼來施報嗎？」

「嘿嘿，」他咧開嘴唇，醉意醺然的笑著：「我這個孤老頭子，還能在世為人活幾天？不等它們來找，我怕也被閻王爺請去喝馬虎湯去啦！」

也不知怎麼的，那時聽那些怪異的傳說，就有那麼大的迷勁兒，一面駭懼到毛骨悚然的程度，一面還渴望講得更恐怖些兒，聽了好過癮。

看棚的老頭兒在講述老胡淘兒生前的遭遇時，照例翻卡住一隻茶碗，表示摀住了鬼的耳朵，然後慢吞吞的吸燃了一袋煙，才開口說：

「說來有根他爹的年紀還沒有我大，若不是犯上五鬼婚，他何至於早死二十多年？……事情隔得雖久，我卻還記得清楚，他成婚那天夜晚，就開始鬧事了！

送新娘入房，一揭她的頭蓋，老胡淘兒刀殺似的一聲暴叫，雙手摀著臉就朝外奔，一腳絆著了房門檻兒，一摔一個狗吃屎，把額角跌青，嘴唇也跌腫了。

人就扶起他，紛紛問他出了什麼岔事？他渾身像篩糠似的抖著，回手指著新房，一迭聲的叫說：

『她……她不是人！是個鬼！是個披頭散髮、青面獠牙的惡……鬼！』

當時鬨鬧新房的人很多，一湧湧到新房裡，掌燭一看，大腳新娘子雖不算一等的姿色，卻也眉是眉、眼是眼的，哪是什麼披髮的惡鬼來？大夥兒都聽說過他和她是犯了披麻五鬼婚，嘴裡不好說，心底下都明白，一定是披麻五鬼入宅作祟來了。

既不便當面指破，只好借旁的話勸說：

『新嫁娘出嫁，在洞房裡，分醜房、俊房，你的新娘子約莫是醜房——上了妝，看來很醜。』

『其實這也沒什麼，』另一個說：『過了這一夜，等她洗了脂粉卸了妝，再看也就沒事了！』

老胡淘兒經那一嚇，早已嚇黃了臉，經人攙扶著，在前屋睡了一夜，二天再見著新娘子，雖沒如前晚所見的那樣，但總覺她那張臉是惡鬼變出來的，一見她就覺得駭怕，又有點兒作噁心。

打那起，他一直不敢進房，這樣下去也不是辦法呀，就託人把女家的尊長親族請的來，攤開合婚帖子，說出這是一門五鬼惡婚，男的並沒進房，爲了兩家安穩，最好是退婚。老胡淘兒自認倒霉，只求退人，不求女方退聘，這邊成婚辦喜事的一切花銷，全由他包了。按照道理說，這樣退婚，對女方並沒一點兒損失，女家也沒有不答允的說詞，唉，說到最後算是白費嘴唇皮兒——那個大腳新娘子蹦出來嚷說了：

『退婚？你們說的可輕鬆，我又不是奔來逃來的，是他胡家放了花花大轎抬來的，天也拜過，地也拜過，他胡家祖宗亡人全受過我的頭，我在家做閨女，由父母作主，如今嫁了人，我得作主，我生是他胡家人，死是他胡家鬼，生死全不離他胡家門！』

『大姐，妳別嚷嚷了。』她爹勸她說：『妳跟他犯的是五鬼惡婚，妳執意留在這兒，對妳對他都沒好處，犯不著爲這婚事去鬥五鬼，弄得家破人亡。』

『既是犯上五鬼惡婚，他爲什麼不早說明白？』大腳閨女又扳這道理說：『那他爲什麼又放轎？又把我抬進他家門？要不是存心不良想坑害我，就是他命中注定了，要犯上五鬼惡煞！』

『嗨呀，閨女。』她媽也勸她說：『這可不是爭理的時刻呀，妳黃花一朵抬的來，原封不動的抬回去，再替妳另找相宜的人家，是為妳終生著想呀！』

怪的是無論大夥兒怎樣勸解，大腳閨女就是不肯走，一心要踩這座爛泥坑，最後她說：

『誰要逼我走，就是逼我尋死！要我撞牆？吃砒霜？要我剪喉管？吞大礬？要我投水？上吊？吞金？吃紅火柴頭兒？你們趁早說罷！』

她這麼一號，把退婚的事情摺摺收在一邊了，披麻五鬼婚雖說不吉利，主凶犯忌，但總要比立即鬧出人命來要好一些；她既不願走，老胡淘兒拿她也沒辦法，只好把她安排在後屋，衣食供奉著，自己住前屋，絕跡不進房門檻兒。

這樣過了一段日子，保住了沒犯大凶，只是醬坊的生意因連著鬧出了霉氣事情，受了很大的牽累，……你們問是鬧出什麼霉氣，唉，怪著呢！他們醬園裡的醬缸，白天打開蓋兒晒太陽，夜晚加上紗布罩兒潤露水，原本是極乾淨的，但自胡淘兒婚後，缸裡不是浮出一條破了肚皮的死蛇，就是浮出一隻臭鬨鬨的死老鼠，到後來，什麼乾癟蛤蟆、死貓、死狗……全都跟著扔進來了！俗說：一泡雞屎還壞得一缸醬呢，何況這許多臭毒毒的東西？

消息一經傳開去，再也沒人敢上和順醬坊去買醬物了，他的醬坊就是這樣關了門的。」

看牲口棚的老頭兒，慢吞吞的吸著葉子煙，半閉著兩眼說話，彷彿在費力的思索當時的情形似的。

「老爹，那老胡淘兒既知這全是五鬼鬧出來的，他怎不請人作法驅鬼呢？」

「怎麼沒請過?!」看牲口棚的老頭兒睜開眼來說：「最先他請了一個遊方道士，那道士誇說他的道法高強，不用設什麼法壇，焚什麼符咒，單是掛起他那口桃木法劍，就能鎮得住披麻五鬼！要胡淘兒先付出錢來好借劍鎮邪，胡淘兒當真把錢付給那道士，借來那柄桃木劍懸在宅子裡，以爲這下子就可高枕無憂了！

誰知他不掛木劍還好些，一掛上桃木劍，那披麻五鬼可鬧的更凶啦，不但是拋磚弄瓦，飛石揚沙。第二天再瞧，桃木劍不是掛在牆上，卻叫那披麻五鬼摘下來，折成幾截兒，扔進屋後的大糞坑裡去了。

胡淘兒氣急敗壞的，再跑到街頭找那道士，哪還有那遊方道士的影兒，——早拿了錢遁走啦！」

「那遊方道士一定是個騙子！」我說。

「也不盡然。」看牲口棚的老頭兒說：「只是那遊方道士的道法還差得遠，自知逐不了披麻五鬼，又怕五鬼摘走他的桃木法劍後，再來報復他，所以他只好逃之夭夭，星夜遁脫了。」

「後來又怎樣了呢？」誰這麼心急的問說。

「後來有人勸胡淘兒，說：

『五鬼既鬧得這麼兇，你的醬坊看樣子也甭再開了，趁手邊還積的有些錢，就早點兒買幢宅子搬家罷！』

胡淘兒想想也是道理，就花錢買下如今的這幢老宅院，把醬坊收拾了，搬過去住。誰知披麻五鬼是附著婚姻來的，認人不認地，你胡淘兒搬到哪裡，它們就鬧到哪裡！

胡淘兒歇了生意，家裡人口少，除去大腳新娘子，只有一個駝腰的看門老頭兒，和一個十三四歲的丫頭。如今的胡家瓦房，也就是當年他新買的宅子，是個前後三進房子的大宅院，人口少，陽氣不盛，就是平常不鬧鬼，也陰森森的沾著幾分邪魔鬼氣，何況又有披麻五鬼來鬧宅呢？你們當真沒聽說過，胡淘兒是怎麼死的？」

「真的沒聽說過。」西街的二狗子說：「要是聽人說過，我們就不會跑來問您了。」

「唉，」看牲口棚的老頭兒沉沉的長嘆了一口氣說：「也無怪乎你們沒聽人說過，這事一晃眼已經過了二十多年啦！……一般老年人，即算還能記得些，怕也朦朦朧朧的記不清細節了，只有我，還有西街老木匠王福壽，少數幾個人，還把它一直放在心裡。老胡淘兒嚥氣前，我們在他宅子裡，那時刻，咱們跟他都算是酒友，誰知他死後打棺材、送葬，也都是咱們呢！」

「是披麻五鬼把他害死的嗎？」

也不知道怎麼的，夜晚一聽人講到鬼，燈光在我眼裡就倍覺昏暗，那一地斑斕的碎光在人眼前旋轉著，都彷彿是些鬼腳印兒，而且總覺腦後窩涼颼颼的，好像有什麼看不見的鬼物，伏在人背脊上，伸長頸子衝著人噓氣一般，把人背脊上的一路算盤珠兒都吹麻了，渾身汗毛，根根直豎著。可是問總要問的，一句話問出口，又好像眼裡真的現出五個身材一般高矮，個個披麻戴孝，倒拖著五根哭喪棒的鬼影子，眼瞪得銅鈴似的瞅著我呢！

看牲口棚的老頭兒望了我一眼，噏動他唇片上的鬍子，悶聲的說：

「當然囉，揣情度勢，總跟鬧五鬼脫不了關係，……胡淘兒搬到那宅子裡之後，宅裡先是鬧鬼，那個看門的駝背老頭子，常常看見有五個人形的白影子貼在院子裡的影壁兒牆上。初時以爲自己老眼昏花了，就想告訴小丫頭來看，誰知小丫頭早就看見那五個白白的影子，就像傳說裡的披麻五鬼一樣。

兩個人心裡駭怕，把這話又告訴胡淘兒，胡淘兒看了，指著說：

『你們不要再疑神疑鬼的了，這明明是乾了的鹽霜印兒，哪是什麼披麻五鬼來?!』

胡淘兒嘴上雖說著硬話，心裡可有些暗暗的發毛，自己責怪自己當初不該逆著命，硬娶大腳閨女來家，硬打硬上的要鬥什麼披麻五鬼，如今大腳閨女娶在房裡，兩人碰面不講話，好像是路人一樣的陌生；五鬼入宅，驅又驅不得它，長此下去，倒是怎麼好法?!

心裡一有了這份疑懼，就常招些愛喝酒的漢子進宅去，在前一進房子裡喝酒聊天，誰喝醉了，就歇在廂房裡，替胡淘兒壯膽子。所以那時刻，鎮上那班愛喝幾盅酒，又有幾分膽子的漢子，多半去過胡家瓦房，鬼沒見著，先樂得吃它個酒醉飯飽。不瞞你們這些小孩兒家，當時西街的老木匠王福壽和我，三天兩日就去胡家瓦房，跟有根他爹聊天過夜……

實在說，胡淘兒若跟大腳閨女，掛個夫妻的乾名份，那披麻五鬼再兇，也不一定就能害倒他，有一天晚上，東街的羅爛眼使捉狹，不知從哪來弄來一包稀奇古怪的那種……呃，呃……那種藥，摻和在酒裡，哄得胡淘兒喝了那盞酒，又慫恿他說：

『咱們那位新嫂子，長得那麼標緻法兒，你忍心長年讓她獨宿空房？你不該聽那在江湖上混嘴的相命先生的瞎話，信什麼披麻五鬼婚，活活把她乾死！』

『瞎話嗎？』胡淘兒畏縮的說：『我的醬坊關了門，我一見她的臉，就像見了惡鬼似的駭懼，還有那影壁牆上的白影子，都纏困著我，一天到晚憂心忡忡的，朝後去，還不知怎樣是好呢！我還有那個心腸去……？』

『不信邪，就不會惹邪來。』羅爛眼擠著他那雙紅濶濶的眼說：『今兒你不妨聽我的話試一試，你多喝些酒壯膽子，醉得迷里馬虎的，進房就吹燈，一把摟定她，管她是人是鬼，你要她替你生個兒子就是了！』

胡淘兒又喝了幾盅酒，藥性發作了，臉和眼都燒得紅紅的，發狠說：

『爛眼的話說得不錯，我進房，也是五鬼鬧宅，不進房，也是五鬼鬧宅，我怕個什麼？真是它奶奶的怕個鳥毛?!我這就去！』

『好！』羅爛眼說：『這還有點男子漢大丈夫的氣概，俗說：不孝有三，無後爲大，你今晚算是單槍赴會，來年咱們等著吃你的紅蛋！……』

如今的大腳老孀兒，就是那一回懷的孕，才生下有根來的，那羅爛眼的一包藥末兒，雖使胡家真的有了那麼一條根，可也把胡淘兒坑害了……

大腳一有孕，胡淘兒就得了稀奇古怪的邪病——大白天見鬼！瞪著眼望人時，瞳仁兒的光是散的，像一雙死魚眼似的怕人。每當那邪病發作時，他神智就顯得有些顛倒不清，抓著張三叫李四，抓著王五叫張三，旁人沒辦法，只好倒些酒給他吃，吃醉了，反顯得安靜些。

酒能治得邪病嗎？天曉得！大腳老孀兒的肚子一天一天的高脹起來，胡淘兒的病也就一天一天的沉重了！那披麻五鬼輪流附在他身上，害得他日夜大睜兩眼說鬼話，一會兒變一個聲音。人呢！到了那種辰光，也黃瘦得皮包骨頭，不成個人樣兒了；大腳老孀兒自打那一夜之後，也許真的念在『一夜夫妻百夜恩』的情份上罷，對待胡淘兒，不再像當初那麼淡漠，也略略的有一分關顧，多一分溫柔。當大夥兒束手無策，拿不定主意的當口，她倒想起來，說是聽說惡鬼怕針灸，既然他病成這樣朝不保夕了，還是請針灸大夫來下針，看看有沒有效驗……

針灸大夫是我騎驢去找來的，他把胡淘兒的脈搭了一搭，嘆口氣說：

『這是鬼脈，有惡鬼附在他身上，決計是沒救的了，我這針灸，就有起死回生的能耐，也不能常年把金針刺在病人身上，也只能救他一時，讓他有一陣子清醒，好留下一些遺言罷了！』

經大腳老孀兒跪求，針灸大夫答允日夜駐診，劈胸下了七支五寸長的金針，再使艾炙，半個時辰過後，胡淘兒果真清醒過來，看見病榻邊的一團兒熟面孔，眼淚糊糊的只是哭，人問他，爲什麼早先癡癡迷迷的？他說：

『那夜晚，我看見影壁牆上的五個白影子，在煙糊糊的月亮裡走出來，拉我、扯我、拖我、拽我，輪流把我壓著，其中一個跟我說：

「你犯上披麻五鬼婚，命該斷子又絕孫！」

我不甘心，跟他們喊說：

「你們這幫惡鬼，子孫福祿，豈是由你們定得了的？我女人如今懷孕在身上，焉知不是個男孩？」

一個鬼朝我說：

「你甭神氣！你那兒子是咱們老五投胎的，他日後不但沒子嗣，還命該自己砍殺自己。」』」

「唉，」看牲口棚的老頭兒說到這裡，突然把話頭兒勒住，跟我們這夥子野精靈說：「我也是喝多了酒，醉暈了頭了？怎會把這話告訴你們？雖說那確是有根他爹臨死前，當著好些人親口講的，可是，有根如今也長到廿歲了，也沒應上那種凶兆，如今我再這樣講話，明明不是咒他，也像是在咒他的了！……這話，你們千萬不可傳揚出去，萬一傳到胡家瓦房，叫那大腳老孀兒聽著，她不來找我拚命才怪了呢！……好了，好了，你們這些野猴精，都給我走開罷！」他變得有些驢裡驢氣的了。

「走開？你還沒講完呢！」

這群半大不小的野猴精，也不是容易打發的，二狗子更抓住了看牲口棚的老頭兒話裡的把柄，撒賴說：

「您要不講，我們就到瓦房門口唱唱去，我們就唱說：『披麻五鬼錯投胎，有根是個活妖怪；抓起刀來自己砍，削了鼻子挖了眼……』那大腳老嬸兒聽見了，要是蹦出來問是誰講的？嘿嘿……你們說，該說是誰講的罷？」他轉臉朝著我們，睞著眼扮個鬼臉。

「他講的！」我們就一起指著看牲口棚的老頭兒說：「我們就說，是高昇客棧，看牲口棚的……」

「噢！動也動不得，」看牲口棚的老頭兒慌了，把頭亂搖說：「我這把枯朽了的老骨頭，可經不得大腳老嬸兒一頓棍棒呢。」

「那你就講下去呀！」二狗子得意的說。

「我講，我講，」看牲口棚的老頭兒說：「但是，我講了以後，你們得答允我，絕不能到外邊去亂傳揚，免得日後胡家瓦房出了什麼事，都怪在我身上。」

當然，爲了要聽取這個已將湮沒的怪異的傳說，我們一口答應了。

老頭兒重新燃上一袋煙，這才說：

「針灸大夫把金針刺在胡淘兒胸膛上，日夜不取針，那時候，病人確是清醒著的；他跟我們一些看視他的人，說了許多他看見披麻五鬼的話。據他說：披麻五鬼在他身上進進出出，他都知道，但是沒法子阻攔他們。

『披麻五鬼進出我的身子，好像走大路……』他咻咻的喘息著說：『他們先是飄漾飄漾的凌空逼過來，最初我還能見著他們的上半身或是下半身，後來只能看見一張越變越大的鬼臉，圓圓扁扁的像一扇磨盤。』他很想舉起手來比劃那鬼臉有多麼大，但他那雙骨瘦如柴的手，有氣無力，剛抬上一抬，又軟塌塌的落下去了。

『他們最先衝著我的七竅吹上一口氣，』他又說：『一口氣一吹，綠霧就迷住了我的眼，自覺整個身子空空的，五臟六腑全大張著，人就任什麼全不知道了……』

『針刺下去，你覺得怎樣呢？』有人問他說。

『他們離了身。』他說：『只是暫時離了身，卻並沒走遠，還都匿在這宅子裡！臨走時，他們跟我咬耳朵說話，說是：「咱們命裡沖犯著了，就是死冤家，活對頭，甭說針灸治不了你，就是請了法師來，也不成！除非金針留在你身上，一輩子不拔掉，一拔掉，咱們就來了。」』隔了一會兒，他就擠下一串淚來說：

『我這毛病，是我自己惹出來了，人再強，總是拗不過命！如今我只求早一點兒死，再沒旁的話好說了！……我死後，她會替我生個兒子，那是披麻五鬼裡頭老五投的胎，成不得的，就是成得，日後也會犯大凶，還不如一落地，就縊死在湯盆裡安穩。』

『好了，好了！』當時我就勸他說：『你身子太虛弱，精神錯亂了，哪有勸人縊死你兒子的？我們大夥兒都退開，你也閉上眼，好生歇著罷！』

就在他病重的那段日子，大腳老孀兒也快臨盆了，她躺在床上沒法子照應胡淘兒，一應事情，都由我們這些酒友來張羅。

好在有錢好辦事，咱們替他各處張羅，也請過法師，也請過廟裡的老和尚到宅子裡去，想把那五鬼惡煞給拘住，或是多唸善經，解化冤孽。老和尚說這全沒有用處，五鬼是附著婚姻來的，家神門神全不擋它們，病人如今只是拖延時日，一寸一寸的捱命罷了！

金針刺在病人胸脯上，甭說不能翻身，連挪一挪動一動全不成。那時正逗著秋頭上，秋老虎似的太陽，把屋裡晒得熱騰騰的，像是熱鍋上的蒸籠，病人身上的汗臭薰人，便溺淋漓，真的差點兒到了活生蛆的程度。

有天晌午後，大夥兒掩上房門，把病人獨自留在房裡睡著，忽然，聽見他懵懵懂懂的嚷著有鬼。大夥兒急忙推門進房去，看見他滿頭滿臉凝著豆粒大的汗顆子，一隻手舉在空裡痙攣著，一隻手壓在穿著單衫的胸脯上，離兩支金針只差一米粒兒遠。他的兩眼凸凸的朝屋梁上翻著，彷彿在看著什麼。他胸口挺著一把肋骨，即使隔著一層布，也能一條一條的數得清，尤獨他受驚喘氣的時辰，那顆心在腔子裡撲突撲突的亂頂亂撞，真彷彿一尾活魚似的，剛離了水，那麼躍迸著，使人擔心它會頂開肋骨間的那層油皮，迸落到地上來。——幸好他自家還用手在摀著。

『你……你是做夢魘住了？』羅爛眼怕他那隻手會碰著金針，就搶過去把他那隻手握住說：『鬼在哪兒呀？』

『我沒有閉過眼。』胡淘兒說：『你們一走，披麻五鬼就穿牆走進來了，他們把我抬在一堆綠火上活活的燒我、烤我，我的心和肺快全被他們烤焦了，從鼻子、耳、眼裡噴煙，呃……呃……一股子焦糊味。』

那個看門的老頭兒端來一盆剛汲起的磚井水，淘了一把涼手巾，替他抹著臉額，可憐胡淘兒早先那張圓圓大大的臉，已經叫五鬼折磨得乾縮了，五官各處全陷下去，只落顏面骨支撐著，眼窩鼻凹都變得黑塗塗的，耳朵又薄又透明，像是兩片黃蠟捏出來的，那嘴唇上黏著許多心火沖出的黏涎，乾了一層又黏一層，糊在帶有黃膿顆粒的火泡上面，乾裂捲皮……

『你定是眼睛昏花了。』我安慰他說：『哪兒有什麼披麻五鬼用火烘烤你？只是外頭太陽太大，你心裡乾渴了，才會這樣的。』

『不，不。』他指著樑頭說：『剛剛那一窩子，五個鬼，都還坐在那樑頭上盪腿呢！他們說是不讓我就死，要我活受……我……我實在受不了啦！』

『快甭說這話。』我說：『你可想喝點兒水？』

他搖搖頭，啞聲的說：

『我口渴，只想吃幾片青梨。』

那時正是青梨上市的時刻，大夥兒聽他說這話，都覺得寬慰不少；至少他能說這話，表示他還清醒，沒把季節弄顛倒了；假如趁這時光，還能延得什麼高人來驅退五鬼，他還能活下去的。

他說要吃青梨，就替他去買了青梨來，用把水果刀兒削去梨皮，盛在瓷碟裡，讓他用刀尖串著吃，吃著吃著的，他又說倦得慌。咱們又掩了門退出來，讓他好安安靜靜的歇一歇可滿安靜，約莫是吃了青梨，把上昇的心火壓下去了，他才真能睡一陣子，沒再亂嚷著有鬼，看看快近黃昏拐磨時了，房裡還沒見動靜，我就跟那個十三四歲的小丫頭說：

『妳去房裡看看去，輕輕推開門，看看病人醒了沒有？要是醒了，問他想不想吃點兒什麼？』

那個黃毛丫頭猶疑著，一臉駭懼的樣子，又不敢說出口來，嘴動身不動，我看著就說：

『罷了罷了，屋裡也沉暗下來了，妳去劃火掌燈去，我去看看病人，等歇兒，妳再端盞燈過去。』

瓦房宅子，你們雖沒進去過，想必也是知道的，——跟你們有些家一樣，是那種前朝留下的古式房子，留的有一道寬寬的暗走廊，外面的護牆牆腰，留一排瓦嵌的小花窗。這樣的屋子，就算在大白天，屋裡也未必見得什麼亮光，一遇屋外的黃昏時，屋裡業已暗得連蝙蝠飛動的影子也看不清了，只能聽見牠們在人頭頂上輕輕拍響的抖翅聲。

我平常也一個人走過這樣光景的屋子，當時匆匆促促的，並沒覺著怎樣。那天瞧著病人的模樣，再聽他的言語，就覺心驚眼跳，彷彿眼前就有什麼不妥似的。

我從前屋彎過後套間，走到廊房外間時，就覺什麼東西，黑忽忽的迎面飛撲過來，貼在我的衣領上，我用手那麼一抓，原來是一隻黑蝙蝠，那鬼蝙蝠比普通的蝙蝠要大上一倍多，拉開牠的肉翅膀，怕沒有一尺多長？

許是我一把抓得太緊，那東西吱吱咄咄的亂掙亂叫，一口咬著我的手指頭，我護疼，把手一鬆，牠竟然不飛到旁處去，兜了個圈兒，又落到我的頭上來了！……不知你們聽人說過沒有？說這種大蝙蝠兒全是鬼變的，所以又叫鬼蝙蝠，我不知道牠在暗屋裡糾纏著我，究竟是什麼意思？但我的膽子突然就那麼變小了！

我待在那暗屋中間，好一陣子沒動彈，那鬼蝙蝠兒才飛走了，緊跟著，我聽見一種怪異的聲音。」

看牲口棚的老頭兒這樣說著，睜大他的兩隻眼，眼神裡露出駭人的懼怖的神情，彷彿又回到當時一樣。我們可以從他臉上的神色，推想到當時的情形：暗暗沉沉的屋子，鬼變的黑蝙蝠，古老的雙層重疊的瓦嵌花窗，鬧披麻五鬼的恐怖傳言，一個垂危的病人，再加上那一種怪異的聲音……若把誰一下子推到那種情境裡去，怕不會把人的心膽嚇裂?!

無怪這看牲口棚的老頭兒，在幾十年後重述起那時的情景時，仍然那樣懼怖。——他就是親身經歷過那種情境的人呢！

「那聲音！」看牲口棚的老頭兒重複的說：「那聲音，真是怪異極了！

『呃……哺，呃……哺，

呃呃呃呃……呃哺呃哺呃哺呃哺……』

我一想，這是什麼一種怪聲音？好像是哪個牆角的地洞裡，蹲著一隻吞了鹽的癩蛤蟆，在那兒窮咳嗽，聽了聽，又覺得有些不像，倒像是一隻被黃鼠狼咬住頸項的公雞。忽然我想起什麼來，格楞楞的打了個寒噤，三腳兩步的，趕向病人躺臥的房裡去。

我剛走到房門口，還沒伸手去推那扇虛掩著的房門呢，就覺得腳底下踩著了什麼，伸手一摸，一手都是黏黏的，一股子血腥味道，我一慌一急，便扯著破鑼般的嗓子喊開了：

『快掌燈來人喲！這邊出了岔子啦！』

經我幾聲一吆喝，腳步登登的，燈也來了，人也來了，西街老木匠王福壽拎著一盞馬燈跑在前頭，他舉燈一照，訝叫說：

『這……這……這是怎麼了？你怎麼一巴掌全染的是血?!我的老天！你竟站在血泊裡?!』

我低頭一瞧，我的鞋可不正踏在血泊上？巴掌沾著血，全變成了紅的！我一腳踢開房門，王福壽挑燈再一照，血是從病榻上淌下來的，一條赤鍊蛇似的，從踏板順著凹處朝外流，窩聚在房門口的窪塘裡——那正是我踏腳的地方。

大夥兒一湧進了房，舉燈再照病榻的胡淘兒，他的身子略爲偏側著，胸脯上仍然扎著那七支金針；他的喉嚨管已被刀割破了，食道管軟塌塌的拖出一截來，幸好氣管雖叫劃破些，但又被黏黏的血塊勉強糊住，那怪異的，呃哺、呃哺的聲音，就是打那兒發出來的……

他用的是那把削梨皮的小刀，殺雞似的割斷了他自己的喉管的，直到大夥兒湧進房，那把小刀還緊緊的攢在他的手裡。

饒是割成那樣，他還是沒有死！

沒有人看到他是怎樣割裂他自己的喉管的？那把削梨皮的小刀並不怎麼鋒利了，他久久病著，手上又沒有力氣，還不知怎樣像拉鋸似的把喉管鋸裂的呢?!——鈍刀割喉嚨，又是自己在割，那是什麼一種滋味？沒親嚐過的人，誰也夢不著的，換是我，只怕一護疼，手腕就發軟，扔下刀來，再也割不下去了！

他當時真的沒有死，在他使鈍刀割裂喉管時，鮮血噴濺出來，弄得他一頭一臉都是紅的，好像一隻剛上了紅漆的木魚。只有一雙黑眼珠微微朝上斜吊著的眼，還能用幽幽的餘光望著人，他頭部左近的牆壁上、枕頭和涼蓆上，也都是成灘的血跡印兒。

他的嘴角堆了一堆血沫兒，不時張開嘴來抽氣，那份艱難勁兒，好像滾落在沙灰上的鮎魚！呃……哺，呃……哺，他吸一口氣，喉嚨斷處就拉一陣風箱，那聲音，可是越拉越沉重了。……這情形，直把當時進房的幾個人都嚇傻了。——各種死法咱們都見過，唯有這種自家割裂喉管而又活著望人的事，沒誰經歷過。

還是那位針灸大夫先說了，他說：

『你……這是何苦來呢？這樣的作賤自己……』

『甭說酸話了罷，醫生。』王福壽一面埋怨那大夫，他自己卻像打瘧疾似的，手上的馬燈也跟著他打抖，他站在那兒篩糠說：『看看究竟怎樣動手救他啊。』

說是不救他罷，胡淘兒明明還沒有死，他的兩眼還能睜著望人，他的氣還游漾游漾的沒有斷，咱們進宅原就是去幫忙的，哪有見死不救的道理？……若說是動手救他罷，一個業已割裂喉管的人，但問你怎樣動手救他？還是能拖？還是能抬？你不動他，他也許還能撐持一會兒，還能吐出一兩句話，你略為動一動，也許他氣管弄漏了氣，滋溜一聲就過去了！

正在手足無措的慌成一團，胡淘兒竟然蠕動了一陣，吐音模糊的說了：

『你們……都去……罷……不用救我……了！』

『不成呀，胡淘兒，』羅爛眼說：『你拿你的性命開玩笑麼？真真是個胡淘兒啦！』

『我不……不是瞎胡鬧，』胡淘兒嘴裡的血打牙縫朝外溢，他不吐，反把它嚥了回去：

『我活著，受不了披……披麻五鬼的罪，我要死了去鬥他！只怪刀太鈍，使著不得力，才沒割斷氣管，來，你們哪位幫幫忙？』

他的意思是要我們幫忙，取了他手裡握著的那把刀，去幫他把那藕斷絲連的氣管給切斷，你們說，誰有這個膽子？

針灸先生一聽他說這話，連忙雙手齊搖朝後退，嘴裡啊呀啊的，一迭聲說著：

『這個，這個？萬萬使不得，使不得！』

也許他小腿筋沒了力氣，退得又太急，腳跟踩在房門檻兒上，一個屁坐兒，正坐在他噁心的血泊裡，雙手一捺，兩隻巴掌都成了紅的。

王福壽、羅爛眼和我，還有另外兩個人，全都你望我，我望你，像被定身法定在那兒不能動彈了。

這時候，胡淘兒喉管斷處又咯咯的發出一陣響聲，他那骨稜稜的身子，彷彿經不得劇烈的疼痛，蛇似的扭動著，他咬牙說：

『你們不肯……幫……幫我的忙，我只好自己動手摳了！我……要快死！』

說著，他鬆手丟下刀子，真的舉起痙攣的雙手，插進喉間的血糊糊的洞裡去，彎著手指頭，胡亂的摳起來了！唉，那種慘法兒，真叫人看也不忍看……

『你不能這樣胡整！』羅爛眼叫說：『你老婆就要生孩子了，你得等到孩子落地再死呀！』

『啊！不！』胡淘兒一面亂摳，一面說：『我要自己投胎變兒子，不能讓披麻五鬼投……胎。』

這才弄清他割裂喉管求速死的意思，原來是怕那披麻五鬼裡的老五投胎，日後犯大凶，他是要搶著死，再投進大腳老嬸兒的肚子裡去，——自己做自己的兒子！想是這樣想，可惜他仍比披麻五鬼晚了一步！

還沒等胡淘兒摳出氣管來，天井裡響著那小丫頭的嗓子，也慌慌噪噪的：

「老嬸兒還沒足月，就生下來啦，臍帶纏在脖子上，前後繞了好幾匝，……誰幫忙去請接生婆啊！」

一時沒人答理她。

胡淘兒這才抓住氣管，把它扯斷，伸了腿，嚥了氣。也許因爲比五鬼走慢了一步罷？他死時，兩眼是圓睜著的，捏都捏不攏，可見他死了都不甘心！……」

一直到初昇的月亮照著人的臉，看牲口棚的老頭兒才娓娓的把這段故事說完，那時誰懂得悲慘哀愁那一類的字眼兒？只覺得聽了這故事，也像跌進血泊喝了一口血似的，滿心漾著腥腥甜甜的血味，想嘔？嘔不出，想吐？又吐不掉，只是一陣陣的打著乾噁心。

那傳說裡的披麻五鬼的白影子，也正飄動在浮煙般的月色裡，在打著旋的燈籠的碎光裡，使人寒冷，使人駭怕，使人簡直的不敢離開燈光了。

但咱們這夥野精靈們，還是不滿足，因爲這傳說不是那些遙遙遠遠的故事，而是在鎮上胡家瓦房裡發生過的事實，看牲口棚的老頭兒說他是親眼所見的證人。

儘管他後來又講了些胡淘兒死後的事，說是老木匠王福壽怎樣趕夜爲他打棺材；那初生的嬰孩有根，怎樣在沒見太陽之前就戴了孝？而我們總覺得，這故事只是整個故事的一半，另一半還沒發生，或是正等著發生！

假如聽來的傳說是可信的，那麼，胡家瓦房如今還活著的有根，就該是披麻五鬼中的老五投胎的了？照著牲口棚的老頭兒的說法，有根定歸的是命該主大凶！該像他老子胡淘兒一樣，用亂刀砍死自己，又命該不再有子嗣的了？……那看牲口棚的老頭兒，腦袋上的橫紋又深又直，又平平板板的，看上去就知是個不會說謊言謊語的人，我們相信那傳說的前一半，就得睜眼瞧著那後一半啦！

我們聚在胡家瓦房門口，那道石鎖似的小石橋邊的柳蔭底下，無拘無束的，把聽來的傳說談論著。常常這樣的談論著，同時兩眼逡逡的，不時望著那兩扇緊閉的黑漆大門，無非是希望碰見那個大腳老嬸兒走出來，或是瘦瘦的有根揹著長長的布包袱，擎著撥浪鼓回家來。

當然，活著的人總是會常看到的。

那個大腳老嬸兒，已經是個老婦人了，她常愛在黃昏時分出宅來，站在黑門外面的門斗子下面，背靠著那兩扇沉重的黑門，一動不動的抬眼朝遠方望著，也許宅子裡太孤寂，太冷清了，她便渴盼著她的孩子有根回家來罷？

那宅子的門朝東，黃昏時分恰好背著天光，總顯得很暗、很黑的樣子，大腳老嬸兒的衣裳，不是黑的就是灰的，她穿著黑衣時，和黑門一樣的顏色，遠望望不見她裹在黑衣裡的身體，只覺得有一顆兩鬢泛白的老婦人的頭，那樣懸掛在半虛空裡，幻景似的凝固著。要是她換穿灰衣呢？就成了一個紙剪般的灰白的影子，正像傳說中的影壁牆上顯現的白色鬼影子一樣。

我也曾在白天的街市上，面對面的碰見過大腳老嬸兒，她的臉和平常所見的老婦人沒有什麼兩樣，除了臉色略略有些清清冷冷，笑起來也略帶半分苦味。

有一回，她在買著一隻雞，那賣雞的女人說：

「老嬸兒，我猜，有根今兒在家。」

「妳怎知他回來的？」她說：「他剛剛到家。」

「要不然，妳怎會親自上街，笑著買雞呢？」

「哎，我疼兒子也疼不久囉，」她說，帶一分欣慰的嘆息著：「他就快娶媳婦囉，男孩子家呀，都是的，……爹也親，娘也親，娶了媳婦變了心。」

「妳家有根才不是那種人呢！」賣雞的女人說：「誰不知他是個孝順兒子？」

即使是不常回鎮上來的有根，我們也碰到過，——與其說碰著，不如說我們在石橋上存心等著了的。他是個瘦弱的小伙子，白淨斯文不像是個搖鼓賣布的，倒像是城裡高等學堂的學生。

我們望著他時，他還跟我們這夥野精靈笑著點頭打招呼呢！而我一見他，就浮起那怪異的傳說的情境來，總把他看成妖異，不敢跟他靠得太近，總想著，他不久也會像他爹胡淘兒那樣犯大凶死掉的。——當然，我並沒有詛咒他的意思。

任何故事都是有頭有尾的，即使有些兒殘缺，說故事的人也會修補它，使它如何的完整動人，我們所聽取的傳說，照例都是如此，這該是我們這一古老民族的天才。但這個五鬼鬧宅的傳說，上一代人只告訴我們上半截兒，下半截兒也許更精采，它卻安放在有根的身上，要我們苦苦的去等。

我的童年就這樣的等過去了，等到有根娶親的那天，我們攫著機會闖進那神秘的宅子裡去，背著人打賭，說是有根一定不會有兒子。

等到有根的媳婦生了兒子，我們又搶著去分紅蛋吃，嘴上吃了一圈洋紅，「血口噴人」的打賭他絕不會活過卅歲。

等到有根過了卅歲，我們認為受了騙，想再回頭去質問看牲口棚的老頭兒，但那老頭兒聰明得很——他已經「入土為安」，不再理會活在世上的人了。

「真是缺氣得很！」我記得北街的庚弟後來跟我說過，他說：「我就弄不懂，這世上有這麼多稀奇怪異的事情說給我們聽，說來都是前人眼見過的，為什麼等著一個能夠眼見的機會，卻又什麼都見不著呢？」

「也許咱們沒有前人那麼聰明。」我說。

「咱們太笨了！」粗裡粗氣的二狗子說：「咱們不會扯謊！」

請原諒這故事的下半截兒平淡無奇罷！我當初並不是沒盡力苦等過！可惜等著的就是這個樣子，又有什麼辦法呢？無可奈何之餘，只好用狗尾續貂，讓讀者們讀來失望外，看來只好有負前人的「德意」了！

遇邪記

天熱。趕驢的孫二頂著太陽兩頭跑，即使戴著寬邊竹斗篷，瓢澆大汗也把渾身衣裳溼個透，像打水裡撈上來的一樣。這條路從佘鎮起，到臨河渡口為止，扯直了算十八里，是孫二和他夥友做買賣的地段。他們在佘鎮設有驢行，聚集了五六匹驢子，這些牲口也馱貨，也馱人，只要雇主講妥價錢，他們就趕驢起腳，把人和貨送到臨河渡口去，在臨河渡口柳蔭下的茶棚裡，等著招呼過渡來的行商客旅回佘鎮；這樣辛辛苦苦的反覆穿梭，累是夠累的，卻也有些賺頭。

在這夥趕驢的漢子裡，旁人全有了老婆孩子，本份過日子，唯有孫二這個不肯收心的馬浪蕩，三十出了頭，還打著光棍。趕驢的行業再勞累，也擒不了太多的錢，若果守著本份，一天三頓飯有得吃，總飢不著餓不著人。孫二呢？也不能說他不本份，只因是個光棍漢的關係，難免愛喝上幾盅酒，賭賭小錢，或是有些逢場作戲式的、小小的風流。

也正因這樣，孫二不但手頭上經常拮据，還欠了一屁股老是還不清的債。旁人遇上三伏天，寧願少賺幾文錢，晌午心把驢子繫進樹蔭裡去養息，但孫二不跑不行；今天跑一趟，他咬牙說是為找些賭本，明天跑一趟，他安慰自己說是為酒錢，再跑，他就該為臨河渡矮屋裡的老娼妓秋荷了。

秋荷的年歲不算大，假如她說的是實話，頂多不過廿七八九，這年歲放在一般女人身上，正是開花露蕊的辰光，可惜她是幹那一行的，十幾年前就蜂喧蝶鬧開過了花，等自己跟她姘上，她早已不是粉色盈盈的荷花，而是一張蟲蝕斑斑的荷葉了。

掉回頭想想，爲那樣的殘花敗柳受洋罪，也真不值得；她那一臉黃黃白白的鬆皮，簡直掛不住粉，擦薄了掩不住皺痕，擦厚了又會脫落下來。她那一身白肉，細而不嫩，閉上眼摸，勉強可以，睜開眼看可不成，鬆垮垮的朝下垂，像一隻癟了皮的虱子，油膩得使人作嘔心！……有時當著她的面，也難掩得住煩膩的心意，哼！那婆娘不但精，也刁惡得緊。

「怎麼著？二半吊子，你嫌膩老娘了不是?!」

話頭兒劈面抖過來，像一把又尖又利的刀子，自己只好聳肩縮腦袋，抓一把話去胡亂搪塞：

「沒有這回事，我孫二哪兒敢？……」

「諒你雜種也不敢！」那娼婦得意的笑臉，有一種使人恨得牙癢的，不知天高地厚的味道：「你得先撒泡尿照照你那影子，看你是個什麼德性?!一個冬天睡草窩，夏天睡涼棚的窮趕驢的，矮瘦乾癟，像個毛臉雷公，能攀上老娘的床榻板，還算你祖宗三代有造化呢?!」

「算了，妳這挨壓的貨，妳以爲妳襠底下有糖，我孫二非伸舌頭去舐不可？老子可沒那種狗性！」人在窘頭上，不得不硬起嘴舌來反唇相譏：「妳這老娼破殼子，老子一向沒稀罕過，弄火了我，我恁情回去找草驢（即母驢），也不吃妳這一杯！」

「好哇，二半吊子！」那娼婦更潑悍起來：「有種是雄子，你這就替我滾開，永遠甭沾我的門！你不稀罕老娘，老娘更不稀罕你這隻臭蛤蟆！」

這種樣的爭吵究竟有過多少回？只怕男女雙方誰也記不得了，一個是光腳杍巴，一個是雙破鞋；光腳杍巴天生就是趿破鞋的料子，前一夜負氣奔出去，二天買點兒吃的喝的再進門，那娼婦當然也假意推拖一陣子，一面找些話來搓揉人，一面進灶屋去溫酒做菜，壓尾還是落在一張床上，又有些無可奈何，又它娘一肚子窩囊。

心裡反起潮來，孫二只有揮動趕驢棍，打驢罵驢出出怨氣。

趕驢的孫二也認真想過，不是自己沒志氣，受婊子的窩囊氣全不敢吭聲，歸根結底，毛病還出在一個錢字上，俗說：錢是英雄膽，又說：腰裡沒銅，遇事臉紅。人它媽就是窮不得，假若我孫二有了錢，怕沒人奉承得團團轉？開口閉口孫二爺?!有了錢，鮮花嫩蕊多得很，哪還會賴著秋荷這種枯藤老樹？但則怎樣弄到錢呢？

孫二的身子弱，骨膀小，既不能強取，又不能豪奪，倒也沒枉存過那種非非之念，但謀錢的心思總是梗在心裡。旁的驢腳伕曉得他財迷心竅，又雅好女色，一攫著機會就譏諷他說：

「孫老二，你真的想發財，咱們倒有個好主意！你乾脆下到陰間做鬼去，——紙錢論斗燒給你，你不就都有了嗎？」

「算啦，你們這些傢伙，也甭門縫看人，把我孫二給看扁了！有一天，我活在世上總要發筆財給你們瞧瞧！時一來，運一轉，嘿，走路全會踢著金磚！」

一個人一旦沈迷到酒色財氣裡面去，身心陷住拔不脫，也只好依賴出奇蹟，孫二平素聽多了機緣巧遇之類的傳言，打心眼裡相信這個。就拿佘鎮北街梢的屠戶牛七來說吧，一個殺豬賣肉的粗大漢，聽人說大亂葬崗子三更半夜鬧鬼，好些人親眼看見那個飄飄忽忽、白糊糊的鬼影子，回來生了病，全跑到巫婆宗二寡婦那兒去瞧看。牛七膽氣極大，蹺著二郎腿坐茶館，聽人說起這樁事，他搖頭不信，翻起眼說：

「真它奶奶活見鬼了！世人全信有鬼，獨我牛七不信，我看那些見鬼的傢伙，全得了疑心病。」

「翹著腿坐在這兒說大話不算數，牛七！」說的人挑他說：「久聞你牛七有膽氣，你敢到大亂葬崗子裡去過一夜，咱們願輸一桌酒給你！」

「嘿嘿，」牛七笑了起來：「我敢跟你拍巴掌，你這一桌酒席輸定了！我這就拎一瓶酒到大亂葬崗子過夜去，我可不信有什麼鬼邪魔！若是遇上男鬼，我腰裡有把殺豬刀，明兒我不賣豬肉賣鬼肉；若是遇上女鬼，我它娘就……就地成親！」

牛七嘴上一說走，腳下就動身，真的腰插殺豬刀，手拎一瓶酒，到荒淒可怖的北大亂葬崗子過夜去了。那夜正逗月黑頭，又陰雲密佈的飄著牛毛細雨，天頂黑漆漆的一片，休想找著半顆星粒兒。牛七摸到荒塚堆當中，找塊石碑座兒坐下來，無數鬼火團兒，綠螢螢地繞著他打轉，儘管天陰雨溼，鬼火非但不滅，反而在雨地裡騰跳飛舞，好像存心要鬥鬥牛七那份膽氣。

牛七膽子也真大極，鬼火滾近他，他只消舉腳一蹴，便把鬼火踢得飛滾。他用牙齒咬開酒瓶塞子，消消停停的喝著酒，朝那些鬼火罵說：

「去你娘的蛋，單是鬼火嚇不住我，你們若真是鬼，變個樣兒讓老子瞧瞧，即便是惡形惡狀我也不在乎，非等我弄清楚了才相信呢！」

這話才說完，但聽附近有個尖細的聲音說：

「是誰在這兒耍嘴皮？充大膽？」

「我是北街殺豬的牛七！」牛七抗聲說：「聽人說這兒鬧鬼，我獨獨不相信，才趕來瞧瞧的。」

「年輕人，血氣盛，這也難怪你。」那尖細的聲音說：「不過，我得老實告訴你，我就是個惡鬼。你也不用再瞧了，趕快回去吧，我若真的現身，準會嚇破你的膽囊，讓你口吐苦水，據我所知，還沒見哪個陽世的生人不怕鬼的！」

「廢話少說，」牛七說：「靈不靈當場試驗，看是你怕我？還是我怕你？你快些現身吧，老子在這兒坐等著瞧你的鬼形呢！」

「好呀，牛七！」那鬼說：「你既這等猖狂法兒，你可真的有得瞧了！」

聲音寂滅了一段時辰，牛七抬眼一搜尋，喝！就見對面的鬼火朝兩邊飛滾，陰綠的微光映出一個白糊糊的鬼影子來，那鬼顯而易見的是個女鬼，一頭黑霧似的長髮四邊披散著，髮隙間露出一張怪異的鬼臉；鬼火的燐光太幽暗了，牛七只能隱約的看出那張臉，說它是骷髏又不全是骷髏，頭骨還黏著一塊塊霉綠色的腐肉，深褐色的唇外，拖著一條黑色的舌頭。她手裡拿著一根鬚穗四垂的哭喪棒，上面滿是星零的燐火；也虧是牛七，換是旁人，即算不嚇死，也會嚇暈。

那鬼蹦跳著，發出一陣尖厲的怪叫，風一般朝牛七奔撲過來，滿以為一下子會把牛七嚇倒，至少估量他會嚇得連滾帶爬的逃開。誰知鬼算盤打錯了，粗魯發橫的牛七，壓根兒不買帳；一瞧來的是個女鬼，急忙扔開酒瓶，醉呼呼的迎了上去，發聲吆喝說：

「我道妳惡成什麼樣子呢！原來也就這等的？老子對女人，胃口奇大，不管陰間陽世，疤麻癩醜，一向是來者不拒，老子今夜晚就讓妳嚐嚐男人的滋味！」

說著，一個箭步竄將上去，探手就抓，那女鬼怵然一驚，閃身躲過，揮動哭喪棒乒乓亂打，牛七肉厚皮粗，一點也不在乎，打幾棒只當抓癢，兩人糾纏不久，那女鬼力氣不濟，就被牛七按倒在地上了。牛七一摸女鬼的身子，軟軟綿綿、溫溫熱熱，就湊著女鬼的耳根說：

「我的兒，妳原來跟人沒兩樣？今夜我越發放不過妳了！」

仗著幾分酒意，他一邊說著，手腳就放肆起來。那女鬼先是左遮右擋，仍然是抗拒無力，不得已，出聲央告起來說：「牛七爺，牛七爺，實跟您說，我不是鬼，我是人，我就是佘鎮上的宗二寡婦，您就饒了我這一遭吧！」

「哼！」牛七說：「就算妳是人，也脫不掉人幹鬼事的罪名！朝後妳放乖點兒，跟我殺豬賣肉，學著做人，今夜妳想讓我饒妳，那可不成！」

……這不是傳言，這是孫二親眼見到的事實。殺豬的牛七硬是從荒塚堆裡，把假扮女鬼的巫婆宗二寡婦給拖了回來。宗二寡婦雖不是生米，可真讓殺豬的牛七替她回鍋炒熱了，只好跟牛七過日子，牛七吃了她這碗油炒飯，宗二寡婦也嚐了牛七的豬肉湯，算起來還是牛七撿著了便宜，不但娶了寡婦，還得了她多年積蓄的錢財……。

每想到殺豬的牛七亂葬崗子找鬼，人財兩得的事，孫二的心窩就會發癢，儘管自量沒有牛七那份膽氣，卻一心盼望能有牛七那樣的運氣。

那天晌午，孫二替客人運貨到臨河渡口去，跟他一道兒運貨的驢腳伕，有王小歪、陳豁嘴兒兩三個人。天實在燥熱得不成話，走在路上頂太陽，淌出來的汗比喝進肚的水還多。幾個人趕著牲口，走到半路的黃土坡，找處樹蔭涼停下來歇腳。黃土坡的地勢高，風水好，兩邊全迤邐著墓場，那些大戶人家的墓場真夠講究的，松圍柏繞的護成一片又一片的黑林子。孫二望在眼裡，不禁感慨起來，聳聳肩膀，攤開兩手說：

「咱們枉在世上為人，看來還不如做鬼愜意，伸著兩腿躺在黑松林裡，陰陰涼涼的。人生在世，若不發筆財，躺著逍遙逍遙，真是白活了！」

「你還沒瞧那片新栽的黑松林子呢，」王小歪說：「那裡頭埋的是城裡何大戶的姨太太。春頭上她下葬，乖乖！那種樣的排場，我這輩子還算初開眼界，虧得她只是一個偏房，落葬時還弄得驚天動地，換是正房，那還得了？只怕要打金棺、造銀墳了！」

「孫二，你若想發財，」陳豁嘴兒說：「不妨在她頭上打打主意，——聽說她陪葬的寶貨，多得不得了，嘴裡含的活玉，腕上戴的翡翠鐲，全是稀世的玩意兒。你若有牛七那種膽子，不怕得不著。」

孫二伸了伸舌頭，扮個鬼臉說：「你明知我沒有牛七那種膽氣，何必說這些，存心來吊我的胃口？」

王小歪歪嘴出斜（邪）言，把何大戶家的那個姨太太說得如何俏麗，怎樣風流，一向好色的孫二簡直聽入了迷了。重新啓程時，他嘴上不說，一顆心始終惦記在那座墳上。要是真有牛七那個膽子，這事實在值得幹。世上三百六十行，挖穴盜墓照樣算一行；孫二在賭場上也認識幾個盜墓賊，雖然常幹那種噁心事，但出手卻闊綽得令人羨慕。賭錢這玩意，跟想發財一樣，全它娘賭的是膽氣，賭本越是充足，膽氣越是豪壯，精氣神十足，哪有不贏的?!自己這幾個月，頂著大太陽趕驢兩頭跑，賺的不夠耗的；秋荷像個貪而無饜的吸血鬼，賭場上手氣不順，又成了有輸沒贏的陷人坑，逼得人非打歪主意不可。

孫二心裡一起了魔障，想停也停不了啦。當天傍晚，他一個人趕著驢回佘鎮，半路歇下來，彎到何大戶那個姨太太的墳上，繞著看了幾圈；他心裡想著王小歪形容的她生前俊俏風流的模樣兒，拿來跟自己的姘婦秋荷一比，秋荷就被她比得不成人形了。

「嗨，」他嘆口氣，朝著墳墓說：「像妳這種美人胚子，王小歪說妳死時才廿來歲，真它娘太可惜了！當初我孫二要是有錢娶著妳，把妳呵著捧著過日子，妳如今怎會埋在這兒？」

甩西的太陽收了火威，一寸一寸的朝下掉，一陣涼風吹盪過來，趕驢的孫二打了個情急心虛的寒噤。他計算過，黃土坡這一帶靠近大路，白天人來人往的總不方便動手，要想挖墓取寶發筆財，非得等到夜深人靜不可。自己原不是幹那一行的，膽氣又不夠壯，一想到挖墓掀棺，鑽進棺裡去摸觸死人，心就寒得像喝多了井水。轉轉念頭，又衝著墳墓說：

「咱們倆皮雖沒靠皮，肉也沒套肉，但我孫二的一顆心，卻已落在妳身上了，妳是個風流人，死後也該是個知情解意的鬼。我孫二如今混秋了水，不想妳別的，只想向妳借隻翡翠鐲兒，好去賭場撈本，妳要肯答應，不妨起一陣小旋風我看看，過幾天，我燒些紙箔給妳，夜晚也好來這兒取鐲。」

趕驢的孫二剛把話說完，黑松林子裡，果然捲出一陣小小的旋風來，繞著驢蹄子打了一個轉，又滴溜溜的轉回去了。咦！孫二驚得脫口成聲，「我的菩薩媽媽老子娘啊！看樣子真的有鬼啊！」他把剛才說的話也給嚇忘掉了，即使旋風出來鬼答允，那隻翡翠鐲他也不敢要啦！虧得天還沒有黑下來，趕緊牽驢離開這個地方吧，再晚了，遇上怕人的鬼打牆，把人弄得暈淘淘的分不清東西南北，困在核心出不去，那不會把人活活嚇死?!

他戰戰兢兢的站起身，牽著驢順坡朝下跑，一直跑到路上，停住腳朝回望望，壓根兒沒見旁的動靜，這才定下喘息，暗暗責怪自己太沈不住氣了！真它娘的疑心生暗鬼，可不是?!就算有鬼又怎樣呢？一個年輕貌美，嬌弱如花的女鬼，看來又不會吃掉人，也許兇悍橫暴還及不得秋荷那個老婊子呢！何況旋風出來打個轉又旋了回去，正是女鬼答允借鐲子的意思，嗯，難道這個做姨太太的女鬼耐不住地下的寂寞，真的屬意自己了?……膽子小歸膽子小，這隻翡翠鐲，卻是無論如何要取到手的。

晚蟬的噪聲歇下來，天逐漸的黑了。月亮沒露頭，星光下，眼前的路影子白沙沙的。

趕驢的孫二迎著夜晚涼風走，身上收了汗，人比白天舒坦得多。走到朦朧的月亮初露頭，離開背後的黃土坡有二三里地遠了，忽然聽見身後有人喘息著，尖聲尖氣的叫喚著說：

「趕路的大哥，趕驢的大哥，你等等，我央托你幫個忙，把牲口租我騎上一段路，我實在走不動了！」

孫二走夜路，心有些惴惴的，原待不理會，但那喘吁吁的、曼妙的女聲，使他不由自主的勒住牲口停下腳，朝背後望過去。月光青幽幽的，彷彿扯起一層紗網，他見著一個年輕輕的婦道人，穿著一身黑，懷裡還抱著一個用披風包裹著的嬰兒，急匆匆的趕了過來。

「哎唷，妳這位小嫂子，」孫二有些曖昧的說：「怎麼竟敢一個人抱著孩子走黑路來？萬一遇著個不三不四的冒失鬼，不是吃了悶虧？」

黑衣的少婦仍然喘息未定的說：「嗨，我是白天就過了臨河渡的，孩子鬧驚風，燒得口歪眼斜，渾身像塊紅火炭，我慌躁躁的抱他出來，想趕到佘鎮去，找佘老先生瞧看，半下午過了渡，卻沒雇著腳力，只有抱著孩子，走一陣歇一陣，怕他曬著，誰曉得走到半路天就黑了。」

孫二是個遊蜂浪蝶的心性，女人在月光下挨著他說話，他那有不動心的道理？藉著看探孩子，他挨身貼過來，鼻尖幾乎觸到那少婦的鬢髮上，一股子爽鼻的幽香，更使他心猿踢跳，意馬難拴了。

「噯嗨呀，我說，我說，我的小嫂子，孩子真的燒得厲害，」他說：「千萬不能再磨蹭了，我這就扶妳上驢，趕到佘鎮去找醫生去吧。」

女人上驢不便當，孫二動手攙扶，少不了挨挨靠靠，摸摸捏捏，名正言順的趁機佔些小便宜。夏天炎熱，薄薄一層紗擋不住什麼，孫二的手指觸著女人柔滑的臂膀和緊緊細細的腰肢，他覺得那跟秋荷鬆弛的身子全然不同，這種微妙的接觸，使他的慾火從兩脅間翻騰起來，旺旺的熾燃著。女人假如只上一次驢，那倒罷了，偏偏沒在驢脊背上跨得穩，又滑了下來，她手裡抱著孩子不好攀援，整個軟綿綿的身子傾跌在孫二的懷裡，孫二順勢一抱，手掌捺到女人胸脯上去，女人許是剛奶過孩子，衣襟沒扣，被他一把摸個正著，雖說只是一刹光景，也使好色的孫二掉了大魂，但他總是個趕驢的，雖然在夜晚，他還不敢過份，怕被旁的趕夜路的人撞著。

「嗨！真是出門難。」女人彷彿對孫二存心輕薄的舉動一絲沒覺著，怨唉的說：「只好委屈大哥，你蹲下身子，替我打個腳蹬兒，讓我踩著你脊梁蓋兒上驢吧！」

但凡好色的男人，一旦色迷心竅，沒有不賤的，甭說要他脊梁朝天打腳蹬兒，就是要他變成一匹叫驢，讓女人一路騎他到佘鎮去，他非但不覺得委屈，反以為自家佔了便宜呢！

女人踩著孫二的脊背上驢，孫二便只能跟在驢屁股後頭跑路了，女人急著替患急驚風的孩子看病，不斷催孫二把驢趕得快些，那匹毛驢一路飛奔，比平常快了一倍，好像牠脊背上並沒馱人的樣子，可憐孫二拖著個被酒色淘虧了的身子，再加上連日奔波勞累，兩條腿那能跑得贏毛驢的四條腿？跑不上一大會兒，業已兩頭喘到一頭去了。

到了佘鎮佘老先生的中藥舖門口，女人下了驢，謝了孫二說：

「趕驢的大哥，今夜真難為了你，黃土坡到佘鎮十里路，該算多少腳力錢？」

孫二原沒打算要錢的，轉念一想，今夜也太窩囊了，便宜沒佔著多少，這一陣跑得渾身大汗，為了這個名不知姓不曉的娘們，幾幾乎把命賠上，到了明兒再碰面，她是她，我是我，彼此再搭訕不上，不如藉機多敲她幾文錢，找個地方喝酒去。

「小意思，小嫂子，妳就賞我五百文吧！」他說：「人要吃食，驢要草料，五百文不算貪。」

黑衣的少婦一面笑說不算多，伸手朝腰眼荷包裡一摸，就脹紅了臉，為難的說：「不瞞你說，趕驢的大哥，我一心記掛著孩子的病，出門太慌急，忘了帶錢了！不過……這樣吧，我這兒有隻鐲子，先抹給你當押頭，你只要告訴我你姓名和住在哪兒，改天孩子病好了，我再送錢過去贖鐲子。」

她說著，就打腕上抹下一隻鐲子來，硬塞到孫二的手上。孫二一摸那鐲子，光滑滑沉甸甸的，也不知能值幾個錢，但想到女人還會拿錢來贖鐲，自己還有機會跟她接近時，也就笑瞇瞇的把鐲子揣進腰肚兒裡說：

「我叫孫二，旁人全叫我二半吊子，卅出頭了還打光棍，宗鎮和臨河渡兩頭跑，妳日後要雇牲口，到臨河渡左邊的小街上，秋荷家裡找我就成了！」

女人敲門叫醫生，孫二牽驢走開，到街梢的老地方，找處樹蔭涼，拖條長凳，倒下頭餵蚊蟲去了。夢裡還見著那個穿黑衣的年輕女人，白臉上掛著迷人的媚笑，跟自己摟之抱之的著實溫存，夢醒後再睜眼，又是辛苦勞碌的另一天啦。

事後他也回想過那次豔遇，但並沒把女人抹鐲子的事情放在心上，總以爲女人不會爲區區五百文，抹給他什麼大了不得的東西。他只想到如何去挖何大戶那個姨太太的墓，得到那傳說裡陪葬的寶物發大財。

他把這意思跟秋荷去說，那娼婦擺下一臉不屑的樣子，挖苦他說：

「算啦，二半吊子，少做你的白日夢吧，你沒請敲小鑼的瞎哥算算你的狗命，你能有匹毛驢替你苦掙一口飯食，業已算你祖宗積德了，你那條騷黃瓜，只配老娘我的黑窯碗，想發財？你它媽得了大頭瘟！」

「妳這爛貨甭神氣，」孫二被她氣火了，也罵說：「等老子得了寶，發了財，妳就算一絲不掛躺著等我，老子也踢塊瓦片把妳蓋起來！」

「好呀！」那娼婦不但不氣，反嘲說：「我的孫二爺，大財主，你何必委屈自己，黏著靠著我，我多半碗飯餵隻狗，牠還懂得搖尾巴呢，你這就烏龜抱蛋——連滾帶爬的替我滾出去吧，那天太陽打西邊出，老娘就相信你真的發了財了！」

「哼！」趕驢的孫二鬥嘴鬥不贏她，靈機一動，想起那夜黑衣少婦給他當押頭的那隻鐲子來，趁她沒來贖回去之前，不妨把它亮給這老娼婦瞧瞧，管它是真的也好，假的也好，一個土娼能識得什麼？亮出來唬唬她也是好的。他一摸兜肚兒，亮出鐲子來，在秋荷的眼前晃動說：「妳替我睜大兩眼瞧瞧，這是什麼玩意兒？太陽沒打西邊出，老子是不是發了財了啊?!」

秋荷不信的斜瞟了一眼，撇撇嘴角說：「呿，稀罕你拿三文不到兩文小錢，不知那兒地攤子上買這個假貨來哄騙老娘！我問你，你手上這行當子，究竟是打那兒弄來的？」

「嘿嘿，它自有來處！」孫二故意賣起關子來，窮吊秋荷的胃口：「妳再瞧瞧，這鐲子綠光閃閃的，映綠了人臉，假貨有這等光鮮？」

秋荷再一瞧，不由她不信了；捏在孫二手上的那隻碧綠的鐲子，翠得亮眼，搖晃中，碧光亂閃，一屋子全被映成了綠的。

「哎，我的爺，你當真發了財，存心來嘔我來了！」秋荷立時變了態，飛拋起她那雙老媚眼，走過去跟孫二熱乎起來：「真的，你今兒非告訴我，它究竟在那兒弄來的，你說了，我好歹也能幫你出出主意呀！」

孫二一想，鐲子原不是自己的，也無需瞞著她什麼，當時就把前兩天夜晚，在黃土坡附近的路上遇著黑衣婦人的事，說了一遍，最後他說：

「她當時缺錢，把鐲子塞給我權抵腳力錢，說是過幾天有空，就拿錢來贖回去。我也弄不清這隻鐲子值多少？我想過：她要肯拿錢來贖，這鐲子就該值些錢，她要是不來贖，這鐲子就該是不值錢的假貨了！」

「我說你是二半吊子，你就是個二半吊子，」秋荷說：「趁她沒來的時刻，你爲什麼不到佘鎭的銀樓去估個價來著？要是假貨，你趁早死了這條心，要是貴重的東西，咱們就不要那五百文了！」

「妳是要我把它吞掉？」孫二說。

「這還用說嗎？」秋荷說：「那有送上門來的錢財朝外扔的？她說她夜晚給你這隻鐲子，你就問她有人證？還是有物證？問她憑據在那兒？問她：我是左手拿的？右手接的？沒憑據就是誣賴人！」

「好狠的主意，」孫二說：「不過也有不妥的地方，——假如那鐲子太值價了，她勢必會鬧起來，官裡認真一追究，我的驢腳伕還幹不幹了？」

秋荷用手指點戳著孫二的額頭說：

「那你就換個主意，來它個更狠的，……她來取鐲子，你便把鐲子給她，備起牲口送她一程，找處僻靜的地方下手，滅了她的口，那，鐲子不是變成咱們的了？」

孫二翻起兩眼，鼻孔出聲說：

「嘿，說得跟它娘唱的一樣，妳這惡婆娘，道地是婊子心腸！人讓我去害，錢財妳白分，那時我要不答應，有把柄抓在妳手裡，只有任妳拎著我的小辮子耍?!妳若出賣我，報案捉我進官，那時，我它娘豈不是秤鉈掉進雞窩去，——砸蛋！」

「好吧，」秋荷嘟囔起嘴來：「你既信不過我，算我多管閒事，也許這鐲子根本是假的，咱們全是雞抱鴨子，枉費心機！」

一盞陰陰暗暗的小油燈，一間屋頂低低的小屋子，裝這一對男女不嫌小，裝他們的貪心可就裝不下了。滿臉厚脂粉的娼婦秋荷，半躺在那張紅漆髹成的木床上，頭靠著長枕，朝屋頂仰著頭，眼珠不停的轉動著。孫二歪身坐在床沿上，翹起一條腿，手抱著膝頭，把那隻碧色的鐲子放在床上，出神的瞧看著。在這隻鐲子真假沒弄清之前，兩人全定不下心來。

「無論如何，明兒去佘鎮，我得把這隻鐲子拿到銀樓去估估價去！」孫二最後說：「不把這事弄清楚，空拿主意全沒用場！」

拿著鐲子到宍鎮的銀樓去估價，對趕驢的孫二來說，可算是輕而易舉的事情。不過，連估兩家之後，這隻鐲子的價值，卻把孫二給嚇呆了。銀樓經過詳細察看，說它是極上品的翡翠——玻璃翠的，這種罕品翡翠，民間極爲少見，他們訂不出價錢來，只說它是無價的寶物！

「噯，二半吊子，這玩意兒你是打哪兒弄來的？」宍鎮銀樓裡的人全認得趕驢的孫二，曉得他平素窮兮兮的，釘著一屁股賭債，怎會忽然亮出稀見的玻璃翠的手環來?!——除非是偷來的。

「在哪兒弄來的，不用你管，」孫二說：「不作興是我的傳家之寶？」

「真要是你的傳家之寶就好了！」銀樓的人說：「你如有意售出，咱們願出一千現大洋買你的。」

孫二一聽，人像騰雲駕霧似的，變得暈暈糊糊的了，一千現大洋？自己苦半輩子怕也沒賺著那麼多。像宍鎮這種地方，都有人肯出這麼高的價錢，假如拿到縣城裡去，還不知要賣多少呢！……早曉得這鐲子是什麼翡翠的，自己就不該跟秋荷那個臭娘們說長道短，把來龍去脈全抖給她聽了；婊子嘴，不關風，上下一般鬆，日後自己爲爭這隻鐲子，無論怎麼做法全瞞不過她。與其到那時想甩甩她不脫，不如照著她的計謀，反用在她自己的頭上，日後自己行事就暢快得多，用不著掛慮了。

「暫時我還不想賣它。」他跟銀樓的人說：「過些時再講吧！」

揣著那隻鐲子出來，滿頭燒著興奮的火，不成，這事得先冷下來，好生想想；他一個人躲到街梢的樹蔭涼底下，越想越覺得緊張不安；我孫二祖宗八代沒出過財主，即使捧著鐲子到銀樓去估價，也該找個偏遠陌生的地方才對，在佘鎮亮了寶物，真是大錯特錯，無論自己再怎樣扯謊，銀樓的人也決不會相信的。究竟該怎麼辦呢？頭一個得把秋荷給幹掉，除了她，沒人曉得手鐲是黑衣少婦交給自己當押頭的。想動秋荷的手，顧忌也多，誰都曉得孫二跟秋荷是老姘頭，她一有意外，自己總脫不了關係，必得要讓她死得平平常常，最好是她自己尋死才成。自家尋死？嗯！像投河啦，上吊啦，跳井啦什麼的……對了！跳井！臨河渡左邊村口上，就有一口澆菜園子的井，自己只要把她誘到那兒一推就完事了！

接下來該輪到這手鐲原來的物主——那個黑衣少婦了，那隻手鐲既是真翡翠的寶物，她沒道理爲了區區五百文不來贖回去，自己在秋荷宅裡坐等著她，她來後，自己不妨把鐲子假意先還給她，然後找個藉口誘她跟自己一道兒上路，找機會在荒郊野外做掉她！這回跟做掉秋荷不一樣，得把她埋得深深的，讓她的家裡人沒法子找。只要能順順當當的過了這兩關，寶物就是自己的了，那時再大明大白離開佘鎮，到遠處去賣掉寶物，過過自己渴盼已久的有錢的日子去！

不成不成！人到著急的辰光，眨眼又是一個念頭！翡翠鐲子既這麼貴重，能戴上它的，一定是大戶人家的少奶奶了，一個大戶人家的少奶奶，家裡騾馬成群，奴僕如雲，那會一個人拋頭露面出門來，連個伴隨的人全沒有?!再說，臨河渡那邊，據自己所知，還沒有這樣的豪富人家，她是打哪兒來的呢?!嗯，這裡頭原就另有蹊蹺，她會大方到那種程度?肯為一點腳力錢，抹下寶物朝我孫二手裡硬塞，而又一過過上好幾天不來贖嗎?我孫二自問沒有發財的好運，這……這也許是遇著什麼魔障了!

魔障，真是的，寶物已經在兩家銀樓亮過，消息難保不傳揚出去，估量過不多久，全佘鎮的人都會曉得孫二這個窮趕驢的手裡有了寶物。這消息傳到官裡，他們好奇，來個追根刨底的查問，自己還是瞞不過也吞不下這隻鐲子，非但空歡喜一場，而且說不定會遇上什麼禍殃?

最大的禍殃，怕就是懷裡揣著這樣值錢的寶物，惹得旁人打起我孫二的歪念頭了，這可是防不勝防的麻煩事，自己沒謀算到旁人，反叫旁人謀算到自己了!這麼說來，動也不成，不動也不成，沒有這隻鐲，只是窮些苦些，有了這隻鐲，反弄得進退兩難，逼得自己不是謀害人去佔寶，就得被旁人給謀害掉!

這它娘不是魔障是什麼?!

越想到後來，越不敢再朝下想了!孫二決意先不動手，穩下來等等再說。誰知事情的發展，由不得他穩下來等，當晚在賭場上，他又遇上了王小歪。

「我說，二半吊子，你它娘當真幹了那回事了?」王小歪一把攥住他，劈面就這麼問了。

孫二被他問得發傻：

「你說是哪回事？小歪，你這麼沒頭沒腦的蓋下來，我實在弄不懂。」

「喝！反穿皮襖，你倒會裝佯！」

孫二叫他激得跳腳發誓說：

「你這是什麼話？誰裝佯誰是狗操的！」

「賭咒發誓不算數，」王小歪說：「你把兩隻手伸出來，讓我數數你還有幾個手指頭？」

「喏！你瞧吧！一邊五個，沒多也沒少。」孫二說：「這回你該反轉葫蘆傾藥了吧！」

「這麼一來，黃土坡盜墓的事，十有八九不是你幹的了？」王小歪說。

「盜墓?!」孫二悚然一驚：「盜誰的墓？」

「除了何大戶姨太太的墓，還有誰的墓値得盜呢？」王小歪伸手一扯孫二，兩人出來到了僻靜地方，他才接著說：「墓是前天才發現被人盜了的，傳說鬼魂回去托夢，何大戶放心不下，領人下鄉來瞧看，才瞧出了漏子，——盜墓的從墳尾挖了一道地窨進去，棺蓋沒動，棺尾被鐵撬撬開了。正巧我趕牲口經過那兒，遠遠瞧著一堆人聚在新栽的黑松林子那兒，趕過去一瞧，心底下就以爲是你孫二幹的好事！」

「嘿，」孫二強笑笑：「我它娘要有那個膽子，半夜三更爬進墓穴，跟女屍臉對臉，我早就扔開趕驢棍，改行去做山大王去了！……你剛剛說是怎麼著？那些陪葬的寶物被人盜走了？」

「說來真是駭怪煞人，」王小歪臉上抽筋說：「棺尾被撬開了，棺裡的女屍許是有寶物護身，一點也沒見腐爛，何大戶一查看，死人手上戴的翡翠鐲叫盜墓賊摸走了。我聽旁人說，那隻翡翠鐲，原是前朝官裡的寶物，散落在外，被何大戶買得，送給他姨太大的。那隻鐲子通體碧綠透明，俗說叫玻璃翠，盜墓賊就是盜了去，也不得安穩，——何家業已報了案，盜墓賊空拿著稀世寶物，怕也賣不出手。」

「啊！有這等事情?!」孫二呆呆的自語著。

這檔子事也太湊巧了！該死的盜墓賊，早不盜墓，晚不盜墓，爲什麼偏在這種節骨眼兒上鬧出事來?自己手裡拿的，既是一隻真翡翠的手鐲，難道同時有了兩隻不成?!無論如何，事情對自己大大的不利，盜墓賊既然風聞這墳裡有寶物，冒了風險開棺盜寶，他們是識家，寶物到手自會隱藏不露，自己呢?不是盜墓的，才會把鐲子亮出去到銀樓估價，日後官裡追查，銀樓的人會說：孫二手上有這麼一隻鐲子，何大戶若再一口咬定，說自己手上這隻鐲子，就是他姨太太陪葬的寶物，那，那豈不是硬栽到自己頭上，有一百張嘴辯說也脫不了嫌嗎？

就在念頭盤旋的這一刹，孫二的額頭上，業已滲出大粒的冷汗來了。

王小歪瞧著孫二說：「二半吊子，你甭儘發呆，駭怪人的事情，我還沒講出來呢！……我早先不是跟你說過，何大戶那個姨太太陪葬的寶物，除掉她手上戴的翡翠鐲，另外，她嘴裡還銜著一塊活的寶玉嗎？」

孫二這才眨眨眼，沒精打釆的問說：

「是啊，那塊活寶玉怎麼樣了？」

「盜墓賊摸去死人腕上的鐲子，又伸手到死人嘴裡去挖取那塊寶玉，」王小歪說：「誰知墓裡的死人竟然喀嚓一口，咬斷了盜墓賊的中指、食指，盜墓賊也許被嚇昏了，把盜墓用的屍兜也扔在墓裡不要了。」

「甭騙你的兒了，」孫二說：「我不是三歲娃兒，任由你信口開河的胡哄亂騙！死人還會用牙咬斷盜墓賊的兩隻指頭？天底下稀奇古怪的事情我聽多了，可沒聽說有過這種事情?!」

王小歪認起真來：「我要騙你，我才是你的兒呢！……有人說是那塊活寶玉作祟，護著死人，不讓盜墓賊稱心如意。何大戶著人把棺木抬出來，掀開棺蓋，發現死人嘴角四周全是鮮血，覺得奇怪，叫人挖挖看那塊寶玉還在不在死人嘴裡？結果，寶玉還在，另外多了兩截血淋淋的斷指！」

經王小歪這麼一形容，孫二驚駭之餘，又寬心了一些，他噓出一口大氣說：

「若真有這回事，事情就好辦了！案子報到官裡，只消查出誰丟掉兩隻手指頭，誰就是那挖穴盜墓的賊，不怕他不把寶物吐出來！」

說是這麼說，孫二的心裡，總結著一把解不開的亂疙瘩，無心再跟王小歪多聊，打了一個轉，牽牲口離開佘鎮，直奔臨河渡去找秋荷去了。人心裡的念頭千百種，眨眼不同，王小歪說的怪事，使孫二心裡疑懼不安，再沒心腸去謀害秋荷和那黑衣少婦了。一路上反盼望那黑衣的婦人趕快找來，用五百文把那隻翡翠鐲贖回去。她來後，自己必得問清她姓什麼？叫什麼？家住哪兒？一切盤究清楚了，日後，即使那盜墓的案子牽扯到自己的頭上來，自己的鐲子有來處有去處，也容易推脫掉。

就在趕驢的孫二揣著那隻翡翠鐲趕去臨河渡的那天夜晚，官裡很快抓到了盜墓賊。盜墓賊劉獨眼，是斷了手指去求醫時被攫住的，在這個行業裡，劉獨眼算得上老手，但是這一回挖墓盜寶卻豁了邊。也許他認定鬼魂不肯饒過他，官裡捉住他一盤詰，他就照實供認出來。

「不錯，盜墓的事，是我領著小徒弟臭頭去幹的。」他供說：「我早就聽說何家這座墓裡，有陪葬的寶物，籌算很久才揀個日子動手，……臭頭先替我挖妥地穴，撬開棺尾，我爬進棺去，用屍兜把屍首吊得坐了起來，我禱告說：「何家小娘，我獨眼劉今天夜晚特地來拜望妳，向妳借用陪葬的寶物，等我哪天發了財，多燒香燭，多焚紙馬報答妳。錢是陽世錢，寶是人間寶，妳既用不著，還是借了好，……」我一邊唸著咒語，一邊動手去摸，死人的兩隻手腕摸遍了，並沒摸著那隻翡翠鐲，——它根本沒戴在死人的腕子上……。」

「大老爺甭聽這刁賊胡說，」原告何大戶說：「小妾朝雲的喪葬事情，有多人幫著料理，那隻玻璃翠的手鐲，是我親自替小妾戴上的，哪有平白不見的道理？望大老爺明斷。」

「嗯，在公堂上，他狡賴不了的。」堂上說：「劉獨眼，那隻翡翠鐲子你藏到哪兒去了？快替我從實招認出來，免得皮肉受苦。」

獨眼劉把前額直朝方磚地上碰撞，咚咚叩著響頭，哀聲求告說：

「老爺老爺，您就打殺了小的，我也說不出來。委實那女屍的腕上並沒戴鐲子，我摸不到那隻翡翠鐲，才動手去挖女屍嘴裡啣著的寶玉的。誰知剛撬開女屍的嘴，伸進指頭去，那女屍忽然喀嚓一口，我的整條手臂就一陣麻，耳邊只聽臭頭在叫喚我，我就那樣嚇昏過去了！」

「嗯。」堂上不慍不火的沉吟了一會兒說：「你敢發誓你說的話全是實話？」

「實話，老爺。小人說的，字字句句全是實話。」獨眼劉磕腫了前額，戰戰兢兢的說：

「不信您傳小徒臭頭來審問，就明白了！」

堂上正要說話，忽然文案趨前稟事，跟堂上附耳說了些什麼，堂上點點頭，轉朝獨眼劉問說：

「剛剛文案告訴我，說是佘鎮有兩家銀樓告密，說是有人業已捧著那隻真翡翠的手鐲，到銀樓去估過價。如今我要問你，你跟佘鎮上的驢腳伕孫二，有沒有過往來？——因那鐲子就是他捧到銀樓去估價的。」

獨眼劉回話說：

「稟告老爺，那個孫二外號二半吊子，小的確跟他同桌賭過錢，不過私底下卻沒有往來。那隻鐲子怎會落到他手上？小的全不知道。您捉孫二來審問，就知小的沒有扯謊了。」

「用不著你擔心，事情總會問出端倪來的！」堂上說：「天色不早了，這兩個盜墓賊，先替我畫供收押下去，另外著人快馬下鄉，捕拏那個驢腳伕孫二到案。」

快馬放出去捕人，候在臨河渡娼婦秋荷宅子裡的孫二全然不曉得盜墓的案子業已落到他頭上了。他給些零錢，吩咐秋荷做幾樣下酒的菜，沽來一壺老酒，藉酒澆愁悶喝了一陣。秋荷心貪嘴臭，沒有一時一刻肯停住她的嘮叨，孫二按捺不住，走到灶屋裡摸了一把菜刀砍在桌角上，大聲吼叫說：

「妳這爛貨，妳那嘴閉上了不說話，難道會生疔害痔？今夜晚，妳若再吭聲吐出一個字，老子就把妳剁成方排塊兒！」

秋荷從沒看過孫二這樣兇橫，他緊皺著眉頭，眼裡暴射出兇光，使她真的噤住聲不再說話了。要她一時按捺著不開口，可以；若說要她就此服輸卻難。她斜瞟了孫二兩眼，拉下冷臉，負氣倒在床上，轉臉朝裡，把個屁股朝孫二撅著，那意思是：姓孫的，甭衝著女人發酒瘋，老娘我懶得再理會你了！

孫二獨喝悶酒，越喝心裡越悶得慌，也不知道哪兒來的這許多不如意。估量著天快起更了，與其悶在屋裡，熱臉衝著這娼婦的冷屁股，不如到外頭蹓躂蹓躂，吹吹涼風去。看光景，那個黑衣的女人今夜是不會來的了！

臨河渡口的路兩邊，全是高大的樹行子，坡上有些露天的野茶棚兒，高高挑著燈籠，做著臨時靠泊的船家的生意，孫二帶了三分酒意，覺得有些口乾，跨過去要了一盞茶，打算喝一陣兒消渴。

茶棚位在坡頂上，又高又爽，正是納涼的好地方，露天座位上，聚集了好些人，在那兒聽一個賣唱女唱曲兒。孫二剛落座，就見著那天夜晚遇到的那個黑衣婦人，在燈籠光裡朝他走了過來。

「你說有多巧，」她朝孫二招呼說：「你不是趕驢的孫二哥嗎？說起來真不好意思，那天雇你的驢，多多勞累，幾百文腳力錢，一直拖著沒跟你送過來。」

「哪兒的話，」孫二說著，拖條長板凳央她坐下說：

「為那幾文錢，還累妳跑的來，那天我一時疏忽了，沒問妳家住在哪兒，照理說，我該自己跑到府上去取的。」

女人取出五百文錢，塞在孫二手裡說：

「白天我就出來，想找你贖回我的手鐲的，找到那個什麼秋荷的門口，村上人告訴我，說那不是正經人家，我就猶疑著，沒進去。」

那兒。」

「不錯。」孫二赧然的說：「我是個光棍，有時候總難免……每到臨河渡，我多半歇在她那兒。」

「我的那隻手鐲，你可帶在身上？」女人說。

「在，在！」孫二略一猶豫，還是伸手打腰肚裡把那隻鐲子給取了出來，遞給那雇驢的婦人：「妳瞧瞧，這是不是妳原先給我的那一隻？」

「不錯的。」那女人說著，就把那隻碧光閃閃的鐲子戴到她雪白的手腕上去了。孫二瞧著，忽又覺得很懊悔，不怪旁的，全怪自己的膽子實在太小，一隻值價上千大洋的翡翠鐲，只換回來區區五百文？難道王小歪傳說的，那宗盜墓的案子，真把自己嚇住了?!

「天太晚了，再遲就怕沒有渡船啦。」女人戴上鐲子，跟孫二說：「渡口黑得緊，我一個人有些膽怯，好不好煩孫二哥送送我？」

「行，行！」孫二說：「小嫂子，妳就是不講，我也該送一程的，妳是住在河南岸的哪座莊子上？」

「我嗎？我不是本地人，」女人說：「我丈夫的姑媽住在河南岸的二道灣子，我是暫時寄住在她那兒。」

從坡頂的茶棚走到河渡口，並沒有多長一截路，女人有些怕黑，老是朝孫二身旁捱靠，孫二樂得藉機攙扶，伸手抓著她豐腴的膀子。

「小嫂子，妳丈夫在哪兒得意呀？」他探問說。

「嗨！甭提他，他是浪蕩人，靠賭錢營生。」女人帶著幽怨說：「賭就是他的命，三天不進賭場去贏錢，他就會害大病。」

「靠賭營生?!」孫二重複了一遍，這才意味出來：「那不是郎中嗎?他們是只贏不輸的。」

「是啊！」女人說：「他就是那種人。」

「嗨！」孫二真心的嘆出聲來：「怪不得妳戴得起真翡翠的鐲子，像咱們這樣，一輩子跟在驢屁股後頭跑，財神爺也不會瞧我一眼。」

「孫二哥，你真是個老實人，說話也說的是老實話。」女人說：「你要想發筆財，那倒容易，……我丈夫那套法門兒，我也懂得。你去牽驢讓我騎，我跟你一道兒去佘鎭賭場，我教你怎麼下注，你就怎麼下注，只要賭上一夜，你贏的錢就夠你花半輩子的了！」

「嘿嘿！」孫二一聽，開心的笑說：「那敢情好!只是妳今夜不回去，妳那親戚會擔心吧？」

「你說我丈夫那個姑媽？」女人也笑說：「她是出名的女郎中，我丈夫那一套，全是她傳授的，如今她正在縣城裡豪賭呢！」

孫二一想，這個娘們怨不得伶牙俐齒，媚態橫生，原來她是賭場郎中的老婆。瞧光景，她那賭棍丈夫光顧著撈錢，硬是把她給冷落了，自己能有個美人兒陪伴著賭上一夜，就算不贏錢也是好的，實在值得攪和攪和。

「妳在這兒等等我，我這就牽驢去。」他說。

驢子拴在秋荷屋後的棗樹底下，孫二牽驢時，沒去驚動秋荷，他朝屋子瞧了一眼，窗內黑燈黑火的，估量那娼婦跟自己嘔氣先睡了。管她呢，等自己明兒贏了一堆銀洋回來，朝她面前一攤，怕那娼婦不馬上換張笑臉，跪倒身摟著自己兩腿喊親爹?!

他牽了驢去，依樣葫蘆扶著那黑衣少婦騎上，自己少不得又跟在驢屁股後頭跑。整整跑了十八里地，把他累得軟塌塌的像一灘鼻涕，幸虧佘鎮那些通宵達旦的賭局沒散，看在撈錢的份上，累他只當累兒子的！

臨進賭場時，女人忽然扯扯孫二的衣裳說：「賭這種錢，你進場時先得自備些母錢，你腰裡有錢沒有？」

孫二伸手一摸說：「旁的錢沒有，妳還給我的那五百文腳力錢，夠不夠當母錢的？」

女人搖搖頭說：「不行，母錢越多，贏得越快。如今天到三更了，你沒有太多時辰好贏，再說，我幫你只能幫這一回，你要只打算贏一點，五百文夠了，想贏大錢，那可沒辦法！」

「有了！」孫二一急急出法子來：「我這匹毛驢牙口好，膘也足，我牽去賣給賭場老闆，也能賣它十塊八塊現大洋。」

毛驢說賣就成交，賣了十塊大洋做賭本，他就跟女人踏到賭場裡來。這家賭場是佘鎮最大的一家，大廳堂裡，擺了十多個桌面，每個桌面上空懸著一盞吊燈，那些賭錢賭迷心竅的賭徒，各行各業，男女老小全有，響出各種豁命似的喧嘩。

「咱們賭什麼呢？」孫二說。

女人想想說：

「賭寶輸贏最大，你獨押一門，押著了一賠三，我打手勢你下注，每回你得把所有的錢都押上去，一直等到你把現大洋裝滿褡褳爲止，到那時，你就該歇手了！」

「當然，我全照妳說的做。」孫二說：「小嫂子，妳不會存心坑害我吧？——萬一押不著，我可連那匹毛驢也砸進去了！甭看牠是個畜牲，卻是我孫二的衣食父母呢！輸掉牠，我只有抹脖子的份兒了。」

「你儘管放心，二哥，」女人說：「旁的事，我不敢保險你，今夜你贏足，這事包在我身上。萬一你輸了，我這兒還有鐲子呢，立即抹下來賠給你，這隻真翡翠的鐲子，抵不上你那匹毛驢嗎？」

女人這麼一說，孫二不得不相信她真有一套法門兒。事實立即就證映出來，女人打出的手勢真靈光，寶官在一層厚厚的黑絨布下面裝寶，她彷彿能隔著布看清裝的是哪塊寶牌子？寶官連裝七次「三」，她便慫恿自己攘三，沖三，獨押三，七次押下來，現大洋業已疊得一尺多高了，寶官一換「么」，她立即跟著換點子押么，孫二就這麼把現大洋推來摟去的賭到五更初起。開寶的莊家砸了堆，錢全疊到孫二的面前來了。

孫二數著洋錢的數目朝褡褳裡裝，扣去賣驢得來的十塊母錢，他淨贏九百九十塊現大洋，母子一合計，整頭整腦一千塊，這數目，恰跟當時銀樓想買那隻翡翠鐲的出價相同！

還好沒貪佔這隻鐲子，沒去謀殺人，如今贏來的錢裝進褡褳多舒坦，多神氣！——沒人再爲這筆贏來的錢找麻煩了，——誰也找不出岔兒，這筆錢是老子憑本事贏來的，敢敲鑼喊到大街上去，即使是官府衙門，也不能把自己怎樣了！

「走吧，小嫂子。」孫二拍拍裝滿洋錢的褡褳說：「虧得妳幫大忙，讓我這窮光棍一夜之間發了大財，我要雇輛騾車送妳回去。」

「那倒不用了。」女人淡漠的說：「孫二哥，有句老話你得記著，人常說：生死由命，富貴在天。凡是該你得的，你不求，它也會送上門；不該你得，你求也求不著，得了也保不住。誰知你有了這一千塊錢是禍？是福？只有你自己明白。我走了！」

女人究竟是怎麼走的？孫二也沒留意，他是叫滿滿一褡褳的銀錢沖昏了頭腦。他在鎮上雇了一輛騾車，講妥五百文腳力錢，直放臨河渡口。在車上，他仍做著他自己的美夢，夢見他抖開褡褳，把銀洋攤在娼婦秋荷的面前，那娼婦果然換出一付全新的笑臉，跪在他面前，緊緊摟著他的兩腿，不但喊他親爹，還哀求他不究既往收留她，而他翻起兩眼，鼻孔朝著她，伸腿把那破爛貨踢開，他——有錢的孫二老爺，不能再趕驢，再姘兇巴巴的老土娼，他得把心窩裡酒色財氣的念頭全抖出來，自在風流過日子。

騾車在天剛亮時放到秋荷的矮屋門口，他揹著褡褳下車去叫門，秋荷把門一開，門後立即飛出一根鐵鍊套住他的頸子，緊跟著，三四個官裡的兵勇圍上來，把他上了手銬腳鐐。

「這……這是怎麼弄的？諸位爺們？」孫二哀聲求告說：「請先放了我吧，我只是驢腳伕孫二呀！」

「咱們曉得你是驢腳伕孫二！」一個衙役說：「咱們不衝著你，還不出這趟差呢！你有話，到堂上講去，咱們只管公事公辦！」

「秋荷，妳這個老娼婦！」孫二罵說：「準是妳搗的暗鬼！誣我去做牢犯，妳好另換腰裡響、襠裡硬的新戶頭？妳這淫賤的東西！」

「哼！沒料到你還有臉罵我？」秋荷嘎聲嘎氣的回罵說：「老娘早先瞎了眼，只把你當驢腳伕，誰知你竟是挖穴盜墓的賊！那隻翡翠鐲，是你打何大戶姨太太屍首上抹來的，害得我也被加了窩藏賊犯的罪名，要陪你上堂去受那種洋罪！你這殺千刀的砍頭鬼，良心餵了狗的短命畜牲，老娘恨不得咬下你一塊肉呢！」

「你們兩個不要吵了！」爲首的衙役說：「跟咱們到渡口去上騾車吧，幾十里路程，你們在一個車子上，夠你們吵倒了嗓子的。」他說著，一捏孫二揹著的褡褳，楞了一楞放聲笑說：

「喝，有你的，你真它娘的夠快當，業已把盜來的鐲子賣掉，換成現大洋了！堂上若不差咱們連夜趕下來，晚一步，你們就遠走高飛逍遙去了！」

「您，您弄錯了，老爺，」孫二幾乎要哭出來：「這筆錢，是我昨晚通宵熬夜贏來的！」

「去你媽的蛋！」那衙役轉臉就是一個嘴巴，摑掉了孫二兩顆門牙：「你替我乖乖的閉上你的鳥嘴，不會生疔生痔的！一夜能贏一褡褳的現大洋？那，咱們還該拜你爲師學著改行了呢?!你它媽這種話，只配到亂葬崗子裡去哄鬼！」

孫二原想把帶血的牙齒吐出來的，又怕衙役誤會是在啐他，只好苦臉皺眉，一伸頸子把它給吞嚥了。

到了縣裡的公堂上，趕驢的孫二抵死不認盜墓的事，堂上傳盜墓的獨眼劉跟孫二對質，獨眼劉也不承認把那隻翡翠鐲交給孫二。

孫二照實供認那隻翡翠鐲的原委，說是那天趕夜路，怎樣先在何大戶姨太太的墳墓邊動邪念，怎樣說了些佔便宜的言語，後來怎樣遇著那個抱著嬰兒去求醫的年輕婦道，趕著叫喚他，雇驢去佘鎮佘老先生中醫藥舖，腳力錢一共五百文，女人沒帶錢，抹下那隻鐲子塞給他暫做押頭。再後來，那女人送來五百文取回鐲子，慫恿他去佘鎮賭錢，她出手勢教他賭寶，本錢十塊大洋，是他賣驢得來的，贏的錢他數算過，共合九百九十塊大洋，連本帶利，整整湊成一千。……孫二這番話，不但堂上覺得驚異，連兩邊的衙役人等都聽呆了。

堂上沒動聲色，只著人先把一干人犯收押下去，另差辦案的照著孫二所供各節，下鄉去逐一查證。辦案的衙役先查佘老先生的中藥舖，問及某天某日的深夜，有沒有這麼年輕的婦人，抱著急驚風的嬰兒來求醫？

佘老先生想了一陣，搖頭說：「沒有這麼一個婦人抱著孩子黃夜求醫的事，那夜，守在櫃台裡的小徒弟，聽到門響，以為有人生急病求診，及至揉著眼拔門子開門，除掉一陣風吹進來之外，什麼也沒見著。」

查案的人再去查賭場，賭場主人供說：「不錯，孫二那個半吊子貨，前天夜晚三更天，喝得醉呼呼的，央我買他那匹毛驢，他自說是手癢，想下場賭錢缺賭本，賣驢碰碰運氣。驢是我買的，給了他十塊現大洋，如今，毛驢還在槽頭上拴著，通身黑毛白疊叉的那一匹就是。」

「他說在你的賭場賭寶，一夜連贏九百九十塊大洋，可有這回事？」查案的人說。

「有！」賭場的主人說：「那夜做寶官的，是東街祥泰布莊的少東，他去四鄉收帳回鎮，沒進店先來開寶，誰知把收帳收來的錢，全送到二半吊子的褡褳裡去了！……二半吊子平素賭小賭，從來沒贏過，那夜他押寶，全是拚命的押法，不押單雙撐，紅黑槓，一味獨沖，但每押必中，事後有人議論說，他準是走了魔運，——有鬼替他看寶點子。」

查案的遍詢那夜在場的賭客，問他們有沒有見著一個穿黑衣的年輕婦人跟趕驢的孫二在一起，結果被問的全說只有孫二一個人，沒見著有什麼樣的婦人跟他在一起?!查案的人又查到臨河渡南邊的二道灣子，因爲孫二供說那婦人寄住在她丈夫的姑媽家。到了二道灣子一瞅，那兒根本是一片荒郊，遠近幾里地沒人煙，最後，總算找著了一座黑松林子，一座墳墓，墓裡埋著的何戶，就是何大戶死去的姑媽……。

案子查到這兒，無法再查下去了，查案的把這些事逐一錄了卷，回縣呈堂。堂上再行開審時，把原告何大戶傳到，當孫二重述供詞時，何大戶驚叫起來說：

「老爺，這驢腳伕形容的那個年輕婦人，就是小妾，言語、貌相，沒錯一點兒，我相信他是心邪惹鬼，被鬼給戲弄了！……有句話，我還沒跟您稟告，昨兒我重新備妥棺木，替小妾重新裝殮的時刻，她腕上那隻翡翠手鐲，又憑空出現在她腕子上啦！」

「嗯。」堂上聽了，也自一驚說：「有了那隻鐲子，就可結案了！」

…………

案子是這樣判定的：堂上責怨何大戶富而不斂，葬事招搖，以國之珍寶，殉其小妾之葬，致遭宵小盜墓，全由自取。獨眼劉及其徒臭頭，盜墓開棺，貪心損德，當依律治其應得之罪。驢腳伕孫二，浪蕩成性，貪慾由是而生，所贏賭資，有詐賭之嫌，除撥出部份修損毀之墓外，其餘充公入庫，其中十塊大洋賣驢所得，如數發還。土娼秋荷，與姘夫合謀佔有翡翠鐲，心貪且鄙，合當杖責廿，以示薄懲，杖後開釋。

案子原是平常的案子，只因有了神奇怪異的傳聞夾在裡頭，一時便轟傳到各處去了！案後，孫二又回到佘鎮來，另買了一匹毛驢，不過，比早先賣出的那匹要瘦弱得多。他還是跟秋荷姘在一起，但絕口不再提想發財的事了，他怕討得便宜財（柴），再燒夾底鍋，到那時，只怕連這麼一匹瘦驢也保不住，那只有死路一條啦！

血櫻

一九零四年夏季，日俄雙方的血戰在遼東地區進行著，陸上的俄軍節節敗退，新義州、鳳凰城撤守，由朝鮮登陸的日軍，直指奉天。裝備窳舊加上指揮的混亂，使敗退的俄軍很難獲得喘息的機會。日軍很快便圍奉天，攻佔遼陽，並且俘虜了大批的俄軍。拖帶著傷患的俄軍殘部，被逼退到遼東半島的尖端——旅順口，他們把唯一的希望，全寄托在由維特埃夫特提督率領的第一太平洋艦隊的頭上。

當時旅順口周圍佈防的俄軍仍有十餘萬眾，分據黃金山、白銀山、東雞冠山、盤龍嶺、小靈山、西大山、老北山、羊頭窪、老鐵山一線，以陸軍提督的預計，足可阻擋日軍，堅守待援。但他們給養不濟，又極度缺乏彈藥，非得依靠海軍殺開一條海上的血路，繞過朝鮮半島，闖過險惡的對馬海峽，轉往大彼得灣的海港海參崴去求援，那兒是俄羅斯在遠東地區最重要的基地。

一向自傲的維特埃夫特提督立即答應了陸軍的要求，雖然他的艦隊在一年前曾遭日海軍的突襲，並且受到嚴重的損失，但他仍不把由東鄉元帥統率的日本海軍放在眼裡。他相信由他自率艦隊突圍去海參崴，有十足的把握，——至少，他的艦隊還沒有和對方正式交過手。

「陸軍太窩囊了！這樣的失敗簡直太悲慘！」維特埃夫特提督對他的助手烏斯托姆斯基提督說：「這樣的敗績，即使日後能在海軍的協助下挽救回來，但陸軍當局怎樣向尼古拉二世陛下交代呢？」

「是的。」優柔寡斷的烏斯托姆斯基提督說：「我們單獨出兵攻佔東三省幾年了，誰想到會在短短幾個月的時間裡整個丟光？由於陸戰極度不利，才使旅順軍港岌岌可危，即使陸軍不提出要求，我們爲了艦隻的安全，也非突圍不可。若等對方佈妥雷陣，把港口封死，那就成了甕中之鱉，想走也走不了啦！」

「我倒不擔心海上的封鎖。」維特埃夫特提督晃動他寬闊的肩膀，他胸前燦亮的金質勳章便跳起舞來。「我們的第一太平洋艦隊、波羅的海艦隊和黑海艦隊統合起來，實力是日本海軍的六倍。東鄉要硬想阻攔我，我就讓他喝一肚子海水！……但照陸上的情形看，我們的窩囊陸軍實在難以撐持下去了，所以非得很快出港不可。」

「對了！」烏斯托姆斯基提督說：「假如四周的要塞、砲台失守，對方控制了岸砲，居高臨下的鎖住狹窄的港口，我們的戰艦連一艘也出不了港，何況港內還泊著咱們五十九艘商船。」

「我們這次突圍，也算是替這些被困的商船開路，」維特埃夫特提督以自信的語調說：「同時也替這批不爭氣的陸軍幫大忙。只要他們還能撐下去，預計不用多久的時間，我們波羅的海艦隊就可以調到遠東。那時候，會合上在海參崴的巡洋艦羅西亞、格羅波依和柳力克號，不難把對方趕回他們的軍港裡去。沒有海軍的支持，日本陸軍就不會像如今這樣可怕了！」

在維特埃夫特提督的督導之下，突圍的計畫，縝密而快速的決定了；維特埃夫特認定東鄉元帥所率的日本艦隊，艦隻分散在廣闊的黃海上，而俄艦集中駛出，以戰鬥縱陣猛衝，他們不可能正面抵擋，即使遇上對方少數艦隻編成的戰隊，也不難用各個擊破的戰法取勝。

七月廿八日的黎明，實力強大的俄海軍第一太平洋艦隊的主力，衝破掩覆在海面上的薄霧，升火駛出老虎尾狹口進入黃海了。最先頭，破浪而前的導艦，是飄揚著維特埃夫特提督將旗的巨型戰艦傑沙里維齊號，緊隨導艦之後，是烏斯托姆斯基提督的座艦勃里斯維特號，依次是戰艦列特維然號、波見達號，裝甲巡洋艦巴拉打號、瓦里亞格號、巴央號，還有若干輕巡艦、小型驅逐艦，一串兒跟在後面，成單縱陣行駛著。

維特埃夫特提督以這樣的戰列駛出旅順口，用意極爲明顯，萬一遭遇上日方艦隊，他可以利用巨型戰艦上猛烈的火力，把對方的隊形打散掉；這樣一來，後面較陳舊的，較小型的，火力薄弱的艦隻，可以獲得足夠的保護，不到必要時不必參戰，以減少無謂的損失。

薄霧不久就消散了，夏日清晨的黃海海面是平靜的，海風徐緩，並不燠熱。日方陸軍對要塞的攻擊仍在進行著，不過，砲聲聽來不像在停泊港內時那麼令人心煩了。維特埃夫特提督的影子，出現在高聳的旗艦艦橋上，他舉著望遠鏡，朝前方瞭望著。海面上，灰藍色的波浪溫柔的起伏著，天色也很晴藍，只有少許翅形雲，橫在朝鮮海岸那一邊，染著朝陽的金輝。

艦隊在航路上，以每小時九浬的速度，穩定的進行，廟群島的影子，逐漸移向右方。維特埃夫特提督這才放下望遠鏡，安慰的噓出一口氣，然而，他對駐紮滿洲的陸軍，依然有著極大的怨憤。曾經有若干次，他在會議席上，對著駐滿陸軍總司令官庫羅巴特金，擊著桌子吼叫起來，認定陸上嚴重的敗績，直接影響了第一太平洋艦隊的戰力。

他舉出過若干實際的例證，說明俄國海軍優良的傳統和戰績，遠非陸軍所可比擬的。日俄之戰，只要陸上不迅速崩潰，給予海軍決戰的機會，立即就可以扭轉整個戰局，……但那是沒有用的，庫羅巴特金是隻笨牛，他連保住遼東地區最後的佔領地——旅順口的能力都沒有。一個艦隊假如連一個港口也保不住，就好像沒巢的鳥雀，不能總是飛著。艦隊吞食大量的燃料正如餓漢啖肉一樣，陸軍卻不能供給艦隊的燃煤，使它無法生根，這一來，使他無敵之自誇就了空，想繼烏沙可夫之後，成爲世相交譽的英雄人物的夢幻也瀕於破裂了！

若說還有機會的話，這機會就在眼前的一時一刻裡面。自己如果能一舉擊潰日艦的一部，在對方海洋的封鎖網上鑽它一個窟窿，不但將使被困的陸軍燃起希望，也將使自己的聲譽鵲起，弄到一枚聖・安特列夫勳章；即使日艦不露面，自己這種穿越日方門戶的突圍所表現的大膽，也會使莫斯科社會震驚，……當然，能不冒險作戰，是最如意的算盤了。

艦隊的位置經過幾小時後，到了東經一一五・三度，北緯三八・六度，也就是旅順口外卅多浬的地方，雲彩變得濃密起來，一團團鑲著白邊的烏雲帶著雨意，障覆在海平面上，一剎時，失去陽光直接照射的海，在色調上顯得分外的沉鬱了。艦尾的推行器絞動海水，鬆成黑色的，看上去異常沉重的戰艦默默的分波前進著，俄羅斯一向盲目自負的光榮，在這一刻彷彿暗淡下來了。

這時候，像鬼靈般的日艦，出現在第一太平洋艦隊的右舷，守望兵從望遠鏡裡看見它梭魚般修長的影子和煙囪吐出的濃煙。得到這消息，維特埃夫特提督便在傑沙里維齊號的艦長陪同下，重新登上了艦橋。

提督對於日艦的出現，並不驚異。他知道，在這樣的天氣，第一太平洋艦隊的進行絕難躲得開對方的偵察。出現在右舷的日艦只是單獨一條船，由於距離太遠，僅能根據艦體的形式，判斷出是一艘航速極高的新型快速輕巡洋艦。至於它究竟是對方艦隊的哨艦？還是單獨行動的偵察船？那就難以斷定了！

「要來的，終必是會來的！」維特埃夫特提督故作輕鬆的說：「他們要偵察，由他們偵察去！咱們這些龐大的戰艦，會讓他們大開眼界。」

那艘日艦和俄艦的縱陣採同一航路，併向行駛了一刻鐘，並且不停的發出若干古怪難解的電訊，顯然是向日方指揮艦隻報告俄艦位置、航速、線路和陣形。這樣不捨的跟蹤，使維特埃夫特提督惱怒起來，命令他的旗艦傑沙里維齊號，以右舷的三門六吋舷砲瞄準對方，先賞它幾砲！橫豎早晚要開戰，誰先開砲都是一樣的了！艦長把提督的命令轉下去，全艦起了一陣忙碌，等到右舷砲塔向對方瞄準時，那艘敵艦卻變了方向，加足馬力駛開了。

惱怒的維特埃夫特提督認真起來，他不欣賞東鄉的狡狐作風，彷彿故意把氣氛弄得很神秘，他決計要硬碰硬的顯出力量來，和對方分個高下。因此，他調整了艦隊的隊形，把全隊分爲兩個戰隊，由他和烏斯托姆斯基提督分率著。他以傑沙里維齊號爲首，親率戰艦五艘，加速駛至右前方，這樣，艦隊便成爲梯形雙縱陣，也就是說，第一戰隊的六艘戰艦，翼護了實力略微薄弱的艦隻。維特埃夫特提督對烏斯托姆斯基下達指示是：當雙方戰鬥開始時，第二戰隊仍按原定航路直駛，把對敵的任務，留給戰艦擔當。

當傑沙里維齊號戰艦的桅桿上，飄揚起聖•安特列夫戰旗，備戰的鐘聲噹噹響起的時刻，日方艦隊的影子在望遠鏡裡赫然出現。各層甲板上的官兵，都能清楚的看見斜斜駛過來的日軍艦隊，水線之上的艦體低而長，艦身髹成淺灰色，分波前進像輕快靈活的梭魚。

「瞧，那是三笠號！」

「這好，咱們遇上東鄉那隻老狐狸了！」

維特埃夫特提督也從望遠鏡裡看見了，日本艦隊先頭的導艦，正是東鄉元帥的座艦三笠，桅上飄揚東鄉的將旗。緊隨著三笠號，是戰艦八島號、初瀨號、敷島號、朝日號、富士號，這六艘新型戰艦速度和火力，絕不次於自己所率的戰隊。一場惡戰業已無可避免。雙方繼續接近到相距五十加普爾的時候，日艦首先開砲轟擊了。砲彈落在兩舷外的海面上，在轟隆巨響中，激起沖天的水柱來。看光景，日艦是在用試射的方式，更精確的測定彼此的海上距離。

維特埃夫特提督當然不甘示弱，立即下令開砲還擊。一剎間，各艦上十二吋的主砲和六吋的舷砲，密密的怒吼起來，海面上激起的水柱像不斷鼓湧的噴泉。俄方各戰艦以十三浬以上的戰鬥速率開行，使日方的轟擊沒有直接命中。但日艦所表露的火力是熾盛得驚人的，他們的砲彈射擊速度異常快捷，而且裝有高爆性的下瀨爆藥，爆發後，具有強大的破壞力。這一場遠距離的激烈砲戰，進行的時間並不久，雙方也沒造成嚴重的傷害，日方艦隊便轉變航向，以十六浬的高速脫離戰場。

「嘿，名聲赫赫的東鄉，也就是這點伎倆！」在旗艦的艦橋上，響起維特埃夫特提督宏亮的笑聲。

艦隊仍以雙線縱陣前駛，日艦的蹤影業已消失了，在維特埃夫特提督的心裡，通往海參崴的海上道路業已打開，東鄉自率的艦隊都沒能攔阻得了他，還有誰能使這支氣勢浩盪的艦隊改變它的行程呢？

在維特埃夫特提督率領第一太平洋艦隊自旅順口捨命突圍的同時，日俄雙方在遼東地區的陸上戰鬥，也在熾烈的進行著；被困在奉天城的俄軍總司令庫羅巴特金，當天凌晨收到艦隊突圍的電訊，他立刻誇張了這個消息，把艦隊駛出旅順口的事實，描述爲突圍已獲成功！

「我們只要能有足夠的給養和彈藥，還有扭轉戰局的機會！」他說：「如今，我們該抽調兵力，克服遼陽，使奉天和旅順口被切斷的部隊連成一體！」

庫羅巴特金的計畫並沒有錯，當時從北滿開來扼守奉天，待機增援旅順口的俄軍，幾乎是俄方駐紮東北的全部兵力。幾十個作戰單位，統合不下廿五萬人，至少在人數上，遠超過由朝鮮入滿的陸軍。但在整個的戰鬥形勢上，俄軍的處境極爲不利。精銳的日軍以犀利的砲火迫壓著他們，使眾多俄軍被裝擠進奉天附近的袋形地區裡。

天氣燠熱悶溼，那些緊張、凜懼的俄軍兵士，困伏在縱橫的塹壕裡忍飢受渴，有時被烈日燻烤，有時被暴雨沖淋，早已失去了鬥志，有些人更感染了惡性痢疾、膿疱癬疥，非常狼狽的蹲伏著，而日軍還不斷施以重砲轟擊。以這樣的軍隊，在被圍困中實施反撲，機會極端微弱自不待言。

即使如此，庫羅巴特金還是把他們動員了起來。他盼望突圍的第一太平洋艦隊順利抵達海參崴之前，他能在陸上造成一種有利的新局面。

俄軍的反撲行動，終於在下午四時開始了，但海上的艦隊，卻面臨嚴重的、即將潰滅的噩運！

經過一次未見損失的砲戰，維特埃夫特提督有幾分低估了對方的戰力，他沒有改變航道，實行必要的迂迴，仍以梯形雙縱陣朝南方行駛。

下午四點鐘，在朝鮮半島西部海岸，也就是艦隊的左舷，一隻單煙突的二級戰艦出現了，它遲緩的跟隨著俄方艦隊，駛過一段海面。維特埃夫特提督舉鏡瞭望過它，但沒有下令開砲。

事實上，這樣一艘窳舊的四千噸級的傢伙，根本沒有攻擊第一太平洋艦隊的能力，甚至連騷擾作用都沒有，他簡直不願爲它浪費一發砲彈。

這樣遠距離跟進持續了約莫廿分鐘，一隊隊形整然的日軍艦隊，在第二戰隊導艦勃里斯維特號的左前方約五浬的距離，以高速斜壓過來。穿透稀疏雲層的夕陽光，很清晰的映照在日艦的艦身上。這一列日艦共分幾個戰隊，最前面，飄揚著片崗中將將旗的是裝甲巡洋艦嚴島號，依次是四艘新型快速輕巡洋艦千歲、鹿馬、新高、對馬，另一戰隊由小東鄉中將的須磨號率領，依次是裝甲巡洋艦盤手、淺間、常盤、春日、日進五艘，它們運轉靈活，速度遠在俄艦之上。

第一太平洋艦隊的左縱陣原是薄弱面，被強大的日艦逼得改變航路，成彎月形行駛。這樣一來，作爲主力的俄方第一戰隊便被壓入內環，把第二戰隊的薄弱艦隻夾在中間了。日方艦隊在造成有利態勢之後，立即發砲轟擊，猛烈的砲火幾乎使得俄方第二戰隊無法保持陣形；維特埃夫特提督很容易被激怒，他站立在指揮塔上督陣，下達開火的命令，但日方的艦隻很快速的超前，使俄艦的砲彈，都落進海裡去了。

沒有時間談維特埃夫特提督整頓了，他的艦隊已形混亂的陣形。砲戰仍在持續著，但維特埃夫特提督不久便發現，他的艦隊的處境，愈來愈陷入危境。因爲艦隊的右舷，原已駛離戰場的日方主力艦隊，又出現在戰場上，駛在彎月形內環的後方，這使得俄艦陷入進退維谷的窘境，即使是邊行邊打，也脫不了兩邊受夾，左右捱打的局面。

夕陽在渤海灣上空逐漸下沉，霞光呈現出陰慘的火紅色，染著海面，破浪的艦身，和噴煙吐火的砲塔。黃昏時分的大海戰，光景透出奇異的悲慘，硝煙瀰漫著，雲似的罩著發砲的艦身；迷人眼目的閃光和使人耳鼓嗡鳴的巨響不斷迸發出來；砲塔在旋移著，混亂而匆忙的發彈。這場遠距離單一的砲戰，是雙方相互狩獵。

夕陽在下沉，日俄艦隊仍在戰鬥絞纏中併駛，砲戰綿續下去。火紅的霞燃燒到力盡的時辰，變成一片迷離的暗紫，晚風轉勁，海上的波濤洶湧起來。戰事並無進展，只是有兩艘俄方小型艦隻中彈起火，脫離了戰列，另一些艦隻行駛的位置略見混亂罷了。

這樣延續到六點鐘，日方主力艦隊加速迫近，炮擊更形猛烈。日方各艦的火力，似乎有計畫的集中在俄方導艦傑沙里維齊號的頭上，紛紛而來的砲彈構成一面密網，傑沙里維齊號變成活動的砲標。它位居內環，後面有一列僚艦跟隨著，根本沒有旋迴的餘地。終於，有一發巨彈炸中了前艦橋，驚天塌地一聲巨響之後，艦橋被炸裂了，首當其衝的維特埃夫特提督，就這麼變成一堆焦黑的爛肉，但那隻完整無缺的望遠鏡，還死死抓在他鉤曲的手上。——即使他想望見海參崴的希望也已經完結了。

但海戰還沒有完結，又一發炮彈擊毀了傑沙里維齊號的舵輪，艦長也負了重傷。雖然如此，並沒使這艘戰艦完全失去戰力，真正使它失去戰力的，卻是甲板上的大火。傑沙里維齊號兩側，大火騰升起來，它舐著了木質的吊艇和划艇，響出嗶啵的聲音，由於舵輪失去作用，它力不從心的載著一船火燄和無數驚呼，單獨的從戰列前面繞圈兒撞了出去，好像是灌多了酒的醉漢，一直踉蹌著，直撞向日軍的艦隊。追隨在傑沙里維齊號後面的戰艦列特維然號，一瞧旗艦中彈起火，它脫出戰列，反而自殺性的進迫敵陣，便也自動轉舵，朝同一方向行駛。

夜色初臨的海上，一艘中彈燃燒的艦隻直撞過來的威勢極為驚人，日艦並不清楚傑沙里維齊號上艦隊總司令官已經被他們的彈片撕裂，錯把舵輪損毀無法控制的行動當成勇敢，因此，他們就轉舵後退了。

這一次薄暮海戰，除了導艦重傷起火，退出戰列外，其餘的多艘艦隻，也受到若干程度的傷害。夜幕垂掛下來，這些艦隻都歸併到烏斯托姆斯基提督指揮之下，另行尋覓它們的前途。

霧又回到海上來，初夜的海面裹著一層神秘的昏暗。一度號稱無敵的俄羅斯第一太平洋艦隊，在沒能通過對馬海峽之前，已經潰不成軍了。各艦在昏暗中各自行駛著，沒有序列，沒有隊形，而且距離也非常的參差。烏斯托姆斯基提督不敢用閃光訊號指揮艦隊，各艦為防對方以水雷夜襲，也都燈火全熄，靠儀器航行。按理說，在這種濃霧的掩護下，才正是突圍的機會，海面是這樣的廣大，各個突圍成功的機會很大，但俄艦卻起了混亂。

有些小型的航艦被海戰慘烈的光景嚇破了膽，艦長自作主張改變航路，駛向中立港口尋求庇護去了。而烏斯托姆斯基也沒有再闖對馬海峽的雄心，他率著六艘能連絡得上的艦隻，掉轉頭，又駛回旅順口去了。

第一太平洋艦隊突圍失敗的經過，被刊登在日方的各報上，他們用誇耀的語氣，頌揚東鄉元帥英勇的戰績，並讚美日本帝國海軍是整個帝國的榮光，對於這一戰中日方艦隻的損失，只是輕輕的一筆帶過。

但在直屬東鄉元帥的戰隊裡，萬噸級的戰艦八島號和初瀨號，也受到了嚴重的傷害。八島號的煙突被炮彈轟斷，前艦橋破碎，艦體為穿甲彈貫通，多處進水，使艦身在行駛時向一邊作十五度以上的傾斜。初瀨號的損傷更重些，多層甲板被毀，上層架造物幾被削平，多門巨砲已無法使用，而且火在下層艙底向上燃燒。

有著頑強狩獵慾望的東鄉，是決不肯輕易放過敗退的獵物的，他率著他的艦隊，追趕著遁回旅順口的烏斯托姆斯基提督的殘部，一直到把他們趕進港去為止。即使這樣，東鄉還不夠滿意，對於俄方艦隊竟敢突圍這宗事情，他覺得氣惱又十分困惑。第二天，他就在旗艦三笠號上召開了一次會議，會議的主題就是怎樣把旅順口狹窄的出口全部封鎖？使對方連一條艦隻出港的機會都沒有！……對於這問題，與會的官員發言非常踴躍，有些主張佈置雷陣，有些主張經常派出快速船隻偵察。而東鄉說：

「我所要求的，是絕對的封鎖！……儘管我們已有了決勝的把握，而我卻不願跟俄方這些困獸再作不必要的海戰，使我們的艦隻受損了！」

絕對的封鎖，東鄉反覆提起它。他細心的描述旅順軍港的港口形勢，高山環抱的港灣是天然形成的，在港灣的前方，老虎山像一隻臥虎躺在那兒，那伸開的虎尾，就變成最好的防波堤。港口在老虎尾和黃金山麓之間，那是一條狹窄的水道，它的水深平均在十五潯上下，正可容得巨型艦隻的出入。像這樣的港口，只有一個辦法可以達成絕對封鎖的目的，那就是使用一艘巨型艦隻，出其不意的駛入港頸最窄的地方，然後轉舵橫過艦身，讓岸炮儘情轟擊，最後炸艦自沉，以艦體作爲障礙物，堵塞水道。如果這計畫能成功的話，俄方所有船隻都將溺在死港裡，等著被俘了！

計畫總歸是計畫，問題是誰去執行呢？這問題在一個軍國主義的國度裡是不成問題的，兩艘在海戰中負傷的戰艦初瀨號和八島號的艦長，都願意以他們已經殘破的艦隻，去完成這宗任務。

東鄉元帥選中了損傷較重的初瀨號。

誰都明白這計畫對日方絕對有利，但這項任務的進行卻非常艱鉅。因爲這種犧牲的行動，必須要在航道最窄的定位上完成，才能達到封鎖的效用。如果在港外的海面上，就遇上俄艦，或是被要塞炮轟沉，那只是白白的犧牲罷了！

初瀨號的艦長完全懂得東鄉的意圖，他挺胸保證說：

「報告元帥，爲了帝國在滿洲的利益，屬下願意與初瀨號共存亡！……屬下一定會把初瀨號駛到港頭，橫過艦身，把它炸沉！」

「好，」東鄉元帥嘉許的點著頭說：「帝國的光榮，繫於你一身，日後我們佔領旅順口，全擄俄艦，你該居極大的功勞。初瀨號即使炸沉，還有打撈修整，重新編隊服役的機會，而帝國像你這樣的勇士，只怕難以多得，我們會惦記在心的！」

面對著威名赫赫的艦隊統帥，親聆他嘉慰的言語，所有與會的日海軍官佐全都感動得熱淚盈眶，當然，這計畫的實行任務，便確定的落在傷艦初瀨號的頭上。

計畫是狠毒而週密的，遂行前，與陸上部隊切取連繫，先由陸上發動極猛烈的攻勢，撲打西大山、老北山、羊頭窪和老鐵山一線，陸軍攻勢的目的，在牽制俄方要塞，分散其對海上的監視，好讓初瀨號悄悄逼進老虎尾半島的尖端。另外，東鄉元帥更調集艦隊，巡航於旅順口及大連間海面，以巨大艦炮轟擊黃金山和白銀山要塞，使那些要塞砲台無法以火力阻止初瀨號的進逼，這攻勢一直要持續到初瀨號航至計畫中的定點爲止。

夜晚，濃霧在昏暗的海面上瀰漫著。計畫的進行非常順利，陸上的牽制性攻撲早在黃昏就已經開始了，幾個旅團的日軍得到重砲單位的火力支援，對西大山、老北山之線猛撲。入夜後，日海軍艦隊，也開始對黃金山和白銀山轟擊，地毯式的轟擊，一遍又一遍輪覆著。

自第一太平洋艦隊突圍失敗，維特埃夫特提督送命之後，扼守旅順口四周山地和要塞砲台的俄軍，等待增援的機會是愈來愈少了，這樣，反而激發出他們豁命搏鬥的勇氣。對於日軍陸海夾攻，他們頑硬的抵抗著，西大山麓的每條壕塹中，浴血的肉搏在進行著，而巨大的岸砲也開始向多霧的海面盲目還擊了。

這時候，受傷的戰艦初瀨號，正穿透霧壁，悄悄的駛近老虎尾半島的尖端。留鬍子的艦長，曾在出發前把全艦官兵集合在甲板上訓話，他令飭他的部下，無論冒多大的危險，也得把初瀨號駛到命令規定的位置，但在抵達之後，橫過艦身，就該立即放下划艇，儘快划到港口礁石島嶼上去逃生。

「至於本人，決不離開本艦！」他用激昂的語調，萬分堅定的神情說：「炸艦的火藥，將由本人親手引發，以與本艦一體存亡！」

艦上的官兵自然明白戰艦初瀨號在下一時刻將扮演多麼重要的角色，爲獲得在滿洲的利益所起的日俄之戰，它成敗的關鍵，全繫於制海權的爭奪上。換句話說，哪一方取得了充份的海上控制，哪一方就能在陸上轉變到居於攻勢的地位。而絕對完成旅順口的封鎖，不讓俄羅斯殘存的戰艦出港，就可以一舉決定全面勝負。無怪乎留小鬍子的艦長是那麼慷慨激昂了。——即使他犧牲掉了，也能獲得日皇睦仁陛下賞賜的櫻花級的勛章！

濃霧幫助了他們，一直到初瀨號駛至港口最狹窄的頸部定位。防守的俄軍才發現日艦狠毒的意圖。等到岸炮移轉炮口，初瀨號已經進入岸炮無法射擊的近距離死角，開始卸下划艇，艦上官兵，也紛紛離艦登艇，準備逃生了。留鬍子的初瀨號艦長立在前甲板的尖端，目送他的部下一批批的遵照他的命令離去，他這才從容的引發火藥。

這位隨艦同沉的艦長英勇的故事，全是由最後一隻划艇上的水兵河野，以及他的幾個夥伴講出來的。河野說是：當他所乘的那隻划艇划離本艦時，他確實看見艦長穿著極整齊的官服，立在前甲板的尖端。划艇離開本艦約莫一千五百公尺的樣子，艦上火藥爆發了，熱風和爆炸，震動了港口外的海面，吐著黑煙的紅火，從艦體內部迸射出來，不一會兒功夫，全艦便燒成一條紅毒毒的火龍，緩緩沉下去了。

光是述說當時慘烈的景況，那倒不算什麼，使人難受的是當划艇掙扎離開時，隨著驚天動地的爆炸，有一塊肉被那樣的爆炸掀騰到半空中去，而那塊已經燒焦的肉，恰巧落在水兵河野的膝頭上，河野緊緊抱住那塊肉，認定那是已犧牲了的艦長的殘骸。他當時便脫下軍服，把那塊被認爲是爲帝國的光榮而捐軀的英雄的殘骸包裹起來，呈送到他們的最高長官——東鄉元帥的手裡。

東鄉元帥不忍打開檢視，他已經昏花的老眼，盈滿了感動的淚水。儘管，他在遼東整個戰爭過程中，從沒爲無辜的中國平民的死亡悲嘆眼溼過，他卻爲那塊忠於睦仁天皇的碎肉哭泣了很久。並且帶淚揮毫，寫了一首詞情並茂的英雄的悼詩，獨立憑窗，以顫抖的聲調，反覆吟誦了多次。

那塊英雄之肉，立即封入一座磁瓶，寫了初瀨號艦長的階級姓名，經過隆重的海上悼念儀式，由海軍遣艦專程送回國去。而這位艦長炸艦自沉，完成旅順口絕對封鎖任務的故事，被誇張成帝國光榮的神話。天皇睦仁頒給他櫻花級的勛章，並且令飭臣屬，將這隻磁瓶供奉京都的寺院裡，供人憑弔和瞻仰。

戰爭仍然在中國的土地上進行著，一塊被蔑稱爲東北支那的荒涼的沃土，是另一塊可以吞噬的肥肉，俄羅斯趁著出兵參加八國聯軍攻打北京城時，順便侵佔了它，英德爲保持其在山東半島的利益，慫恿並挑動日本出兵干預，仗就是這樣打起來的。積弱的滿清皇朝即使不願意，卻沒有袪虎驅狼的能力，只有劃遼河爲界，退據河西，宣布中立，冷眼看著雙方你來我往的拉鋸。

拉鋸的結果，顯然對俄方不利，駐紮了將近十萬陸軍，悉心經營出堅固的要塞，並且囤積了大量作戰物資的旅順口，沒有經過主動的攻勢戰鬥，在聖・尼古節之前，就被日軍攻陷了。日軍在佔據最高砲台後，立即用巨砲採俯角轟擊，把被困在港內無法動彈的第一太平洋艦隊所有殘存的艦隻，一律擊沉。處在那種情況，那些艦隻不再是鋼鐵鎔鑄的戰鬥體，而是漂浮在澡盆當中嬰兒的玩具積木。它們只要經過打撈修整，重新油漆，刷上一個新的東洋風的名字，便使東鄉的艦隊增加了噸位數字。

奉天的俄軍守備，在庫羅巴特金提督的烏龜戰術下，拖宕了較久的時日，二年春天，它終於陷落。這一役的悲慘情況，足可和旅順口的陷落互為輝映；廿多萬俄軍，有三萬人戰死，四萬多人被俘，九萬多人負傷，其餘的倉促逃向北滿；而庫羅巴特金也被召回，換了綾涅維齊。龜縮拖宕的結果，只是湊上日本櫻花節的慶祝而已。

吞進嘴的肥肉，被人拎著耳朵，踩著尾巴，迫得吐了出來，尼古拉二世實在忍不下這口氣。立即編組第二太平洋艦隊，繞道好望角駛來遠東。數十艘俄艦，經過八個月的行程，到一九〇五年五月十四日，全軍覆沒在對馬海峽，這一次戰爭便結束了。

戰爭和對於戰爭的記憶，總會被時間的浪潮沖淡，不再成為人們心靈裡的主題。只有那塊所謂英雄之肉，和他所留下的神話性的故事，經過新聞的誇張和渲染，久久被人談論著。

日方在對俄戰勝後，貪婪的伸出魔爪，對南滿地區橫加侵佔。他們向滿清王朝強迫租借了旅順和大連，控制了南滿鐵道和附屬煤礦，更使日浪人黑龍會的氣燄囂張萬分，肆無忌憚的深入內陸，橫行侵奪。懸著血櫻的磁瓶當初犧牲的意義，就在魚肉東北的邊民吧?!

旅順口南邊的老鐵山麓，有個小小的貧窮的村落，一個年輕的趕牲口的販子叫鐵柱兒，有一天救起一個泅泳抵岸，力盡昏迷的傢伙，那人穿著一套中國的破舊便服，卻留有一撮看上去不倫不類的東洋小鬍子。鐵柱兒所住的那村子，在日軍攻打俄方佔據的砲台時，飽受轟擊，損失慘重，當地的居民全把鬼子和毛子恨得入骨。當傻裡傻氣的鐵柱兒，把個水淋淋的人，用他的小白驢馱回村裡來的時候，村裡人立刻認出他是鬼子來。

「鐵柱兒，你真是個傻鳥！」村裡有個叫鎖爺的說：「東洋鬼和俄毛子，仗著砲利船堅，到咱們家窩來，這樣折騰咱們。鬼子到處拉伕，替他們運糧草抬擔架，俄毛子逼出上萬的工伕人役，替他們挖壕坑，築砲台，到臨了，還把咱們家窩給搗弄成這樣，你還把這種披人皮不幹人事的畜牲救回來？」

「是啊！」有人附和說：「鎖爺說得沒錯，這種傢伙，都該下海餵鯊魚，我要是遇上他，不扔石頭砸死他業已算好的了！也只有你這傻小子，有這等的菩薩心腸！——狼是養不得的。」

「咱們也不用使石塊砸死他，」鎖爺說：「把他抬到後荒山，扔進狹谷去算了，生也由他，死也由他，總不能說是咱們害他的。」

「這……這……可不成啊，鎖爺，」鐵柱兒說：「我老娘交代過我，遇人急難，就得救活他，就算他是東洋人，他身無寸鐵，也不會把咱們怎樣的。」

儘管鐵柱兒這樣說，大夥兒還是不肯，虧得鐵柱兒的老娘硬把眾人排開了，將這昏迷瀕死的傢伙扶回家去，給他調養活命的機會。這個東洋人會講些支那言語，但他並沒說出，他就是被認爲壯烈捐軀的初瀨號艦長。——他的便服是早就悄悄預備妥了的，他早就不願意把他的性命賣在荒涼的中國海上了。

後來這個人離開老鐵山麓的村莊，到大連去兜了一圈又回來了，他改了個中國的名字，沒沒無聞的做了中國海岸村落裡的漁夫。

當然，有很多理由使他無法再回到扶桑三島去，報紙上正喧騰著對於初瀨號那個英雄艦長的狂熱慶祝，昨日的那個他早已死了！……使人嗤鼻的秘密只有他知道，但他只有永藏在他自己的心裡。

——那磁瓶裡封起的肉，被尊爲帝國光榮的英雄之肉，實際上只是一塊冷凍豬肉而已！

每當這個孤獨的漁人想起這事時，想笑，可又想哭泣。那些挺高胸脯活著的盡忠於侵略軍國天皇陛下的豬玀們，那天能省悟磁瓶裡的秘密呢？他們只是想望著顏色鮮血的櫻章罷了！而他卻用從支那人手裡救回的生命，完完全全的中國起來。

雙盆記

這話得從孟省山身上說起。

孟省山在北方的大城裡待了幾十年，幹的是當舖裡的行業；由一個站櫃的小夥計，熬到頭櫃大爺的職份。那時候，進當舖的貨品固然是形形色色，但仍以古老的文物居多，——彷彿沾上幾分文氣的人家，天生都跟當舖結了不解之緣。

一般說來，古物是無價的，但當那些無價的古物一旦被捧上當舖的櫃檯，即使無價，也得由人替它定出一個押當的價錢來，而這個價錢的訂定，全憑一雙辨識它的銳眼。孟省山既然當得上頭櫃大爺，那就是說他的見識和閱歷，業已夠深厚的了。因此，非但是求當的物品必須經他過目，就連城裡若干知名的古董收藏家，也把他視爲同道中的人物，紛紛把他們收藏的稀世珍品，取來請他過目鑑別，衡定價值。大家對他的鑑賞力和辨識力一致推崇，認定他淵博的學養，足以當得古物鑑賞家的令譽。

不過，孟省山經常懷疑他自己的判斷，懷疑這些古物的真正價值究竟在哪兒？因爲若干珍品一流落到不一定識貨的、富有的收藏家的手裡，它就跟平民百姓絕了緣，一般人甭說公開見識，連聽也聽不著了。前朝的古物，就那樣被收藏著，在陰暗的庫房裡，或是在冷溼的地下；經過若干年月，收藏的人辭世了，古物落到更不識貨的兒孫手裡，有的遭到漫不經心的糟蹋，有的被廉價變賣到古物市場上去，輾轉落進異邦人之手。最可惡的是一些附庸風雅的達官貴人，暴發的豪富，他們蒐集古物，只是充架子，擺門面，藉以炫耀，連雅玩二字全談不上。這好比不解風情的魯夫娶了靈巧的嬌妻，古物有知，也該忍受不了那份冷落吧？——他們只配花大錢，買回一些贗品。

離開當舖那一年，孟省山突然有了一種怪念頭，他要把一些贗品古物當成真貨，出售給那些附庸風雅的闊佬，免得真正的古物落進他們手中，忍受那種冷落。

最先他做了幾宗，那些花了冤錢的闊佬們捧著假貨如獲至寶的神情，激起他更大的興致，他決心要做一宗使世人驚動的大買賣。這一回，他手裡握著的，是一對仿樞府窯的磁器，——描金五彩的雙盆。

這一對磁砵，是他幾年前在古物市場中一家無人注意的小店舖裡買得的，當時只花費了五兩銀子。貨是元代的貨，外觀簡直和樞府窯蔣起手製的珍品無大分別。但依照他的辨識，這對磁砵卻是產自當時的民窯，不知是哪個極有才氣的匠人，曾把若干時日的心血，耗費在這兩件器物上，使它幾乎成爲御窯的變格產品。一般說來，樞府窯出品的質地精美的磁器，爲數頗多，蔣起親自監製的御器，經過幾個朝代的變易，流落民間的，也不在少數。大體上，凡同樣色澤，同樣花紋的器物，越多越不値價。而這兩宗器物，妙就妙在它的變格上，同樣註有「樞府」標誌，而形式和花紋都有特出之感。正因這樣，使他有了考據的題目。

這一對磁砵，像加蓋帶耳的海碗，惟較海碗爲大。樞府窯的產品，以小足器爲多，也有部份大足器皿，像高碗碟、薄唇碟、馬蹄碟、腰角盂等類。但這一對磁砵卻是從來沒曾見過的器物，它的磁質細白如玉，毫無瑕斑和裂紋，它的蓋端和缽緣，印有全部西廂人物，以及亭榭樓台，色彩分明，栩栩如生。

孟省山心裡把算盤打定之後，趁著雨夜無人的時刻，他攜帶著這對磁缽，把它埋到鎮郊的小土地廟後去了。從那時起，孟省山就潛心研究樞府窯的產品，他經常離家，去拜訪遠近那些古物收藏家，觀摩他們所藏的元代御窯磁器。這樣經過若干時日，他便寫成了一本內容豐富的專書，題名為《元代樞府御器考》。

他自己召了匠人，精刻了這冊考據專書，分送給各地知名的古物收藏家。這本書考證了蔣起的生平、家世和背景，樞府窯的創始，它的地理環境和土質，一般御用磁器生產的方法和過程，以及歷朝產品的演進等等，末章述及若干特殊製品，曾為大內珍藏的數種器物。最後，他列上了變格產品一項，那就是舉世只有一對的寶物——描金五彩，印有全部西廂人物的磁缽，他一口咬定那是蔣起在世時最後一宗產品，是他自己留著把玩的器物。他形容那一對磁缽的形象，不由不使人沉迷渴想，因為他肯定那是樞府窯出產的所有磁具當中最具代表性的器皿。

這部書一分行出去，雖不能說是洛陽紙貴，至少是使整個收藏界起了極大的震動，也使孟省山的名聲鵲噪起來。因為他揭露了一項人所未聞的秘密，沒有誰曾見過有這麼一對變格的器皿。

世上人就有那麼怪法兒？當《元代樞府御器考》這部書分行前，沒誰為這對磁缽留意過，等到孟省山這麼一揭露，那可就了不得了，每個愛收藏古物的人，都願意出高價來購獲它。而經孟省山揭露的寶物並沒有出現過，各人喊的價錢，也都變成有行無市的空價了！即使爭喊空價，價錢也越抬越高，過不久，那對磁砵的價值，就已經高達近千兩的銀子了。

孟省山絲毫不動聲色，他耐心的等著。

對於《元代樞府御器考》一書，各方的反應極爲熱烈，居然有人以這部書的論據爲中心，做出進一步的文章來，而探討的重點，就是這對被視爲珍寶的磁砵的下落；有人繪聲繪色的說：這宗寶物，早已在明代中葉流入日本，是由兩個東洋和尚運出去的。有人考據說：這宗寶物在明代流出去不錯，但卻非流入東洋，而是經過天山北路的絲道，流入波斯或阿富汗了。

這些無中生有的探討，很快便像疾病一般的蔓延起來；在若干以文化人物自居的人群裡面，討論孟著已經成爲一時的風尚，彼此見了面，好像若不談談樞府窯的磁器，發揮一些見解，就會被人看輕了似的。俗說：人抬人高，水抬船高，他們這麼一來，更使孟省山在這方面變成了權威人物了。

這天，大城裡下來一位訪客，特意投刺拜望孟省山，孟省山一瞧，原來是王府裡的楊總管，少不了見面客套一番，那位楊總管一提來意，孟省山就知道大魚快上鉤了。他清楚那位王爺的底細，收藏並炫示古物，是他誇耀豪富、自抬身價的方法，那簡直不是收藏，而是拚命的堆積。早在好些年前，民間就傳說過他的趣事，——說是一把古人用過的錫質尿壺，他也不吝花費百兩紋銀把它弄到手，而且洋洋自得的把它放在紅絨鋪妥的桌面上，當眾展示，並由壺口的形狀，討論到題外去了！

「王爺他嗜古若狂，您是曉得的，」楊總管說：「樞府窯的出品，他幾乎收全了，只差變格的東西，這一回，他讀了您的《元代樞府御器考》，可被那對五色描金花的磁砵著了迷啦！催逼著我下來找您，當面再請教您，依您的看法，這對磁砵的下落究竟如何了呢？」

「說來不怕總管笑話，」孟省山說：「我論考據，也只能考據器物本身，它的質地、釉色、形狀、出品年代等等。主持窯務的蔣起，本身就是元代極出色的陶藝家，參酌他多宗成品的彩繪，與夫民間的傳聞，他確實手製過兩隻變格的磁砵，至於這宗器物的下落，事隔幾百年，我不敢輕加妄測。」

「孟先生，您說的實在夠誠懇。」楊總管說：「不過，最近也有些考據這宗器物的書，有的說是寶物已流入東洋，有的說，可能流至阿拉伯、波斯和阿富汗去了！您對這兩種說法，有何高見呢？」

「我看未必可信。」孟省山說：「那些書我看過，大半是推測之詞，缺少信實的論據。元代的內廷御用器物錄上，並沒記載有這宗描金五彩的磁砵，印有西廂全部人物畫的磁砵製成後，並沒貢進宮去，所以我說是蔣起將它私藏了，……王實甫著西廂之前，民間就傳流了這個故事，它是不適於貢入大內的。」

「不錯，」楊總管說：「張生跳牆，鶯鶯踐約，這種輕佻的男女之私，蔣起怕沒有那麼大的膽量，敢借用了繪成釉彩，印在御用的器物上。」

「總管高見，高見！」孟省山豎起大拇指頭，不停的搖晃說：「所以我斷定它是蔣起爲他個人遺興而製的成品，它應落在我國民間。……順帝北亡入漠，沒能攜走它，洪武奠基，也沒得著它，至於後來闖賊陷北京，擄掠明廷御庫，它當然不在其中。一般說來，東西方的洋人取走咱們的古物，有的是趁火打劫，從宮廷裡搶掠去的，有的是遣使入貢時，朝廷賞賜給他們的，至於民間的私藏，他們購得的不多，即使有，也少有稀世的珍品。因此，我估量這對磁砵，十有八九還在國內，總有一天，它們會再出現的！」

「這樣吧，」楊總管點頭說：「這兒是我京師的地址，但煩孟先生特別留意，一有這對磁砵的消息，立刻打信給我，咱們王爺願出最高的價錢收買它！」

「那當然，那當然！」孟省山笑說：「王爺的事，哪有不盡力的道理？」

剛把這位大總管送走沒幾天，又有一位姓馬的仕紳陪著一個黃髮碧眼的英國人上了門。這位洋博士叫查理遜，是受了大英帝國博物館的委託，登門請益來的；說是請益，其實也在探聽樞府窯出品的那對磁砵的下落。

「孟先生的書，我拜讀過，」這位洋博士查理遜說：「敝國的博物館，對貴國南北各名窯的磁器，成套的收集，我們以爲是夠齊全了，誰知樞府窯竟有這種變格的器皿?!足見我們對貴國古物的研究，還不夠到家。」

「您太客氣了。」孟省山說：「按一般情形而論，這種單獨出現的變格產品，極少有，極難得，假如不摸清一點根柢，是無法研究的；在兄弟的考據沒分行之前，各地的鑑賞家和收藏家，甚至連聽也沒聽說過，兄弟本人也沒見過這宗寶物，全是從家祖筆札裡得來的。」

「是這樣的，」姓馬的仕紳說：「您的《元代樞府御器考》一書，挑起大英帝國博物館的興致，他們特意請了查理遜博士——這位中國古物鑑賞專家到這兒來，打算以最高價格，把它收買下來，帶回英國去。」

「黃金有價，寶物無價。」孟省山搖頭晃腦的說：「何況這宗寶物，如今下落不明，一時恐怕不能如願收購吧？」

「那不要緊，」查理遜說：「我們可以等待，只要這對磁砵還在貴國，我們總會查探出消息的。」

查理遜和王府楊總管連著來拜望孟省山，談到要以高價收買磁砵的事，很快又傳佈開去，一般人對於那對變格磁器的存在和價值，更是深信不疑了。不是嗎？就算王爺不是大行家，那大英博物館請來的洋人，絕不會是外行人，假如世上並沒有這麼一對磁砵，洋人哪會飄洋過海來找它?!

這事過了不多久，洋人查理遜博士更依照孟省山書裡的形容，請人繪出彩釉雙砵圖來，印送給南方北地的古董商，希望他們能發掘出這對磁缽來，好讓他收購。

而孟省山仍然不動聲色，他有的是時間。這樣過了好幾年，那對磁缽始終沒有露面，這使孟省山確信他手裡握有的雙缽，實在是民窯某一巧匠的製作，而且是單獨設計的器皿，——世上並沒有相同的東西了。

人的怪就怪在這裡，他們衡量古物的價値，卻不注重古物的本身；假如這兩隻磁缽，不印上樞府的字樣，不把它當成名匠蔣起的變格產品，它絕不會有這麼高的身價。今世愛收藏的人，好像只認名窯名匠，不問磁器本身的質地怎樣精良，花紋多麼纖巧了。

時間助長了孟省山論證的可靠性，因爲沒有誰能用充分的證據，推翻他對樞府窯變格產品的論點，賸下的問題很簡單，就是怎樣找出那對磁缽來而已。

這時候，鎭郊的小土地廟忽然倒塌了，一座年深日久的小土地廟倒塌了實在不算什麼，但孟省山卻拿出銀子來，鳩工重修那座小廟。孟省山在當地是位有名望的人，平素是熱心公益慣了的，那座小土地廟就靠近他的宅院，他出資修廟，也就顯得很自然了。

工人起土築牆基，用鐵鍬挖地，一挖挖出個生滿黃鏽的鐵箱來，恰好孟省山在那兒督工，要工人打開鐵箱，發現箱裡用棉絮包著兩宗磁器，另外還有一封函件，上面寫的有孟省山高祖的姓名。

「孟大爺，您說有多巧！」工頭陳四說：「算是當方的土地爺有靈，曉得您花錢爲祂修廟，祂這是報答您，把您祖上埋下的古董送還給您了，算起來，您可是半點也沒虧本呢！」

「真是神佛有靈，」孟省山說：「這宗磁器，還是我高祖手上埋下去的，沒想到會埋在這裡？那，小堂！」他轉臉叫他的兒子說；「取幾兩銀子出來，賞給陳四他們買酒喝，也請他們把這隻鐵箱抬回宅去吧！」

就這樣，這一對磁砵又回到了孟省山的手裡。幾年前根本沒人看重的東西，經過孟省山悉心的安排，如今它再出土，就變成不得了的寶物了。

消息是掩不住的，孟省山修廟，土地爺顯靈，使他得寶的事，很快就風傳開去，各地的收藏家，大古董商，都紛紛趕了來，想爭購這宗寶物。其中有王府來的楊總管，以及洋博士查理遜。

孟省山爲接待這些朋友，發出請柬，在宅子裡宴客，同時把那對掘得的磁砵捧了出來，放在正中那張鋪了紅絨的桌面上，請在場的朋友鑑賞。那兩隻經過拭擦的磁砵，正如孟省山考據裡所形容的那樣，細白的磁質發出玉似的晶光，西廂人物，連眉眼耳鼻都清晰可辨，那釉彩，更是豔麗鮮明，澤潤如新。

「我說什麼也沒想到，這對磁砵竟是家祖收藏的。」孟省山說：「若不是土地廟倒塌了，我出資重修它，這雙砵還不會出土呢！」

「如今它是稀世的寶物了！」一個古董商說：「人常說，寶物有神靈佑護，想來真有幾分道理。埋下去好幾代的磁砵，居然又回到您的手上，這不是土地爺顯靈，送寶來的嗎？」

「磁砵如今是在這兒了，」孟省山笑了一笑，提高了聲音說：「在座諸位全是識家，還請法眼鑑識。」

在座的人既被孟省山尊爲識家，當然得表示出他們見多識廣，不比尋常，一個提起樞府窯，另一個接著就提到蔣起的生平，一個說到變格產品，另一個就說到這對磁砵的來歷，這餐飯，吃得賓主盡歡而散。這些人來這兒原不是爲這餐飯，而是想收購這對磁砵，故而紛紛向孟省山出價，希望能把它買到手。其中，王府的那位楊總管，出到了三千兩銀子的高價，但那位洋博士查理遜說話算話，——按照國內的最高價加上一倍，願意以白銀六千兩成交，爲了表示他的誠意，他立即把六千兩的銀票開了出來。

這種驚人的高價，把另一些收藏家和古董商嚇退了，他們雖然買不起，但都紛紛議論著這對磁砵的命運，究竟是屬於那位王爺？還是歸入大英帝國的博物館？

「依我看，省山先生未必肯賣那對磁砵。」一個收藏家說：「論起樞府窯的大足器物，這對磁砵是唯一的變格產品，它的磁質、花紋，更遠在一般御器之上，可以說是名匠蔣起嘔心瀝血的代表作，哪怕是萬兩銀子，也不能抵得這宗寶物的真價值。省山先生是行家，懂得珍愛寶物，他哪兒會捨得變賣它？」

「按道理說，您的話是不錯的，」另一個說：「不過，孟省山兄的家境並不寬裕，他雖識貨，卻並不熱衷於收藏。再說，古董這玩意好上天也不能當飯吃，如今，既然有人喊出這樣的高價來，他也許就會把它賣掉的。」

「假如他要賣的話，他會把這對磁砵賣給誰呢？」一個肥胖的古董商說：「他是賣給王爺？還是賣給那個洋博士查理遜？」

「這還用問嗎？」又有一個拖鬍子的說：「當然是誰出的價錢高！他就賣給誰了。楊總管只替王爺出價三千兩銀子，可是，那洋鬼子查理遜出的是六千兩啊！」

「唉！」肥胖的古董商嘆了口氣，露出很傷心的樣子：「怨不得咱們的寶物全流落到外洋去了的?!洋人有錢，拚命出價，眼看這對磁砵，又要落到他們手裡去了！」

「這口氣，該由咱們大夥兒嘆。」年老的收藏家說：「咱們來了這許多人，大睜兩眼望著珍貴的古董落到洋人手裡去，這該是什麼樣的滋味？」

即使不是滋味，他們卻仍在鎮上流連著，等著結果。結果很快就有了，但並不如他們的想像，——孟省山拒絕了洋博士查理遜那張六千兩的銀票，寧願以三千兩銀子的價錢，和王府的楊總管成交。為了這事，孟省山包下鎮上的一座茶樓，把眾人都請到了，解釋說：

「兄弟是幹當舖行業出身的人，半輩子埋在古物堆裡，雖說略略識得一些古物，卻沒有收藏的癖好；再說，以兄弟貧寒的家境，也有不了清玩擺設的雅興。何況這對磁砵，算是樞府窯產品當中的珍寶，兄弟學淺德薄，不敢留著它，既然王爺愛收藏，又肯出三千兩高價，兄弟願意把這對磁砵，交給揚總管帶回王府去。從今以後，寶物就是王爺的了！」

「省山兄，我實在弄不懂。」姓馬的仕紳說：「王爺出的是銀子，查理遜博士出的也是銀子，六千兩你不賣，偏要把那對磁砵賣給出價三千兩的，這是什麼道理？……查理遜博士等著聽你的解釋呢！」

「道理說來很簡單。」孟省山理直氣壯的說：「我們的古董文物，經過歷朝兵燹變亂，流落到外洋去的業已太多了，身爲後世人，實在痛心疾首。這對磁砵，既是樞府窯變格珍品，兄弟就是變賣它，也不忍見它流落異邦，遠離故土。所以，兄弟寧願損失三千兩銀子，半賣半送，把它交給楊總管，歸入王爺的藏寶庫裡去，這樣，我雖損了錢財，但總換得心安二字了。」

「好！」年老的收藏家感動得眨著潮溼的眼，摸著鬍梢，用讚嘆的語調說：「省山兄不愧是鑑賞大家，確有一番真學問，真見識，使老朽打心眼裡佩服！」

「這真是功德無量的做法。」連肥胖的古董商也豎起大拇指來：「磁砵有知，也該感謝你呢！」

孟省山這筆買賣順利的成交，大英帝國博物館請來的那位洋博士查理遜，只好怏怏而退。那位王府來的楊總管，得到這對磁砵，小心翼翼的把它裝箱運走了。凡是議論起這宗事的人，沒有誰不說孟省山有見解，有風骨的，六千兩銀子是一筆駭人的大數目，他竟然無動於衷，一口回絕了洋人，不願使國寶外流，哪還有二話好說?!

不過，卻有一個人對孟省山的做法老大的不情願，那就是他自己的兒子孟小堂。他曉得做父親的有著玩世不恭的怪脾氣，也曉得那對描金五彩磁砵的秘密。他既然肯用多年的時間織成一面巨網，網住了兩條大魚，他就該把磁砵賣給洋人查理遜，取那六千兩銀子才對，用不著說那種寶物不外流的鬼話，因爲那對描金五彩的磁砵，原本就是仿樞府窯的贋品，何必空說一番大道理，白白丟掉三千兩銀子?!

當天夜晚，孟省山坐在書房裡，正對著桌面上堆積著的一封封紋銀發楞，做兒子的過來，抖出了他悶在心裡的疑團。

「爹，橫豎那對磁砵是假貨，您爲什麼放著六千兩銀子不拿，卻要拿這三千兩呢？」

「假貨?!」孟省山皺起眉來：「我問你，什麼叫真?什麼叫假?!那磁砵的質地、紋理、花式，老實說都在樞府窯的產品之上，那個巧匠仿樞府的器物，卻造成了蔣起的名聲，那是假貨嗎?——當然，這只是我私下的看法，一個人總是拗不過眾人的。」

「爹，就算您有道理。」孟小堂說：「那麼，您更該取那查理遜的六千兩銀子了！」

「你年輕輕的不懂事，幹嘛管那麼多?」孟省山說：「你要曉得，洋人是講科學的，心思極爲細密，辨識的方法也多得很；磁器一到他們手裡，他們用儀器一查，連土質和出廠的年代都瞞不過他們，他們很容易就會證實那並非樞府窯的產品。那時候，笑話放了洋，何止損了做爹的這張老面皮?!……至於那位王爺就不同了，他是有錢有勢的王爺，他收購磁砵，只是附庸風雅充殼子，磁砵到他手上，準定藏之高閣，假的也成了真的！」

「照您這麼說，這三千兩銀子就沒問題啦！」兒子喜孜孜的說。

「不要動它。」孟省山說：「我業已打定主意，把它捐給城裡的善堂了！——我得讓天底下好的古董，有些活的用處，要沒有那對磁砵，王爺肯花三千兩捐給善堂?……嘿嘿，只怕他連一毛也不肯拔呢！」

兒子先是楞著，忽然也笑了起來，一剎時，暗暗的屋子裡，迴盪著孟省山父子倆的笑聲……。

邊陲

一

從齊齊哈爾到呼倫這段路，已經把我往日摹想中的邊疆的夢幻擊碎了；當然，若按季節推算，正是遙遠的關內的深秋，霜臨葉落，遍地楓紅，但這裏早已厚積著沒脛的冰雪了。

「霾天一過便是冬，」戴猞猁皮帽的老哈對我說：「西北風從額納河那邊的荒野捲過來，揚沙成霾，那是九月裏的事，九月末，西伯利亞的荒野開始覆雪，再連上一場風訊，冰雪就延覆過來了。」

老哈是呼倫貝爾地方的老獵手，到齊齊哈爾去售皮貨購大桶火藥回程時，和我同車聊聒上的；列車開行時，尖風在積雪的車頂上稜稜的長號著，即使落下了所有的車窗，穿胸透背的奇寒還是使人像埋在冰窖裏，有攀不著一絲暖氣的絕望的感覺。那樣的天氣使我想憑窗眺望興安嶺脈以東的曠野景色都落了空，朝北的車窗早被尖風捲過雪面時掃起的晶狀細雪封住了，變成一面翳網，網眼中補上灰白的遠天和既遼又白的雪地，列車在長春鐵路北段的雪原上，在這片荒冷冰封的世界中鳴著駛著，要越過寬廣的興安嶺脊遠駛到最西北的邊城滿州里去，一路的單調和寒冷剝蝕著我初初的心志和摹想；在這兒，我看不見墨綠如錐舉的原始森林，也很少看見流冰疊疊的河流，看不見迎著凜凜朔風揚鬃長嘶的馬群和在無垠雪原上圍獵的獵手；比較起來，我甚且願意留在齊齊哈爾城的旅館裏享受著別列器旁的和暖的夜晚了。在沉默的車廂裏，我燃上一支煙，用幻想中一具大型別列器的熊熊火焰和齊齊哈爾土產的烈酒來抵禦實際上的寒冷；而我以幻想取得一絲暖氣，卻總被由對面那張臉上所投過來的彷彿略含諷嘲意味的微笑破壞了。

他是一個高大健碩的三十來歲的漢子，猞猁皮翻帶著護耳的帽子和一身厚重的沒經加工硝製的翻毛大襖，並掩不住他滿身粗豪的野氣；那張久歷風塵皺紋既深且直的闊臉上，滿是硬刺刺的鬍渣兒，由於寒冷的關係，使他臉色褐紅中夾一份凝凍的朱青色，顯得又乾燥又沉凝；不知爲什麼，每當他緊蹙的濃眉下那雙奇異的眼那樣投視我時，他總那樣使人難堪的微笑著。我覺得，對於同歷長途的這麼一個陌生者，唯一能打破這種使我難堪的窘境的，只有藉機和他攀談了。

「您是去哪嘿？」

「哦，遠著。」他微揚起臉，帶著不經意的樣子：「車在哪嘿停，我在哪嘿下，然後把火藥桶裝在駝馬背上再走三天雪路，到呼倫池西北的新攤子去。——你呢？年輕人。」

「珠爾干。」我也耐住僵抖，裝成那付不經意的神情說。

「去珠爾干？你是說?!」他在轟隆震耳的車輪滾動聲中大喊著：「活見鬼，你竟在這種寒天到額爾克納右翼旗那種荒冷的鬼地方去？有什麼要緊的事等著你？」

我把雙手團放在嘴邊呵著氣說：「教書。我是應聘去的，奇乾縣長的兄弟和我在關內同學，提起那邊的教育亟待振興，師資奇缺，我就來了！怎麼？你是說珠爾干荒冷嗎？你們這兒，在我看業已荒冷透了，這才交十月，遍野天寒地凍，像關內的隆冬。」

「隆冬還早著呢！隆冬夠你熬的。」他說：「海拉爾朝北，頭場雪後，沒一寸好路給你走！上奇乾去，千里頂得萬里走，遇上大雪，積雪漫過馬肚腹；單憑兩腿，有得拔哩！拔到珠爾干，兩腿怕不是你自己的了。——你貴姓？我說。」

「章，立早章。」我說：「沒請教您？……」

「我姓哈，」老哈說：「呼倫貝爾這一帶吃皮毛飯的同夥，叫我老哈，我祖上是打察哈爾移居來的，好幾代了，卻不是奉回教的。」

有了老哈這樣熱呼呼的人物同車，一聒開頭來，我就無須再用幻想的爐火來取暖了。老哈的皮囊裏帶的有齊齊哈爾產的烈酒，翻毛大襖裏揣著他們在獵攤子上自烘的乾鹿脯，連酒帶肉硬塞過來敬客，我爲了抵禦晚來的嚴寒，儘管有些不好意思，卻也厚著臉受用了一番，當我回敬他從關內帶來的香煙時，他卻興奮得連雙手都抖索起來。

「珠爾干連我也沒去過，」老哈說：「封河後，西伯利亞的賊毛子比狼還狠！我們的獵灘永開不到那邊去；你想想，章先生，追鹿割茸是容易事？連獵熊瞎子也都要豁著命去獵，能白讓賊子攫去的？」

「賊毛子？」我說，不解的噴著煙，煙霧的黯影擴散在我的眉上。

「那邊赤俄的邊境巡邏隊，越境就成了強盜。」老哈說。有一種憤恨和憂愁交織的光閃動在他的眼裏，他搓著手說：「明說是來搜捕逃亡的白俄，實在就是來搶掠的。不單搶，有時還殺人。」

「去珠爾干這一路上，常鬧賊毛子嗎？」我說：「依你看，海拉爾住北去，就不平靖的了？」

「你最好跟大陣的商隊一道兒動身，路上有個照顧。」老哈說：「再說，商隊都帶的有槍枝，多少好一點兒；要不然，我就得勸你在海拉爾過冬了……」

列車在興安嶺山區盤旋著，獵人老哈把盛酒的皮囊子甩在肩膀上，一面用啞啞的粗豪的聲音談著邊地狩獵的事情，一面用那種樣的烈酒去潤他的喉嚨。

「若論開獵灘，沒有比珠爾干那邊再好的地方了！」老哈說：「在伊立嘎，牛爾村那一帶靠近額爾古納河口的地方，各類的獵物多得很！可真是，……伊勒呼里山盡產那些，黑狗熊、大熊，斑鹿和雪豹子；拿額爾古納產的水獺來講罷，也比南邊要多……那麼好的獵灘子，可真是，沒人敢去開。」

「賊毛子果真有那麼厲害?!」我說：「你們獵隊上，不全都有槍嗎？」

「甭把獵戶的槍枝看得重，章先生。」老哈說：「獵戶們忍饑受凍的打熬著，還不都是求一鍋熱飯吃？在興安嶺上開灘子，哪回不拜神，求獵那該獵的，槍口下面儘少亂傷生，獵戶們全都是忠厚善良人，遇上比鬍子狠十倍的毛子，哪還有門兒？」

我真不忍再看他那張汗毛密佈的闊臉，倔強的性格配上純良的心地，使他在講述那種境況時，一時的憤怒敵不過更多沉甸甸的悲哀。在這片高曠荒寒的砂磧地上，獵戶們獵獐兔，而他們身後卻更有人把他們當成獵物，那些野蠻的斯拉夫人，真算是獵「人」了！沒到關外時，我對於東北邊陲土地以及活在那片土地上的人們的生存情境，是非常陌生的；到了關外之後，我開始領悟到樸拙的邊民們所駭懼的，不是風霜雪雨和無比的酷寒，不是極目千里的荒遼，而是在孤絕的無保護的境況中必需久久忍受強鄰肆意的侵凌。

很感謝這次機緣，使我在寂寞的旅途上結識了老哈這樣的朋友，他雖沒去過珠爾干，但他熟悉海拉爾以北各縣各旗的情形。

「要是有人把你們扔在冰窖裏，窖邊上站著一群噬人的老虎，你會覺得怎樣？——沿著額爾古納河一些村莊店鎮，就是那樣，一遇冰河期，成天提心吊膽的愁著賊毛子，邊防軍見不著影兒，地方上有槍也不夠自衛的，嗯，咱們中國，哪一天？哪一天……能強喲？」老哈的聲音也彷彿被他內心泛起的強烈的痛楚和渴盼捏碎了，他的問詢朝向著我，而我的問詢該朝向著誰呢？哪一天？哪一天?!在廣大祖國的胸膛上，有多少這樣渴切的問詢和盼望？在風雨長途上，在矮屋寒燈裏，在悲壯的縴歌和船號之中，在饑餓的眼神，瀕死的呻吟裏，在災荒的田野和流離的路上……這正是我取擇了關外這份艱苦工作的理由，我堅信，當這樣痛苦的問詢變成自覺的力量時，那一天當會到來。

「從關內來的移民，多數都散居在遼吉兩省，」老哈說：「真正到邊地來的很少；呼瑪、佛山那一帶，還有些外地來的淘金戶，珠爾干可不成，就算它遍地金礦，誰敢去採，只有不怕死的麒麟族土人敢在礦上採金。你去教書？教誰呢？難道教那些麒麟人？」

「麒麟人？」我說：「連我也弄不清，麒麟人？你說？」

「伊勒呼里大山裏的土族，很蠻悍的，」老哈說：「論馬術，他們比得過外蒙的馬猴兒（善騎者之俗稱），他們喝完酒，能在雪地裏赤著胳膊，使短刀搏殺黑熊。他們常在秋冬天寒時騎馬出山，到平地來受雇幫傭，遇到事兒就幹，化雪後，再回到山裏。」

「我聽說還有白俄的孩子要入學的。」我說。

「嗯，有的，」老哈說：「不過那些逃出西伯利亞的白俄，大都是很苦的，你會看到一群沒爹沒娘的小傢伙，披著厚重的破麻氈子，白咧咧的眨著眼，沿街討乞，幫人扛煤塊，劈柴火，他們就是願上學，誰替他們繳學錢?!」

我沉默的聽著，聽著老哈的談述；列車在這片荒曠的高原上逆著虎吼的邊風疾駛著，天色逐漸的沉黯下來了。我張著魂靈汲取這一夜，它將是我生命中全新的經歷的開端；興安嶺脈以西這片砂磧高原的面積是夠廣大的，這樣廣大的土地上，一共只散居著卅萬邊民，每方哩平均僅佔一人，而實際上，卅萬人大多數集聚在中國長春鐵路沿線，海拉爾朝北去，更當少見人跡了；很久以前，我心目裏的「荒涼」，只是一個邈遠而空泛的概念性的名詞，充滿浪漫的詩情；很多關內的青年們像我一樣，沉浸於東南一隅的繁華，而不願冒風雪嚴寒和生命之危來經營邊土。列車疾駛著，空隆隆，空隆隆的，彷彿要駛到天荒地老的地方去，每一寸空間都留有我儆醒的慨嘆。

「你決計不留在海拉爾過冬了？」老哈說。

「我希望寒假前能夠趕到珠爾干。」我說：「若能在海拉爾遇著北上的商隊，那當然更好，萬一遇不上，那只好租幾匹駱馬，單獨動身了。」

「那你最好在鐵道北的霍爾巴酒店落宿，」老哈說：「那邊經常有商隊落宿，店主霍爾巴是德籍的猶太人，你只要告訴他你去珠爾干，他會幫你接頭的。……還有，在珠爾干，你最好選購一支獵銃，——商隊通常都歡迎有槍銃的人參加他們。」

二

和齊齊哈爾比較起來，海拉爾是座冷寂的都市，枕伏在海拉爾與伊敏河交叉的手臂上睡著，任白雪掩覆著它的街巷。

「春夏間，這兒的牛羊市場滿盛的，五六月裏，蒙旗各地方到西南甘珠寺來禮佛，省城更熱鬧了！」霍爾巴酒店的店主人操著流利的國語說：「我在這兒設店，一年也只有靠那一季生意；冬季裏，連商隊也是很少的，尤其是朝北路走，小股商隊不敢起程，得等著，等到三股五股合起來，結成大隊才行。前一個月裏，在布洛都路衣，有一股商隊被劫了，第三天才被發現，有三輛被焚毀的大轂輪車，兩匹死馬和七具燒得焦黑的屍首……」

「你是意思是——我得住在這兒等商隊？」

「假如你想平安到達珠爾干的話，」那年老的猶太人溫和的望著我說：「那你就最好跟商隊一道兒走！」

被羈留在海拉爾是我所不甘願的事情，我甚且懊悔當初爲什麼不乘車北上漠河，再從漠河轉赴珠爾干，但年老的霍爾巴糾正了我的想法，他說從漠河去珠爾干雖然里程短，但連一條平坦路全沒有，同時，那邊赤俄的巡邏隊越界擾民的事比這邊更多。

成天困守在霍爾巴酒店裏等著大股商隊，等來的卻是另一場更大的風雪。霍爾巴酒店雖說比不得齊齊哈爾的旅館，可在海拉爾，論設備是夠好的了，大風雪來臨時，我是霍爾巴老爹唯一的客人，霍爾巴待客的殷勤使我幾乎忘記了寒冷。

「從關內來的客人，在我這兒算是稀客！」霍爾巴親自在客堂一角的別列器裏添煤，跟我說：「我正像你此刻等待商隊的心情一樣，渴望著你這樣的遠客。」

「為什麼呢？老爹。」

他在一張古舊的皮面搖椅上坐下來，躬著腰，使黏有煤屑的手在他腰間的皮裙上搓弄著，凝望著我的臉，半晌才吐話說：「為什麼嗎？說起來話可就長了，我是從關內來的，我的老家在……青島。」

「老家？」我自語著，不知為什麼，一個年老的德籍的猶太人，會把青島說成他的老家?!但霍爾巴老爹正費力的解釋著我方興的疑問，他的語調是蒼老而悲悽的。

「我是在中國青島長大的，」老霍爾巴說：「在那兒，我的童年像如今我躺在這把搖椅上一樣，溫暖而安樂，但我的父親常為我講述他半生流浪的事情；後半輩子他取得了德國公民的資格，才算把他的流浪生活結束了，但那一紙證明，絕不能使一個沒有祖國的猶太人變成一個德國人的，所以自幼，我就把猶太國放在我的夢裏。等我在中國過了半輩子，娶妻生子了，我才覺得中國才是我深愛著的國度……當別的猶太人爭著冒認是德國人的時候，我卻承認我先天是猶太人，後天卻是一個中國人。」

「德國人在中國是有特權的，尤其在清末，」我說：「你為何要那樣想呢？」

「我那樣想是很自然的，」老霍爾巴說：「那樣想，一點兒也不欺騙我自己。德國租界在青島設立了，德籍的猶太人藉著特權，紛紛發了大財了，但當我在那兒發現中國所受的苛刻的待遇時，我不禁重憶起我父親當年所愛的……我自承是中國人，很使那些德籍猶太人起反感，我們之間起了很大的爭執。……我不願再在那兒居留下去，我看著很多移民過境到東北來，自己也成了移民當中的一個，這並不是說我喜歡流浪的生活，我覺得，能憑我的雙手，使我獲得最低的自由人的生活，是我最感安慰的事情。」

老霍爾巴確是很老了，爐火的紅光在他微佝的雙肩背後閃跳著，廳堂光亮而溫暖，溢著東北地區特有的煤香味，但爐火的紅光染不紅他滿頭疏疏細細的白髮了，當他用充滿深厚情感的聲音溯述他生存情境時，他淡灰色的眼瞳裏亮著一個久處異地的暮年人內在的悲涼……

「我愛著中國，愛著中國的土地和土地上生活著的人們……我想不久之後，我將像死去的老妻一樣，埋在這塊土地上。」老霍爾巴用沉思的語調說：「我所不能理解的是——爲什麼大多數人寧願擠在內地那一小角空間裏，陶醉於領土的廣大，幅員的遼潤，而不積極到邊地來建設他們自己的土地呢?!」

「你要知道，老爹，」我說：「在我國歷史上，有很多朝代，對於邊疆的經營都是很重視的；像秦代築長城，修馳道，漢代的拓邊，伐匈奴，通西域，明代的鄭和使南洋……但自清代中葉，由於政治上的昏昧無能，使前朝歷代經營都歸白費了；如今北伐完成不久，全國的統一基礎還沒穩定，哪能顧及拓邊?……再說，內地的那些人在滿清統治時久慣苟安，誰願冒風霜?」

老霍爾巴默然嘆息著。

「再說，邊疆也實在太荒涼了，」我說：「拿我來說，初到關外來，發現邊地荒涼得出乎我的預想；列車行經大興安嶺脊，我竟看不見傳說中的原始森林……」

「假如森林貼在你車窗的玻璃上，那還算得森林？」老霍爾巴說：「俄國人應該知道這兒有多豐饒！在南北鄂倫春，滿山遍野的茂草叢中有數不盡的牛羊，沃倫錯夫的南北山林場，全是俄國人在伐取的，那些綿亙幾千里的大森林都藏在皚皚的雪峰後面；單就黑龍江一地的藏金量，就抵過全國各省，你看看爐裏的煤罷，扎賚諾爾的煤還不及撫順煤平山煤的煤質好，已經是歐洲少見的了，含著大量松香紋的香煤，燒起來朝外噴油，除了東北，你走遍世界也是找不到的。這兒荒涼嗎？——這兒只是缺少開發罷了！」

老霍爾巴說的是一針見血的話，這兒的荒涼只是一片廣大土地未經開發的原始面貌，有一天，當更多的人們用血汗來經營時，它就會改變的；但我知道，那一天仍很遙遠。

和老霍爾巴在一道兒談天，使我更堅持到珠爾干去工作是具有重要意義的，哪怕我只教一些麒麟族的孩子，我也會使他們了解這些——經營自己的土地是一個民族強盛的重要因素之一，尤其是邊疆地域。

我困在這場大風雪裏前後總有十多天，直到雪後，才有一批從齊齊哈爾來的商隊落宿在老霍爾巴酒店裏。老霍爾巴把我介紹給那批商隊的領隊人苗爾特，希望他能答允攜帶我一路到珠爾干去。苗爾特開始有些不願意，當我提到老哈時，他就爽快的答應了。

「老哈那傢伙，儘替我們生麻煩，」苗爾特說：「其實跟商隊一淘兒去珠爾干，危險性比單打單還要大些，賊毛子好像專跟商隊過不去。——你有槍罷？」

「我新買了一支德造雙管獵銃。」

「那很好。」苗爾特說：「你等著打獵好了！我料定這回會遇上他們。」

苗爾特所領的商隊大約有四十多人，四輛馬車，九輛牛拉的轂輪車，全張著灰黑的油布篷；老霍爾巴告訴我，這些商隊常從各處來，在海拉爾會合，大隊拉向珠爾干那一帶地方去；他們攜來糧食、火藥，大批的煙草、百貨和各種日用品，沿途批售出去，同時收購當地出產的皮毛、乾魚等等的貨物載運回來；這些小有資本的行商有滿蒙漢族人，有時也有少數日韓人和猶太人混在一起，運輸工具有駝馬、騾車、轂輪車，雪橇、少數的燒煤汽車和駱駝，尤其是在冬季，商隊的來往很頻繁，他們雖能藉此賺得厚利，卻也可能碰到更大的危險。

「但苗爾特是個很穩沉的領隊人，」老霍爾巴說：「我相信他會使你平安抵達珠爾干的。」

「我很希望早點動身。」我說：「我羈留在這兒夠久了。」

「心急是沒有用的，到能走的時刻，苗爾特自然會告訴你。」

而苗爾特的商隊似乎並沒有立即動身的意思，商隊裏那些粗豪的漢子們，成天把腦袋浸在酒桶裏一般的豪飲著，粗大宏亮的鬨笑，幾乎能把霍爾巴酒店的客堂掀翻，當我想到重重艱險的前途時，卻不能不佩服他們那種置生死於度外的勇氣了。苗爾特不同於他們的地方是，他從不喝酒，也不愛參加鬨笑，他具有幾分粗豪但卻沉默冷淡的性格，在他和我談話時，我發覺得出來。

「為什麼你要去珠爾干呢？」

實在說，我有些厭惡苗爾特那雙眼在問話時總是那樣盯視著人，眼裏亮著似乎蔑視又似乎厭煩什麼的神情，至少，我覺得他的口吻不十分禮貌。我皺了皺眉頭，但苗爾特並沒注意到我的不滿，他在和我談話時，一面仍細心擦拭著他那支拆卸開後放列在絨布上的短槍零件。

「作英雄式的冒險嗎？」他又說。

「全不是。」我說：「我只是尋找一份以為有意義的職業。我到珠爾干一所學校去教書。」

「假如我是你，我就寧願留在關內了。」苗爾特說：「如今這兒迫切需要的，在我看並非是教員，卻該是統率大軍的將軍。——我們沒有保衛，你知道嗎？書本上的和平忍讓都是空的，對賊毛子來講，你越讓他們越兇，書本能給我們什麼？」

「也許能給邊民們喚醒，」我說：「這只是我決心出關前所持有的、概念性的想法。」

「我們還用等誰來喚醒嗎？」苗爾特喊說：「我們早就在醒著，只有關內的人才在做夢。我說，你最好先喚醒你自己罷，……血會把你的眼睛洗亮的！我們醒得太久了，也醒得厭煩了，外國人打仗打到我們地面上來，你該聽過奉天城大火的故事？日俄軍把南北滿當球踏，我們怎麼樣？所以我說，在東北，多你這麼年輕熱情的小傻子是沒有用的，你何必來頂賊毛子的槍彈?!」

苗爾特那樣憤怒的說著，一陣憤怒過去，他眼裏的火光也跟著黯淡下去了；我深知這不是對我而發的，我自信我已初初了解到邊民們內心煎熬的苦痛，哪一天？哪一天?!……他們內心渴望著祖國強盛的呼聲更加響亮。

果然，苗爾特垂下頭，長吁了一口氣說：「不瞞你說，我早幾年也是在齊齊哈爾教書，我兄弟才是領商隊的，他……在前年被賊毛子殺……了……我這才丟開書本掄起槍，領著這一幫商隊，在布拉和舒瓦爾之間，我殺過賊毛子。剛剛我不是沖著你發火，實在是，我不忍眼看你……嗨，你日後會發現，你來珠爾干是沒有好處的。」

「我不想多談我自己，」我說：「我只是想問問你，我們何時才能動身？」

「快了！」苗爾特說：「我們再等幾天，到另兩股商隊來到之後，我們就動身了。」

三

經過一天雪地行程，已經把海拉爾城拋在後面很遠了。積雪的面上結了一層不甚厚的冰殼，車輪輾過時常發出爽脆的碎裂聲，雪後北行的第一批商隊，幾乎分不出道路來，如果不是沿路有一些稀疏的白樺標立著，極易使車輛陷進雪溝子裏去；苗爾特的騾車駛在商隊的最前面，他親自坐在車轅上吆喝著牲口，兩隻壯碩如狼的獵犬在走騾的前面領著路，不時回頭長吠著，吠聲波傳到極遠地方去，要隔很久，風裏才捲回牠們空洞的迴聲。

老霍爾巴說的不錯，苗爾特確是個很穩沉的領隊人，對於我這樣一個累贅的客人，他都有過一番仔細的安排，苗爾特在他的篷車後面安置了我的宿處，雖說只是在火藥桶上舖上幾層厚厚的毛皮，已足夠使我溫暖的了，另外，他還爲我準備了溫熱的茶和一皮囊烈酒，一些果腹的乾糧，懸掛在車內的篷架上，告訴我需要什麼時，隨時可以叫喚他。

而我實在不需要什麼，苗爾特這樣熱心待客，很使我感激；篷車的車尾垂著以皮毛縫綴成的篷門，前面也有皮毛綴成的隔簾擋住車轅那邊吹來的寒風；我獨坐在暖和的皮毛上，看不見什麼，只能從被風扯動的篷門空隙間，看見路旁載雪的樺樹朝後閃移著，以及後面篷車旋動的輪子，騾馬奔行時抖動的脊毛上不時游過的鞭影。

在雪面上行車很平坦，毫無顛簸之苦，車輪滾行中，偶有冰殼下陷的情形，但總陷不住車輪；只有風在沒遮攔的野地上肆虐，弄出許多尖銳的嘯聲。

「苗爾特先生！」我說。

「你要什麼？」隔著毛茸茸的簾子，傳來他的聲音。

「我要跟你聊聊天。」我說：「你把我安排在車尾大半天了，又黑又悶，我簡直變成瞎子了。」

「爬過前面來喝喝寒風罷，只要你願意。——噢，勒，勒……」苗爾特一面趕著車，一面回臉圈起手說：「甭忘記圍上皮毛氈子，戴上毛手套，風比刀子還尖。」

我一掀開簾幕，寒風就逼咽了我的呼吸，鼻孔酸刺刺的發疼，想說話竟張不開嘴來了。雪地依著山勢朝西面鋪開，東面的大興安嶺脈上的雪峰，似乎把半邊天全映白了；曠野在車前展開，灰雲捲連著雪野，密契在極目難盡的地方，使人分不出哪兒是天哪兒是地？騾車就彷彿能直奔進雲裏去一樣。北裏一偏東，隱現出條斜延的嶺脊，把雲天和雪地切開，在山腹，我首次見到那樣密集的林幹，泛著顯眼的褐紅色，西邊的灰雲也許因雲後隱著看不見的夕陽的關係，灰白中略現一綹彤紅，兩端全被寒風掃得凍結了似的，現出凝結的深青紫色，而整片雪野中，我看不見一條閃光的冰結的河流。

「不要看得太久，」苗爾特說：「尤其在太陽光下，不要這樣看著雪光。」

「天到多晚了？」我說。

「快落黑了。」苗爾特說，一陣風把他的聲音猛然捲走，聽在耳裏，彷彿那聲音是在身後很遠的地方。

「我們還沒有傍得著額爾古納河？」

「後天在舒瓦爾，你會看見它的！明天晌午過根河，你會看見幾條河；今夜我們得越過沃邦山口，歇在希拉鎮上。」苗爾特捺捺他的皮帽子，炸動鞭梢說：「我們這一天趕了百多里，夠快的了。」

「倒霉的風，」我背轉臉詛咒說：「吹得我張不開嘴了！我想，要是沒有風，我們會早到珠爾干的。」

「嘿嘿，你可外行透了！」苗爾特縮著頸子，像隻大猩猩似的：「事實上，商隊出發，就靠雪後的尖風幫大忙，霜前冷，雪後寒，這句俗話你總該聽過的罷？——冷風和酷寒使雪面冰結住才好行車，若等天轉暖，雪面的冰殼鬆脆了，你能扛著車涉雪走到珠爾干去?!」

即使苗爾特說得對，冒著這樣刺骨的寒風趕長途，確不是人能熬得了的，我周身幾乎裹在三層厚實的皮毛裏，爬到車轅來坐不到一會兒，渾身都像被風刺透，寒冷到令人絕望的程度了；我奇怪苗爾特那樣的中年人，爲什麼能整天在風裏趕著車而不倒下來?!難道常年生活在邊地的人都比我具有特異的禦寒的抗力？

有好一陣功夫，我沒再開口；我不願因說話太多耗去體內的熱力，同時努力克制住呼吸，希望增加胸腔的溫度，使我不要在苗爾特面前抖索得像一具線牽的木偶；而我的努力是白費了，愈當我集中力量使全身肌肉緊張時，我愈抖索得厲害，使苗爾特又以那種難堪的眼光打量起我來。

「進裏面去罷，我想你喝風喝得夠了！」他說。

我搖搖頭，努力迸出個「不」字，因爲我實在不願意被人像看待孩子一樣照護著。

「我說，苗爾特先生，你爲什麼這樣耐得寒呢？」

「我跟你一樣的冷。」苗爾特平靜的說：「我也總想著暖屋、熱炕和爐火；但那是不實際的——我仍得坐在風裏。我可以告訴你，最好的禦寒的方法，就是儘量放鬆你全身的肌肉，把冷風看成爐火。當然，我控韁也是一種最好的運動，比你空坐在那兒好些。……一個在貝加爾湖最大風雪中逃生的老白俄，曾經告訴過我，天氣極寒時，裹在重裘裏的乘客凍死完了，控韁的車夫還會活著，他就是當時的車夫之一，他當時是白俄將軍厄加多瑪托夫篷車隊的領隊車夫。」

苗爾特用貝加爾湖大風雪的故事作爲爐火，把我在極度寒冷中烤暖，那不是故事，那是白俄數十萬大軍從歐洲地域東撤到海參威途中所發生的自然的慘劇，當他們從冰面上橫渡貝加爾湖時，遇到歷史上罕見的大風雪，零下廿八度的酷寒使汽油全行凍結，風雪和漫漫的長夜嚴酷的剝蝕著他們的生命，風雪之後，活到海參威的不足千人，其餘的全被冰雪覆蓋，沉入貝加爾湖的湖底。

「那是天意嗎？」

苗爾特悲哀的搖著頭：「假如那是天意，我要說，老天對白俄是不公平的，至少，他們比赤俄的那些窮兇極惡的賊毛子要好得多，天要真有眼，該罰他們！」

天漸漸的暗下來，在遍野雪光映照下，並非是黑，乃是轉成較黯的淒迷的銀灰色，天上地下密合著，更顯得雪野無垠。

「我來控韁罷，苗爾特先生。」我說：「你該到車尾去歇會兒了。」

「該去歇一會兒的不是苗爾特。——前面就是沃邦山口了，峽谷裏的風夠你受的。」

我們趁夜通過沃邦山口，風幾乎要把峽谷兩面山崖削落般的銳吼著，呼——嗚，呼——嗚的打著迴旋，我縮在車尾飲著烈酒，車頂的篷布不時猛擊在我的帽子上，誇張著車外的風勢。當然，這裏的嚴寒比不得苗爾特談述中的北極地區的酷寒，可在我的感覺中，已到達一個人難以忍受的極限的邊緣了；我在重裘中儘量利用苗爾特所教的方法，企圖放鬆全身的肌肉，但仍禁不住產生抖索，而苗爾特和那些坐在尖風中控韁的漢子們，卻仍用平穩沉宏的聲音吆喝著牲口，這不得不使我驚嘆了。

一直到商隊在希拉鎮上落宿時，在熾燃的爐火邊，苗爾特才對我闡明他的見解。

「人總是到什麼時刻說什麼話，不是嗎？在北極冰天裏生活的愛斯基摩人，聽說在嬰兒初生的時候，總要鑿開冰層，把嬰兒放在冰寒的水裏浸上一剎，如果那嬰兒禁得住那般的寒冷，便留下來養育他，否則，嬰孩當時便會死去了……在遼東半島近海處的漁夫們，當嚴冬時刻，還裸身在冰寒的海水裏捕魚，飲摻砒霜的烈酒，……我說，人生活在冰天雪地裏，必得要忍受這些，劈破這些才能生存下去，日子久了，不習慣也習慣了，」苗爾特緩緩的說著，火光躍動在他滿是風霜的臉上：「你覺得這兒寒冷不堪罷？可是賊毛子還覺得這兒暖和呢！我們若都耐不得苦，像關內的人那樣；那麼不久，這兒就將是賊毛子的安樂窩了！」

「你去過關內嗎？」

苗爾特點點頭，托起下顎，那樣深深的沉思著。幾個蒙古人在唱著什麼。

「但我仍然回到了齊齊哈爾城；我不願因爲受了一點教育，就改變我的生活方式，我離不開冰雪。」苗爾特說：「不跟這些粗獷的人群混在一起，我簡直沒法子生活，這兒的土地是我們的，我們就得在這兒活下去，不管它使人刻苦到怎樣一種程度。」

幾個蒙古人還在那邊唱著一支聽不懂的曲子，充滿荒曠悲涼的意味。火盆裏的炭塊在迸射著。

「我們該安歇了罷？」我說。

「我們該擦槍了！」苗爾特說：「從舒爾瓦到額爾古納，商隊緊挨著額爾古納河的河岸走，隔河的賊毛子隨時望得見商隊的車陣，不定在什麼時刻，他們會一陣煙似的從冰面上掃過來，——那可跟天寒地凍大不相同。」

我心裏不由緊了一陣；在我多年平靜的生活背景當中，很少經歷過這樣的事，要以我初初購來的獵槍去抗賊毛子，在概念上我是承受了的，但總含有些幻想的成份；可是，當穩沉的苗爾特這樣正經的告誡我時，使我覺得也許在明天，或者後天，真的會碰上賊毛子，大戰一場。那真是不可思議的，因它遠遠的越出了我摹想中的冒險的範圍了。

「怕嗎？」苗爾特又以那種咄咄逼人的眼光凝視著我，同時隱含著笑意說。

「有一點。」我說：「因爲我從沒經歷過。在我的生活裏，我連兵燹也很少經歷過。一個人對於初初面臨的事物，總難很快適應的。不是嗎？——這是一種可能遭遇到的事實，不像我由古小說所記述的南征北伐裏所描摹的夢想。」

「我適才已經說過，人生必得要克服某些突臨的事、無論是孤寂、寒冷或是賊毛子，我們必得克服它才能活下去。我相信你不會被某種初臨的經歷嚇倒的。」苗爾特說，在火光映照中，他臉上閃熠著深沉難解的智慧，一點兒也不像一個商隊的領隊人，倒像是一個哲士：「和平是相對的事，當一方破壞它時，另一方只在奮起保衛，這是很合理，很單純的；那就是說，賊毛子怎樣來，我們怎樣去，我們是經商，可不是送貨！」

「是的。」我說：「我懂得這種道理。」

「那就得了！」苗爾特笑起來，伸手拍拍我的肩膀：「你把它當成一次行獵，就沒什麼好怕的了。再不然，你把它當做控轡也成——用這種新的運動禦寒也是好的。而我不同，我是跟仇人拚命；我那兄弟，曾被他們用馬力斯快槍掃射，屍首上遍是彈孔；我忘記不了的。」

直到最後，苗爾特仍把笑容凍在臉上，而他的笑聲走過火光，滲入一份奇異的淒慘。

夜深了，僅僅有一隻寒雞，在看不見的地方孤單單的啼喚著……

四

我們是在布洛都路衣之南和賊毛子遇上的。

商隊平安的通過舒瓦爾之後，我原以爲沒事了，近午時分，天氣雖不晴和，風卻不像前夜那樣尖寒；我橫著獵槍坐在車轅一側，和苗爾特談著珠爾干的事情。

「實在說，奇乾是個好地方，在畢拉爾河口那一帶，沙金照亮人眼；大興安嶺北梢，那些金礦，直是開不完的。」苗爾特瞇著眼，用一種讚嘆的聲音說：「畢拉爾河是條奇怪的河，也許因爲水甜，成了額爾古納河中段的最大的魚場，那兒的青鱗和銀梭肥透了，捕魚人根本用不著撒網……」

「不撒網如何能捕著魚呢?!」我說。

「到那兒你就會看到他們如何捕魚了！」苗爾特說：「如今正是他們捕魚的時候。」

額爾古納河就在我們的眼望之中，車隊出了舒瓦爾，道路就靠近河岸向北方伸展，也順著河身曲折的蜿蜒著；額爾古納，這條匯呼倫貝爾各川的大河，正是黑龍江上游的正源，在省界邊沿劃出中俄天然的國界，河身遼闊，冰面閃光，把荒莽的西伯利亞隔在那邊。我招起手眺望過去，一些沉遲的卷雲橫壓在河那邊的荒野上，兩岸有很多密扎的蘆葦，斷折在雪層下面，使沿河的雪面呈起伏的波形；更有一些水沖的地裂子橫插進河岸，泓脊間排列著一些白樺和赤樺的裸幹。

「我忘記告訴你，到了珠爾干之後，我得為你介紹一位朋友。」苗爾特說：「也許我的介紹是多餘的，因為在珠爾干，沒有人不認識貝祿堂的，我每回到珠爾干，都落宿在他的酒舖裏。」

「貝祿堂？」我說：「他跟老霍爾巴一樣，是一家酒舖的主人囉?!」

「他是一個難得的朋友。」苗爾特說：「一個由山東半島來的老移民，我們全管他叫貝老爹。——他有一種極大的魔力，使你接近他。我想，從他那裏，你將能更深一層的了解這塊土地。」

苗爾特和我這樣聊天時，我們正在布洛都路衣之南，傳說中另一小股商隊被劫殺的地方。在車前，展開一些像兀鷹蹲立般的險惡的丘陵，土黃帶褐的齒形崖壁像一把把生鏽的巨斧，斬碎了坦平的雪面，縱橫的溝泓竄走在丘陵的間隙當中，一些密札的赤松、櫸木和樺木在陵背上構成遮擋，在一些不見積雪的背風窪處，風搖著大把的老蘆的白髮，響起噫嘆般的無盡的蕭蕭。

「這兒是出名的八道溝子險地，」苗爾特用鞭梢指點著說：「商隊上，有不少人在這兒丟命。在邊地，即使再莽悍的鬍子們，也有個不成文的規矩——不打劫商隊，因爲在這些個地方，假如沒有商隊往來，結果是不堪想像的，也只有賊毛子這種不通人性的野畜牲，不管邊民們怎樣盼長了頸子盼商隊，他們照樣搶劫！」

「只怪我們的國勢不強，」我沉痛的說：「所以才有這些如狼似虎的強鄰欺逼我們……」

「啊，倒不是國勢強弱的問題，」苗爾特打斷我的話說：「我另有一種可能是怪僻點兒的看法，我覺得這是人與人之間相處的態度問題，假如我們的邊民，我們的政府，不以一種人道的寬容與和平的態度對待四鄰，那麼，即使國勢強了，也同樣令人難以心安。赤俄鬧革命，大肆渲染它十月革命如何如何，實質上，他們殺戮白俄，搶掠四鄰，基本態度就顯示了他們暴力兇殘的一面，……我們如果日後強了，對不丹、尼泊爾、韓越等小國，也同樣拿出威臨的架勢來，那樣並非是我們希望的。人，只有在保衛時才能有自發的勇敢……」

但苗爾特無法再繼續談論下去，車隊轉過一座丘陵時，險惡的人爲的風暴在突然之中向我們捲襲而來。賊毛子的大群馬隊從一道斜斜橫走的溝泓中像托昇一般的躍起，使人心驚膽裂的馬蹄聲，怒鼓般的敲響了冰結的雪面，朝車隊中間的空隙處捲撲過來。

我被這突來的襲擊驚愕了，我只是木然的坐在車轅上，竟忘記自己手裏橫有一支獵槍；我的兩眼一眨不眨的攝取著那種使人驚怵的景象。在白雪的背景襯映之下，賊毛子的馬群是多種急滾著的顏色，赤褐、青棕、土黃、深栗、花斑和漆黑……馬背上的賊毛子們穿著兩面毛的大氅，活像一群臃腫的黑熊，那是一種極大膽的騎兵奔襲，對方顯然想趁商隊不備之際，先把商隊的車輛剮成數段，更利用騎兵奔襲的威勢，逼使商隊繳槍，然後好任性洗劫。

馬群從斜刺裏直撞過來，馬蹄揚迸著碎雪，在我一刹幻覺中，彷彿那不但是賊毛子的馬隊，而是咄咄逼人的死亡的鬼魅；他們在馬嘶聲裏咧著原始的野性的喉嚨，發出一串非人的殺喊，揚著鈍重的馬刀，橫舉著馬力斯快槍，拚命的踢著馬，喊聲中挾帶著得意的嚎笑。但他們並沒能隨心所欲的攫奪車輛，車上的槍響了。

我被第一響槍聲驚醒時，苗爾特已經像瘋了般的鞭著馬，使那兩匹騾馬在道路上疾奔著，他一面鞭打牲口，使騾車隊騰雲似的疾奔，一面以單手理槍，挾在脅下施放；槍聲碰著冰丘，震耳的波傳著。

「幫我學著控轡罷，」他把轡繩擲在我手上：「這一火，惡了！」

商隊的抵抗非常猛烈，所有的車輛上都噴發出朵朵槍煙，呼嘯著的彈雨潑進奔馳的馬群中去，使直撲而來的馬群大部份都改了方向，從車隊一側的雪野上斜竄向前面去，極少數的馬匹衝過車隊間的空隙，竄至道路西邊，有幾匹馬中彈匍倒，另幾匹馬拖著空轡。

苗爾特挺身站在車轅上，槍口移動著，捕捉著落後的騎者，每一響槍都有人應聲落馬。但這並不能遏止住賊毛子的兇燄，前竄的馬群一抖轡，在雪地上打一個盤旋，仍然兜了回來。一排子彈射在車篷上，使人耳目暈眩。一個控著轡的蒙古人從車轅上中槍滾跌下去，那輛車脫離了道路，沒人控的牲口曳著車單獨飛奔，直撞進東面的溝泓。中槍的蒙古人在道路上朝前爬著，旋即被後來的疾滾的車輛輾倒，發出慘極的長呼。

這一次，車隊被從中腰剷斷了。

但被剷斷了的車隊仍然揮鞭急駛著……我很快就發覺苗爾特所率的車隊顯然是經過陣仗的，在八道溝子這種險窄的地形中，只要車隊不停的揮鞭疾駛，賊毛子一時還劫不著財貨，賊毛子爲了想截住車隊，必得先截住爲首的車輛，這一來，有十多匹馬從東西兩面，沒命的追趕著我們，尖嘯的彈流，就在我耳邊擦響著。

「快鞭馬，頭道橫溝到了！」苗爾特說。

他轉身朝後，把快槍擔在車篷頂架上，游動瞄準著東西兩面的追騎。一共有七輛車緊啣著我們飛駛。我用微僵的沁汗的雙手緊握著韁繩，狹道在眼前昇起，像一匹瘦狗的背脊，兩面是深陡的溝泓，而苗爾特所說的頭道橫溝就在前面，我明知追騎逼近，也無暇後顧了。

子彈簌簌的流響著……

忽然間，逐漸逼近的追騎勒住了，因爲那些馬匹躍不過前面橫阻的溝泓，被逼得斜奔過來，企圖超在車隊前面越過道路上的那道石橋。幾匹馬幾乎在車旁丈許遠的地方擦過去，苗爾特放倒他們兩個，更丟下槍，撿起長鞭，使鞭梢飛纏住一個策馬的賊毛子的脖頸，硬把他拖下馬來，長橋飛也似的摔落在車後去了。

槍聲和蹄聲在這一剎似乎落後很遠，不旋踵間，仍然逼了上來。

「留神控韁，二道溝子就在前面。」

現在，七輛車又被賊毛子截斷了，野蠻的赤俄馬兵和商隊混亂的捲在一起混戰著，一些馬匹緊捱著篷車，揮刀砍劈著篷頂，商隊一面放車飛馳，一面倒掄著槍，使槍托猛擊著欲攀上車來的人。有四匹馬像疾風般的追過來，長橋就橫在眼前了，苗爾特突然從我手上一把攫去韁繩，馬匹和篷車這一次是同時搶上了橋面，靠我這一邊，兩個策馬的賊毛子飛搖著他們的長刀，我看得出他們皮帽下的臉上含著一臉的獰笑。

我舉起獵槍；即使我初初經歷這種慘烈可怖的情境，在半昏迷中仍不忘作最後的保衛，雪亮的刀光能射盲我的眼；在我的眼裏，灰白色的世界似乎縮小了，只繫在那把搖動的長刀上，就那樣，我手裏的獵槍響了，前面的一個賊毛子落了馬，而後一個揮動的長刀已快落在我的肩上，沒有時間讓我移動槍口，去撥開劈來的馬刀，這時候，苗爾特用奇異的手法一抖韁繩，車輪像著了魔道般的斜逼過去，我朝後大仰著身子，扒跌在苗爾特的肩上，刀鋒劃過，使我大襖的袖子被割裂了。車輪一直斜逼過去，使那匹馱著人的奔馬失蹄，一直翻落到溝泓下面去；苗爾特又一收韁，把東面那兩騎馬裏的一騎逼落下橋底，最後一騎馬搶不過車輛，一眨眼功夫就又落到後面去了。

血在我臂上朝下流著……

「不要緊，你得挺住，」苗爾特說：「適才若不是在橋上，賊毛子那一刀劈下來，你早完了。」

我只在軟弱中仰望著他的臉，投給他感恩的眼神；我從沒想到自己處身在這種生死攸關的情況當中，會變得這樣愚騃，若沒有苗爾特的適時救助，我早該被馬刀劈落在車後的那座橋上了。……我這才忍住疼痛，攀著篷頂回望過去，在身後的雪路上面，車隊被截成好幾段，拖有幾里路長，硝煙在篷頂上空瀰漫著，遠處的一些篷車已被賊毛子的馬隊困住，人和馬和車輛，都只是一點兒極小的黑影；在較近的地方，有三輛篷車仍在奔馳，少數的馬群仍在尾追不捨，好像不將商隊全數截住不甘休的樣子。

「我們脫險了。」我微弱的自語。

但苗爾特並沒想著這個，他勒住牲口，裝填他的子彈，他的面容沉沉的凝結著，冰寒而冷酷，他沒有說什麼，逕自轉回身去，理平槍口瞄射著追騎。

幾輛脫險的篷車都停下來，由於距離較遠，使商隊上的人有時間瞄準發射，以營救後續的車輛，這樣一來，原先的混戰就演變成壁壘分明的槍戰了，後繼的車輛有兩批，都先後冒著彈雨闖出那片險地。

賊毛子也許是認定無法全行劫奪，停住馬不再尾追，幾十支馬力斯快槍朝這邊猛射著，而使他們任情的洗劫那邊被截留的車輛。相持了一頓飯功夫，我們全看見賊毛子在遠處縱火焚燒被劫的車輛，火光是看不分明的，只看見大陣捲連入雲層的黑煙。

「我們損失了五輛車，」苗爾特說：「五輛車……還有……十多個兄弟……」他正在說話時，渾身突然震動一下，使他扔掉槍，緩緩的跪倒下去，——一粒子彈流貫過他右邊的胸脯。

「十多個……兄弟……」他仍然那樣掛念的說著，血沫子從他嘴角湧出來，十多個兄弟，他可沒算上他自己。老霍爾巴說的不錯，——他是個極好的商隊領隊人。

五

誰想到我竟會在那樣悲慘的情境中到達珠爾干?!

苗爾特死了，在他中彈後不久，還沒到室韋縣城就死了，臨死前只交代我一句話，要我把他的遺體運到珠爾干，交給貝祿堂老爹收殮。

劫後的商隊在難堪的沉默中踩著冰雪趕路，經過八天的行程，才到達珠爾干城。這八天的日子，對於我這一生而言，簡直是一場噩夢。我必得那樣面對著寒風，整天坐在車轅上趕車，必得憑自己的雙手學著控韁，不致使篷車滑離道路翻倒進溝泓；必得照料牲口像苗爾特生前那樣；必得撫著凍裂的手腳，在爐火邊想著布洛都路衣那一場惡戰，甚至在夜夢中仍夢見雪野上滾動的馬群。野蠻的殺喊，震耳的槍音，滾滾捲騰的焚車的黑煙，幾乎搖閃在我眉上的刀光，……我的臂傷原不嚴重，假如能適時獲得妥善的醫療，很快就可復元的；但在那樣險阻的長途上，荒寒的地域間，一時覓不著妥善的醫治，加上天氣嚴寒更使傷口惡化，發膿潰裂。在布洛都路衣那一戰中，商隊裏添了七八個受傷的，一路都在呻吟著；比較起他們來，我的痛苦該算是最輕的了。

即使如此，我卻不得不緬懷起關內來，我憶起古代形容邊塞的詩，這真是「山川蕭極邊土，胡騎憑陵雜風雨」的情境，我爲何投身到這樣邊遠的地方，身受如此的煎熬?!……也許思想很深沉的苗爾特能告訴我一些什麼，但他已經死了。活在砂礫的海、白雪的海上的靈魂，我依稀能聽得他臨死時悲慟的吶喊，在很遠很遠地方的灰白的卷雲裏面。那也許不是長年生活在關內的人們能夠理解的，一個拋去教鞭改領商隊的漢子，奮戰時威猛得像個原始的蠻人，沉思緩語時卻又像個深沉的哲士，他能夠選取這樣的生和這樣的死，我爲什麼不能呢?……但我終不及苗爾特那樣放得開，不屈於面臨的真實；當我鞭著騾馬，拖著苗爾特的屍首趕路時，我心裏灌滿了對關內生活的惦念和沉沉甸甸的無名的悲哀……

第八天的傍晚，車隊在慘淡的黯色光景中放進了珠爾干。也許是心情的關係，珠爾干在我的眼中顯得非常冷寂，市街的低矮的房舍壓著積雪，所有的店舖都緊閉著窗門，只有很少從窗隙中透出的小燈的黃光，交射在街心。

「在正街的貝祿堂酒舖停車，章先生。」後一輛車上關照我說：「前面有燈火的地方就是了。」

騾馬望著前面的燈火，彷彿知道那兒就是停歇的地方，撒歡似的鳴叫著。貝祿堂酒舖，是的，我記得苗爾特死前和我談及過，而久歷長途的騾馬是認識牠們曾經歇宿的店舖的，如今是牲口健在，主人卻早亡故了，我真怕下一剎，當我對那酒舖的老掌櫃說出苗爾特的死訊時，對方那種悲痛的心情。——我想得到那種心情。

車隊離開酒舖老遠，酒舖裏竄出來的兩條巨犬就跟商隊上的狗群互吠起來了，我看出那家酒舖建在街邊的高陵子上面，在珠爾干市街上，比一般的建築要高大寬宏得多，正面的房舍是以灰褐的條石作基，四周也疊成堅實的石角，牆壁係由粗糙笨實的連皮巨木橫列成的，全以角釘緊鎖著，門前伸出一條很寬的平頂長廊，廊下的木柱上，吊著兩盞明亮的樸燈。

「海拉爾的商隊來了！老爺爺！真的——是苗爾特叔叔領的那股商隊，我認出他的灰斑騾馬，老爺爺！」一個穿著黑羊毛翻毛大襖的人影從店門裏面，挑起厚重的簾子走出來，站在廊前的木柱邊，若不是她開口說話，我並看不出她是個女孩子。

我在廊路之間的雪地上勒停了篷車，她跑出來，朝車隊搖著手，商隊中的苗爾特畜養的兩隻狗彷彿跟她很熟悉，撲向她，嗅著她的衣襬。

由於她站立的地方在廊燈之前，她又背向著燈，從廊外市街上空落下的天光，已映不清她的面貌，只為她勾描出一圈朦朧的輪廓，但我從朦朧中看得見她朝我笑著，顯然她把我當成苗爾特了。

我正插起鞭子，準備跳下車來、詢問貝祿堂老爹在哪嘿？忽然覺得車身猛然一震，有一個人從高處跳落在我身後的車轅上！緊跟著，一隻有力的大手按住了我的肩膀，一個蒼老沉遲的聲音說：「對不住，苗爾特！我恰巧在房頂上剷雪，你來了，我等不及了，走！咱們喝壺熱酒去！改天你下鄉脫貨收貨，我陪你打場獵！」

我不忍回過臉去，卻又不能不回過臉去；我回臉抹掉皮帽，對方怔住了，過半晌，他才從我肩上抽回手，望著我說：「您不是苗爾特?!——您是初來珠爾干？」

「是的，我姓章。」我說：「我是初從關內經齊齊哈爾轉道來了的，在海拉爾，聽說這一路不平靖，才跟著商隊一道兒過來的。」

「啊！這樣的。」他吐著白霧說：「凡是來酒舖的客人，全是好朋友，尤其是關內來的遠客，更是鄉親，請進店堂裏用酒去。」

「在路上，商隊遇了劫，損失不小。」我說。

「大股商隊遇劫？」老人搖著頭，花白的叢髯飄飄的；「這真是一年不如一年了。苗領隊呢？」

我跳下車，使顫抖的雙手拉開篷車後的簾子。

「他臨嚥氣時，交代我，要我把他的遺體運來珠爾干，交在老爹您的手上。」我沉痛的說：「我們在布洛都路衣南邊的八道溝子跟大群賊毛子遇上的，苗爾特先生在那兒中槍，沒到室韋縣城就……死了，他如今躺在這兒！早就凍硬了。」

車隊挨著停妥，很多人跳下車來，攙扶著傷者走向酒舖裏去，苗爾特生前領著的那股從齊齊哈爾來的商賈，在我身後默然的圍立著。那位曾被苗爾特推讚過的貝祿堂老爹，在聽我講了這樣的話之後，身體彷彿在一剎間挫矮了兩寸。他把鐵剷插進雪裏直立著，豁脫掉他的大襖掛在剷柄上，走到車尾來，發瘋般的撕落獸皮風簾，啞聲大喊說：「苗爾特！苗爾特！你聽著我的話！你不該死！你沒有一點兒該死的因由！你只是個安份的商隊裏的人！」他叫完這些，才暴聲的嚎哭起來，一面跺著腳，用盡各種咒毒的字眼痛罵著賊毛子。

我呆站在老人身邊，原想勸慰他幾句的，但他所表現出的粗豪率直的悲傷壓服了我，使我回想起當時的景況，兩眼一陣熱，也成串的滾下淚來。明知哭泣對於死者是毫無用處，如今，苗爾特不再是蠻人也不再是哲士了，他只是一塊血肉僵凝的冰凍，筆直的躺在拱形的車篷中的黑暗裏，身上覆著一堆散亂的皮毛。貝祿堂老爹那樣猛烈的哭著，拖住屍體的雙腿，把苗爾特扛在肩上。

「進來喝酒罷。」他說：「你們這些活著的人！」

我跟著扛著苗爾特屍體的老人踏進酒舖裏去，貝祿堂老爹把苗爾特凍得鐵硬的屍體靠在木牆上，猛然扯開他的領口，抓了一壺熱酒，塞在他的胸脯裏面。

「幫客人們卸牲口，貝貝，」他喊說：「活著的人，你們喝酒罷。」

他又把滿滿一壺熱酒塞在我的手裏。

若沒有布洛都路衣那一場惡火，沒有槍聲、殺喊和苗爾特等人的死亡，我要說，貝祿堂酒舖客堂裏的這份溫暖是難得的。東西兩座大型的別列器裏都生著極旺的煤火，火苗抖抖的朝外噴濺著，室中的暖氣使人在初進屋時渾身發軟，四肢像要溶解在火光和燈色裏面一樣。苗爾特死前曾經享受過與今夜同樣溫暖的夜晚，享受過店主人粗豪的待客的熱情，我敢說，當他和我提及珠爾干的貝祿堂酒舖時，他心裏確曾滿浮著今夜我所眼見的光景……但今夜這些光景，隔著透明的淚光，就像隔著一層透明的冰凍一樣，一點也溫暖不了我了！

苗爾特冰硬的屍體豎靠在牆上，那些飲酒的商賈們端著酒盞走過來，經過死者面前時，把酒盞高舉過頭頂，默默的把熱酒潑在死者的腳前。幾個蒙古人仍然在那邊的桌子上哼唱著，一隻徐緩哀淒的曲子，有一個帽簷壓在眉上的年輕的邊民，用漢語和著。

「克魯倫河像一把胡琴的弓背，

弓背喲……卻不似弓弦……」

而年老的店主似乎仍沒能從極深的刺激中遁脫出來，他拖過一把皮質的圈椅，坐在苗爾特的屍體旁邊，一會兒狂暴的飲著酒，將他盛酒的皮囊倒懸在張開的嘴上，使餘酒從生滿鬍髭的嘴角流溢出來，一會兒卻又把皮囊甩在肩背上，抱著頭，雙手插在帽下，絞扭著他已泛灰白的鬢髮，顯出極爲頹傷的樣子。

「喝罷，苗爾特，」老人佝著腰，囈語般的吐話說：「我跟這兒的人，全都盼著你的商隊，貝貝更時常念著你，誰知你竟是這樣……來了……」

我端著酒，卻沒有心腸喝它；明明在清醒中，卻感覺到被某種氣氛魘禁著。也許木牆中別列器管所散發的熱力在作怪，使苗爾特原本是冰硬僵直的屍體顯得逐漸軟活起來，他的嘴角黏著的黑血不再那樣乾澀，他腦後黏著的冰雪也開始融化了，滴在他染著血餅的襖面上，從我離開齊齊哈爾開始，所遇到的人物，無論是獵人老哈，霍爾巴和苗爾特，哪怕只是一夕邂逅或是短期相處，都留給我一份極深的情誼，我和苗爾特之間，已經不僅是同途的人，而是摯切的朋友，他在長途上對我的關顧和危難時的救助，使我永生難忘。

一個悲劇展現在我的眼前，它像高山的雪崩一樣，在我的思緒中滾轉著，發出震耳的響聲。他說過，他的兄弟是被賊毛子馬力斯快槍射死的，如今他又遭遇到同樣的命運，這命運並非出於天意，而屬人爲的。在苗爾特的家庭中，傾倒了兩支巨柱後的歲月，那種悲慘無望的光景是可以想像的，寡婦絕望的眼和孤兒嗷嗷的啼號，使人不敢再想下去。

「你適才說你是從關內來？年輕人。」老人這才像初看見我呆立在他身邊似的，用那雙紅塗塗的眼斜望著我，粗聲的問說：「你爲什麼要萬里迢迢的跑到珠爾干來？……你不後悔嗎？……你看到苗爾特的慘死了，凡是活在這兒的人，命是啣在狼嘴裏的。」

「我只是受聘來教書。」我說。

「教……書?!」他說：「不錯，你該來珠爾干，自打上回賊毛子洗劫珠爾建村，把那個關內的先生擄走後，這兒的學堂散了有半年多啦！」

「明早我就打算去教育局，」我說：「只是……」

貝祿堂老爹看出我的爲難，便指著苗爾特的屍體說：「我會安排他落葬的事情的，你放心。你的學堂就在街西，額爾古納河的河岸邊，離這兒不遠，到時候，我會著貝貝去找你，參與他的葬禮，往年辦這種事，照例都少不了到學堂裏去請先生幫忙的。」

他這樣平靜的說著話，可見他並沒被悲哀壓倒，使我看出老人性格中倔強的一面。他說完話，又舉起皮酒囊來，嘓嘟嘓嘟的豪飲著。

「我會好好的安葬他，苗爾特，我的朋友，」他一面喝著，一面搖動著酒囊說：「我要把他埋在西邊的土稜上，跟我兒子的墳埋在一道兒；無論晴雨或者落雪天，他們全能望見額爾古納河和河邊的路——通回老家的路。」

「你說你兒子?!老爹。」

「可不是?!」他朝空攤開雙手，帶有三分醉意，像嚎哭般的悽厲的笑著，他眼窩潮濕得很，淚水全聚在深密的鬆弛的皺褶裏面，但他仍然笑著，過半晌，笑聲停歇了，我才看見他臉上籠著一層霜：「我就是那麼個寶貝兒子，魯東那年鬧大瘟，他媽死在野地上，他是我塞在驢囊裏帶到東北來的。長大後，他採金，在東邊礦裏領工，跟一個麒麟族的土女成婚，生了貝貝。……七年前，賊毛子大掠礦區，退走後，有人發現他被綁在木樁上，渾身全叫尖石砸爛……了！他老婆也夠烈性，她是吞生金死掉的，卻把貝貝留給我這孤老頭子。……在珠爾干，這些事多得很，你是聽也聽不完的。」

我嘆息著，只覺得有些空茫。

「聽不完的，」他堅決的說：「更有些流落在這兒的白俄，沒有一個人不帶有一把血淚的，天降魔星鬧赤俄，我們都活在這場噩夢裏，離夢醒的日子還遠著呢！」

這時候，院子裏傳來牲口的歡悅的鳴聲。沉重的門簾兒被挑起來，老店主的孫女兒貝貝抄起一把冰雪搓著手和臉，悄悄的走了進來。她進門後掀開皮斗篷，緩緩的走到苗爾特屍體的面前，白著臉，睜大眼睛，像一隻受驚的鳥，癡癡的凝望著，忽然，她明亮的黑眸子裏湧起了瑩瑩的淚光，她轉過臉，雙手蒙在眼上，抖動著兩肩。

商隊上的人在寬大的客堂裏喝著酒，談論著苗爾特的葬事和推舉新的領隊人；珠爾干並非他們的終站，他們買賣貨物後，仍將回到那風雪長途上去，去忍受寒冷和一切不知道結局的命運……幾個蒙古人仍然在憂鬱的喝著，一個名叫庫衣馬洛的琴手彈著琴，琴聲在夾亂的人聲裏迸開，斷斷續續的，象徵什麼似的奏出一些哀感，流匯入我的幻覺之中……

貝貝仍然在哽咽著，她看來有十七八歲年紀了，生得飽滿健壯，具有充份的野性，但在她那樣輕輕的啜泣時，另一種柔和的光從她的側影上升起，掩蓋住她的野性，使人覺得她有著楚楚的風姿。可當著苗爾特的遺體之前，她一切的美都籠入迷霧般的悲哀。

我扔開酒，掀起門簾兒，走進夜寒裏去，我內心如絲如縷的感觸，只有交付給微茫的雪光……

六

我必須不斷的告誡著我自己，習慣這裏的冰雪和落在人心靈深處的酷寒。學堂裏開課的事在進行著，聽說尙有兩位應聘的教員，被風雪阻擋在海拉爾。

建在額爾古納河邊稜阜上的高等學堂竟荒頹到那種光景，一些用直立的排木連成的木牆被大火焚燒過，到處都是骨稜稜的焦胡的火洞和缺口，校舍也崩塌了一部份，另一些可用的木屋上滿佈著彈痕。老校役——一個出生在珠爾干的土著居民告訴我，去年封河季，賊毛子曾大群出動，越河洗劫珠爾干城、牛爾村和珠爾建村，縣城的邊衛隊和額爾克右翼旗的槍隊，曾在這兒的稜阜上抵死頑抗過，我所見的，正是當時留下的慘烈抵抗的痕跡。

我被安排在木牆邊的一間木舍裏，一個長長的寂寞的冬天爲我預備著。從木舍的窗口，我可以看閃著冰光的額爾古納河寬廣的河面，河岸這邊是一路寬闊的斜坡，疏疏密密的高舉著的樺木和鐵杉下，把斜坡變成一片林野，和對岸一片荒遼的闊野形成極強烈的對照。

苗爾特的葬禮舉行過了，他的新墳在校舍南邊不到半里的地方，入葬那天，天很陰霾，似煙似霧的雲絮能掃著人臉，那樣朝南飄流著，我又一次看見貝老爹頓足搥胸，美麗的貝貝姑娘泣紅了雙眼。而商隊回程了，更大的風霜和嚴寒在路上等著他們。

我有被棄在荒域中的感覺。──若不是貝祿堂老爹那樣熱初的關顧我，我真不知怎樣打發邊塞的長冬了。

天是那樣的寒法兒；沒有汽油助燃，就生不著爐火，沒有別列器的宅舍，根本得不著熱飲熱食，儘管老校役使我所居的木舍裏日夕不斷爐火，每夜入眠時，仍有處身冰窖的感覺。最先我把伙食寄在貝家酒舖裏，而貝老爹堅持著，要我搬到舖中客屋裏去過冬。

「並不是我存心嚇唬你，」他說：「那座學堂裏外，曾死過幾十名邊衛隊和額爾克納右翼旗的槍隊，每逢陰雨，常有人聽到嗚嗚的鬼嚎。」

「我不信那會是真的。」我說。

「爲什麼不真?!──邊民的冤氣，天全該知道！天就該讓咱們任憑赤俄宰割嗎？你還是搬過來罷，我不把你當做客人……甭提租錢，我不是在招徠主顧，在冬季，除了外地的商隊，客房總是空的。」

我不得不重新搬回貝家酒舖來，讓這寂寞的老人用他的熱情來覆蓋著我。漸漸地，我開始愛上了珠爾干這座荒寂的邊地的小城了。貝貝姑娘和酒舖中收容著的幾個白俄的孩子，貝老爹畜養著的狗和馬，都跟我熟悉起來，而貝老爹也總有說不盡的話題。

那樣一個年老的關內來的移民，在三十多年的邊地生活中，有著他斑斑的血淚。他用愴沉的聲音，說過他渤海南岸的老家山，光潔的茅屋頂，敞亮的黃土牆，圓頂的大棗樹和成排的葵花，說過那邊的荒旱兵燹和大瘟疫，以及那一長串災荒年月裏存活的艱難。

「為活命，我不得不試著換地方，一時顧不得依戀兵荒馬亂的老家了。」他說：「那時貝貝的爹大毛兒總是四五歲罷？我記不得了……可憐四五歲的孩子，肚裏沒裝過四兩油，兩腿還不能站直了走路，瘦得全不經看，我只好使汗巾把他捆著，塞他在驢囊裏朝北走……那時說是移民到東北，算是登天堂的囉！」他朝空攤開手說：「人全說東北肥田千里，地廣人稀，只消勞動雙手就活得，我就趕旱來了。」

「您沒走水路？」我說。

老人突然深深的嘆了口氣，把頭垂下去。

坐在爐邊的貝貝說：「爺爺他跟我說過——他全副家當變賣了，也湊不起一張船票錢，他可又捨不得賣他那匹驢子。」

「結果還是把牠賣掉了，」老人說：「我帶著大毛兒，是那樣來到東北的——身上只帶著幾串制錢（**有孔的銅錢**）出了山東境，我賣了驢，買了兩隻籮筐跟一條扁擔，一頭挑著大毛兒，一頭壓著土塊，我打鄉野過，收買些新鮮的蔬菜到城裏賣掉，又打城市裏扯了些布疋賣到鄉下去；逢著農忙季，我就歇下擔兒幫人打短工，吃他的，住他的！末了還結算一筆工資走。這樣走了八個月，才到了奉天城。」

「我說，老爹，我聽說關內來的移民，大都散居在松遼平原上，您爲什麼要獨自跑到這樣邊遠的地方來呢？」

「我嗎？——我天生就是這種怪脾性！」老人說：「我從不願跟人爭短長，移民來的多了，插標子佔地，有了一處草甸子，還待搶佔另一處草甸子，人心就有那麼貪法兒……那時我沿路積賺七十來塊龍洋，我拍著大毛兒說：『兒，咱們朝北走，多見石頭少見人，哪天走到荒野無人的地方，就住在那兒好了。』……就這樣，在這兒定居下來。」

在大雪紛飛的夜晚，貝祿堂老爹常以野味和烈酒來待客，我們圍坐在大型別列器的火旁談著許多事情，他說起他如何熱愛著珠爾干這一帶的淳樸的邊民和這塊土地，說起伊勒呼里山的各種獵物和狩獵；額爾古納封河季和開河季的漁撈，山裏金礦區的採金人的生活情狀……儘管屋外的無比豐實的世界是那樣吸引著我，但嚴酷的寒冷使我終天縮伏在酒舖裏，連逛逛珠爾干市街的心情全沒有了。貝祿堂老爹一無所隱的對我攤掠著他的靈魂，而我始終侷處在一種悲涼的噩夢的魔境裏拔脫不出來。

賊毛子！賊毛子！如果沒有這樣驚恐的名字壓在人心上，活在這塊土地的人該是充滿歡樂了。貝老爹常稱呼他兒子的乳名，在他心裏，也許始終覺得他的孩子仍然沒有長大，仍然是記憶裏的樣子——捱過荒旱，受過饑饉，失去母親的那麼個病弱的孩童，但我只在苗爾特安葬那天，匆匆一瞥那座墳塋，他從生到死，都沒脫離過苦難中國的悲劇。

大風訊之後，尖風幾乎把屋外的人跡掃淨了，只留下連天的冰凍；我本身似乎抗不住那種寒冷，幾乎變成冬眠動物了。而在貝家酒舖裏，從貝老爹起，每個人都在活動著。貝老頭子總在天不亮時就起身，使屋外的冰雪搓著臉和手，然後便在冰蓋上打拳，打完拳就使長柄斧劈柴火，沉沉的劈木聲常把我從夢裏驚醒；幾個白俄孩子的經常工作是在清晨添柴餵牲口，而年輕的貝貝，總是到土稜背後的雪地去馳馬。

「你總得要活動活動。」貝老爹對我說：「一個年輕人，總不能整天依靠爐火過日子。在珠爾干這種地方，不定什麼時刻會鬧亂子，假如賊毛子來了，你還能安守著爐火不成？」

我自覺臉紅了，訥訥的說：「我實在，嗯，實在是……是……怕冷……」

「怕冷，怕冷，該說是越怕越冷。」貝老爹說：「早年在渤海南，咱們做孩子的當口，也常常聽人說起黑龍江，說隆冬時節出不得門坎兒，出去就會凍掉了耳朵跟鼻子；我在這兒待半輩子了，皮也沒被凍塌過一層。山裏的麒麟族人，穿一件空心大襖照樣行獵，在山頂上抗著寒風！怕冷可不是辦法，……你可會騎馬？」

「我對騎馬直沒門兒。」我說。

「打獵怎樣？」

「打獵倒是略通一點兒，」我說：「也只是獵獵小玩意兒罷了。」

「我必得告訴你，你若想在珠爾干活得舒泰些，騎獵是要習得精的；你看賊毛子再兇，他們卻不敢輕犯麒麟土族的山窩子，就是因爲麒麟人懂得衛護他們自己。他們平時公平和善，可就受不得欺侮，邊民們若是早學麒麟族那種樣，賊毛子就不會那麼輕易越界了。」

我認真思量過貝祿堂老爹的話，我實在感激他這樣對待我，我知道他所以這樣，一部份是由於他坦直的性格，一部份是他和我共處時內心湧泛的鄉情；也正因這樣，使我們在短暫相處中建立了很深的情誼。

當然，我極不願被嚴寒困死在斗室裏，夢醒時我想過，假如不是學堂還沒復課，我能這樣貪睡著，而讓上早學的孩子空等先生?!隔窗傳來的貝老頭子劈木聲，牲口的嘶叫聲，貝貝的炸鞭聲和牽馬聲，都像在慫恿著我。……但這些音響，這些慫恿，一轉側間，全又沉進我的夢裏去了；等我起了床，都是貝貝牽馬回來的時刻了。

「章先生，你真是付懶骨頭，」貝貝說：「往年苗叔叔住這兒，起得比寒雞還早，騎馬都騎到很遠的地方去，你爲什麼不騎馬呢？」

「我說過我不會的。」

「那就學著騎呀！你騎老灰，包你不會摔馬。」

「老灰?!」我說。

她卻抿著嘴，一路笑出去了。

七

在這樣寒冷但卻平靜的日子裏，我慢慢的習慣從冰雪封住的玻璃窗裏，熊熊爐火旁邊的一角小小世界中探出頭來；我驚異於貝祿堂老爹這種人，竟能站在家破人亡的悲劇的懸崖上，如此不屈的生活下去，並不常常陷入無望的悲傷。「人總是要咬著牙活下去的。」他說話時曾挫響他的牙盤：「人總要活得像個人樣！」當然，我並不能深入的了解他，我只能感覺到他活得有股力量。

即使是宗可笑的開始，我也學著騎老灰了。

老灰是馬棚當中的一匹老得不可再老的馬，無論飼牠怎樣好的食料，也難挽回牠的老態了。牠的外形原是很魁梧的，粗大的骨架分佈得很均勻，使人仍能摹想牠當年的神駿，但牠的膘早卸了，不像其它的壯馬那樣，薄薄的皮層下滾動著肉栗樣的筋球，使股肋之間暴突得欲迸欲裂；牠深灰的毛色失去了光彩和潤澤，鬆散、乾澀而又黯淡，長鬟上的散毛結成餅兒，雙耳木舉著，兩眼深陷無神，四蹄散而不併，沒有一般壯馬那種靈敏、機警和無盡的活力。

我看過牠後，曾跟貝貝說：「貝貝，妳竟會出主意，讓我騎這匹快要報廢的馬？」

「老灰只是老，」貝貝說：「牠卻是爺爺最心愛的馬，牠能聽懂很多話，也從不使性子，你騎著牠，像坐在安樂椅上一樣的平穩，有什麼不好?!……對初學騎的人，灰馬是匹難得的好馬．至少你不會摔進山溝，滾成雪球的。你要是肯騎，明早我叫你起床。」

儘管貝貝把老灰說得多麼平穩，而我初次學騎，卻真像熬刑一樣，尖風刺著人的眼眉，使我只能從眼縫裏窺看珠爾干冷寂的市街，不用人催的老灰，使慢步奔跑著，跟在貝貝的栗駒後面跑上稜脊去。

「你看！那雪原多美。」貝貝說，使鞭尾笑指著遠處，風掃動她皮斗篷邊上的獸毛。迎向曦微的晨光，那片從伊勒呼里大山朝西伸展過來的雪原，像傾潑般的洗著人眼，白雪柔化了重疊著的山峰的稜線，晨光從一道道閃光的稜脊上分開，滲入一望無涯的雪面，使無瑕的雪面泛出一絲青藍色來；重重的稜背上，戴雪的林木寂舉著，構成一種冰凝的沉寂的風景，更使人想到在未來冰消雪解的日子裏，冰凝隨之化去，它將會以怎樣的面貌躍進人的眼瞳。

我們在稜脊上奔馳著……

貝貝的騎術很精，她的栗駒是標準的呼倫貝爾產名馬，馳馬時，她是野性的，快樂的，沒有什麼樣的悲劇沉重的陰影能鎖住她朗霽的眼眉，這也許因爲她體內的麒麟族的血液在影響著她，使她成爲一個單純歡悅的生命。當然，她的祖父是那樣寵愛著她，那是極端自然的，那個寂寞的老人的後半生，除她之外，是一無所有了。

她磕動栗駒，拋開老灰朝前面奔去，晨曦的微藍的光閃撫在她的背上，栗駒奔馳得那樣快捷，那樣輕靈，響一路極脆的蹄聲撞過路邊的一排林幹，彷彿被那片水洗的晨藍裏托著，在雲裏飛翔一樣。轉瞬間，她去遠了，人和馬的影子在閃變的藍光中融和在一起，變成一個翔舞的、抖動的褐點，寒風中撞回栗駒嘷嘷的長嘶。另一個瞬間，她突又勒轉馬頭奔馳回來，熱氣在馬身上昇騰著，她急速的揚著鞭子，皮斗篷卸脫在肩上，露出她的黑髮，兩隻蓬鬆的辮子劇拍著斗篷邊上茸茸的獸毛。在遍被晨光的雪原上，她揚鞭策馬的姿影是一幅圖畫，那圖畫正是我沒到邊陲之前所摹想的，莽曠的背景中托起的一份野性的溫柔，但她只是一個失去了父母的孩子，她的美和她的笑，在我心裏卻撞出許多殘碎的悲愁。

我的世界在逐漸擴展著，當我能夠離開老灰馬，躍上另一匹馬背的時候，逢著略顯晴和的日子，貝貝會領著我騎馬去幾十里外的牛爾村，我們乘著馬，穿過額爾古納河岸斜坡上的樹林子，經過貝貝他爹和苗爾特的墳墓，我總懷著某種不幸的預感，直接感覺著橫在眼前的平靜的日子不會長久。雖然學堂復課的事情有了端倪，雖然貝老爹和貝貝給我很多溫暖，但我知道有太多的不平，太多的憤怒臥在這塊土地上，臥在我的眼前，使我有著遠憂。

我們到畢拉爾河口的牛爾村去，貝貝要帶我去看那兒的人捕魚，牛爾村的村民們所使用的奇特的捕魚方法，是我從沒見過的，畢拉爾河上早積了冰，只有在流注入額爾古納河口水流湍急處，冰層很薄，村民們將那裏稀薄的冰面打碎，橫著河身，使無數筆直的樺木交叉斜插成一種木欄，成斜十字形伸出在水面上約兩三尺的樣子，木欄的凹槽間，舖著草織的蓆子。

「他們就這樣捕魚的嗎？」我問貝貝說。

「就這樣。」貝貝牽馬走到河岸邊的草寮前，和一個著皮衣的老漁民打著招呼，那鬚眉皆白的老頭兒叨著短煙桿，坐在一堆乾草上晒著太陽。

「他們把畢拉爾河叫做魚窖兒，」貝貝拍拍乾草，示意我拴住馬坐下來：「就在初交冬後，他們就起窖兒了，」她坐在乾草上，微笑著，眼望著木欄。

「他們怎樣起窖兒呢？」我追問說。

「讓河裏的魚自己跳進凹槽裏來。」她說。

那個老漁民卻不厭其煩的告訴我；在季候溫暖的時刻，額爾古納河的魚群，因爲貪著畢拉爾河的水甜，都紛紛離開大河，逆著激流游進畢拉爾河來，他們一直游入畢拉爾河上游，靠近山泉處的峽谷石潭裏去產卵和繁殖。但臨到十月間，畢拉爾河面開始封凍，魚群知道危險，牠們必需爭著順水下游，進入額爾古納河，再游向黑龍江深水處去過冬，漁民們懂得魚類的習性，便攔河插起許多道交叉的一端舉豎在河面上的木欄來，魚群游至木欄附近，因水流在被密密排列的木段兒擋住去路，便想展鰭從空中飛躍過去，誰知水面上的凹槽把牠們托住了，使牠們凍僵在草蓆上。

「魚群爲什麼一定要爭著游回額爾古納呢？」

「封凍啊，人家剛剛不是說過了嗎?!」貝貝說：「畢拉爾河河水不深，臨到真正隆冬季，是要『全封』的——全封你懂嗎？——就是從河面到河底全結冰；你想想，魚群要是不及早逃開，到水溫高些的地方去，牠們就要被活活凍死在冰塊裏了。」

我笑笑，也只是笑笑，我心裏想著另外的事情；我想到敏活的魚群所遭到的悲劇，似乎還不及在這塊土地上生活著的人們爲重。魚群知道爲生存而易地，但活在邊地的人們，卻必須困守在自己的土地上，忍受異族一次復一次的侵凌，這真是一種悲慘壯烈但卻是無聲的戰鬥。

晌午的太陽光遍灑在畢拉爾河的冰面上，閃跳著耀眼的冰光，老漁民那樣安閒的坐著，把自己包裹在自己噴出的煙霧裏，風仍然是刺冷的，但並不凌厲，嘶的一聲接著嘶的一聲，有兩尾肥碩的銀梭魚從河面上飛躍起來，落在凹槽當中的草蓆上，最初還掙扎著，一刹之後就安靜的躺在那裏了。

「妳早先常來這兒看捕魚嗎？貝貝。」

貝貝轉側過臉來，用她的黑眼癡癡凝望著我，她那略帶棕紅色的圓臉像一隻精緻的盤子，滿盛著太陽一樣溫暖的表情。她點點頭，垂下眼睫，沉思地說：

「我七歲那年，我爹領我來過牛爾村，那時只是流冰季，還沒封河，他們在夜晚捕魚。……河兩岸全是火把，河面全映紅了。每當一群魚躍進凹槽裏去，兩岸的人就大喊著，搖動火把。我最記得那個夜晚，捕魚人送我兩條大青鱗，我爹用馬索拴著魚，要我拖著牠們，我們合騎著馬，回西北的礦區去，等我回到家，魚叫我拖丟了。」

「妳還常想妳爹不？」我說。

她點點頭，撫身折著乾草。

「我不是存心拿話傷妳的心，貝貝。」我說：「我只是不明白，在這種野蠻的地方，人怎能活下去的？賊毛子來一次，又一次……」

「我們已經盡力抗他的了。」她眨著濕眼說：「縣裏和旗裏都有衛隊和槍隊，礦區和民家也都有槍，但我們人手少，住得又散，每回賊毛子來後，吃虧的總是我們。你看見我家慘，還有更慘的……」

「就在牛爾村上，」老漁民接口說：「就有七戶人家的家小，被賊毛子剝光了衣裳，在冰雪上拖死的。」

我默然回望著那顆蒼老的頭顱，和他吐話時，滿佈皺紋的額上躍起的憤怒，心便被擲在烈火裏，有著劇烈的煎熬的痛苦。老漁民身後的牛爾村，正有些村舍是被火焚過的廢墟，如今卻成了他生存的背景。當蘇俄的十月革命初起的時辰，關內不正有無數人們深深關切過嗎？……關切過在舊沙皇暴虐統治下的俄羅斯的人們，無邊黑土中受苦受難的農奴，曾像撒種般的撒下他的希望而得不著一點兒收成，我們更從十八九世紀的蘇俄文學作品裏面，挖掘出許多珍貴的地上人們內心深處的盼望，那些偉大的文學靈魂恆以人道的悲情寫出全俄羅斯被埋葬的悲劇中所躍起的精神，他們盼望著一個新的太陽昇起，以代替那些苦役、放逐，奴工、和以路爲家的流離……我們確然憎惡著沙皇時代暴虐的政體和歷史中血腥的侵略，但我們仍以關切投給俄羅斯地上受苦難愛自由的人群。「十月革命」不是那樣的太陽，只是一種黑色的魔性的幻影，——新政權辜負了鄰國的關切，反爲我們帶來了更大的災難。從我親眼看見的墳裏，從邊地人們的眼神中，從緊鎖著的一些眉影上，從一處處火跡猶存的廢墟間，我確定了這些。

我們回到爐火邊時，我和貝祿堂老爹正面的討論到這些。但老人並不表示什麼，他只重複的說著：「我們當然要活下去，活得像人。」

活得像人，我知道他所說的意思，在珠爾干，誰都知道他是個好獵手，他的槍法是遠近知名的，每次賊毛子犯境時，他都曾領著店裏雇用的麒麟族人，力抗著從額爾古納河那邊來的野蠻的傢伙。爲了抗禦賊毛子，他幾次負過槍傷，胳臂上、腰脅間，仍留著疤痕。賊毛子來掠礦區，殺死他的兒子那天，在額爾古納河岸的林裏，他捕捉到一個落馬的賊毛子，那人和他的兒子同樣年紀，是個被抓來幹邊防隊的農民；珠爾干的市民要吊死他，吊人的巨索已經打妥了結，垂掛在樹椏上了，那人跪下來，扯著貝祿堂老爹的靴筒哭號著，聽說他的老母和家小的可憐情境……他釋放了那個人後，卻接到他兒子慘死的消息……

「咱們中國人只懂得在危難當頭時衛護自己，超過衛護的野蠻事，咱們是幹不出來的。」

貝老爹說：「說來說去，也就是這麼回事了……我兒子雖死了，我並沒懊悔我放了那個人，我說的是真心話，我只是對殺人和被殺都感到厭倦了。厭倦儘管厭倦，可當危難來時，人總得護衛自己。」

貝老爹說這話時，聲音是徐緩平和的，並不含著太多的憤怒和激動，只是在他蒼老的眼裏，略現一絲黯影。因此我看出，在憤怒激動和悲沉之上，在仇恨之上，他建築了更穩固的東西……

「罪不在那些窮毛子們，」他說：「只消望望額爾古納河那邊，你就知道西伯利亞有些什麼了？他們只有冰封的黑土，千里相連的烏拉草，那些農奴、流浪者、礦工和討乞人，他們有些什麼?!在沙皇年代，他們只是些渾蟲，成群大陣的生在路上，死在路上，若不是新俄政府慫恿他們，他們怎會明目張膽的越界搶掠……這些人，他們似乎忘記了他們上一代人被沙皇逼壓的慘事，河岸這邊的錢財使他們忘記了該記的事情，剛脫去流徙犯的號衣，剛卸去終生流浪的皮捲兒，那些人就被慫恿著，扔去了他們做人的良心！那些人，在我們土地上所做的，正是他們祖上所受過的……是『十月』革命把他們革瘋狂了！」

真有一種厭倦昇起在老人的臉上，他打了個呵欠，要貝貝替他取酒來。彷彿他想把額爾古納對岸的喊聲抖脫一樣。

「老爹，」我說：「您這把年紀，也該養息了，你不能離開這兒，帶著貝貝，回渤海南的老家去麼？——我的意思是說，邊地該由年輕力壯的漢子來開拓，承平也罷，混亂也罷，下一輩人自會學著保疆守土的……」

「不！」老人說。

他只說了一個字，便喝起酒來……

八

在珠爾干城，冬天的後面仍然是冬天，每一場風訊所帶來的嚴寒都彷彿加在一起，壓逼著所有的生物。大雪降落著，使人放眼看不著市街的屋頂，只是一片波浪般的連綿的雪邱。每戶的屋簷下，乳石般的冰凝垂掛著，連窗洞都被厚重的草簾封實了。

學堂復課的日子決定了，但校舍破損的部份無法重建，各種想像之外的困難困擾著我。對於工作上的困難，我倒有克服的自信，而對這塊邊土上所隱伏著的悲劇，卻使我的精神始終得不著寧靜。在許多白天，我嘗試著儘量把我的生活和邊民們的生活連接起來成爲一體，我和貝貝並轡到採礦區去，也到過一些襤褸的白俄人聚居的木柵子去，更和一些邊衛隊裏的豪強的漢子談過抗禦毛子的事。在夜晚，除了和貝老爹對飲，爲貝貝談說些關內的故事之外，有些時候，也會到額爾古納河岸去，看當地的漁民使用另一種奇異的方式捕魚，——他們只消在冰面上鑿窟，在冰窟四周圍插火把，魚群就會匯集到冰窟下面任憑捕捉了。……我熟悉這些，進入這些，總也是徒然的，因我仍無法了解邊民們的精神真質。在賊毛子帶鐵的馬蹄下面，在斯拉夫蠻人的槍口下面，在死亡的絕壁緣邊，他們存活著，他們精赤著胳膊在地心採礦，揮著獵犬在雪野上呼號，他們在火燒的廢墟前捕魚，在冰封的河面上歌唱，……他們並沒標示出「勇敢」這種字眼，也沒提及過「戰鬥」，他們只是生活著，赤裸裸的生活得像一個古老中國的邊民，他們抗禦賊毛子，同時他們盡力收容著那些淒苦流浪著的白俄人。我無法了解這種巨大的生活力量的來處，因它深深潛藏在民族歷史的脈流裏面，紮佈下無數穩固的根鬚，學習它並不靠理性和智慧，而需在長長的時間裏投入我整個生命。

至少，逐漸習慣這種寒冷的季候，正是我學習的開端。我知道，在戶外抗寒的唯一方法就是持續的運動，而馳馬實在是一種最良好的全身運動，由於善騎的貝貝那樣熱心的幫助，以及老灰馬的溫和穩沉，使我在極短的日子裏能夠馳馬了；當我自覺不至摔馬時，我便想到嘗試狩獵。

「在這兒，行獵可不是一件輕鬆的事兒，」貝老爹對我說：「這全不像在渤海南，平原上的獵隊，……牽著獵狗，架著蒼鷹和兔虎兒，消停的獵著些小玩意兒，這兒的山區裏，在這種季節，只有大黑熊、雪豹和野狼，全是些兇猛的傢伙，不懂得獵法的新手，往往獵不著什麼，反丟掉性命……也有些獵手專門獵貂，出售珍貴的貂皮圖利的，也有些進入深山獵鹿的，但這並不是獵鹿的季節。」

「當然……當然我要先向您請教些獵法的，」我說：「就像我學騎時，凡事都請教貝貝一樣。」

貝老爹聳聳肩膀。

「這跟你學騎不同，」他說：「你學騎，因爲你已經騎在馬上，她告訴你騎法並不要緊，要緊的是你自己的磨練；而射獵，你永遠也無法坐在爐火邊想自旁人嘴裏學到什麼，你懂罷？……正像一個怯於下水的人想在岸上學會泳術一樣。我必得告訴你，在習獵之前，定要練準槍法，槍法有了九成準頭，你才配談到行獵。」

經過這樣的教訓，無論貝貝再怎樣以行獵的故事挑動我，我也無法真的去嘗試行獵了。貝貝是珠爾干城少數進過高等學堂的女孩子，野獷的言談裏含著一份詩情，而那份淡淡詩情中所蓄著的悲涼氣氛，也許是她所不解的，可聽在我耳中，感受就深了。

也不知怎麼的，她所描述的獵野，常在我混亂的夢境中重疊的呈現著，我夢見一群披著獸皮的麒麟族的壯漢，以八九支粗實的長竹桿圍困著一頭威猛的大黑熊，——也只有麒麟族人有那麼大的膽量，敢使出這種絕技和大黑熊正面相搏。——長桿手暴聲吶喊著，端平長桿圍住黑熊，大黑熊憤怒起來，捲動前爪人立著，撲向桿端挑著的衣物，長竿光滑而富彈力，一撲撲空了，正待追撲過去時，另一個長竿手又搖動長桿，誘使牠改撲另一個方向……這樣要命的戲上演中，飛刀手出現了；飛刀手通常由一群人中最強壯最敏捷而又善於擲刀的漢子擔任的，他穿著鹿皮的緊身馬甲和扎腳褲子，足登輕便的軟靴，腰間的寬皮帶上，滿插著雪亮亮的短柄飛刀。當大黑熊挺身人立，正欲猛撲長桿尖端挑著的衣物那一剎，飛刀手從雪地上疾滾上前，在不到兩丈的距離內擲出飛刀，大黑熊全身滿是堅韌的厚皮，飛刀不足致命，但只有一處弱點，那便是牠頸下部份有一撮白毛的地方，飛刀手必須要將飛刀擲進牠的頸下前方，牠才失去反抗。……我又夢見那些進入深山的獵鹿人，——往往都是些深具行獵經驗的老獵人，他們知道鹿群喜歡聞嗅鹹土的氣味，便在秋林空處事先撒佈大量的鹹粉，以人工造成一座誘鹿的鹹場，另在鹹場附近，地形隱蔽，射界開闊的地方挖掘壕溝加以掩蓋，獵手在獵鹿前數天，就每天淨身，勤換衣物，忌食蔥韭之類的物品，恐怕伏身在鹹場附近時，被嗅覺極靈的鹿群嗅到生人的氣味，急行驚遁。……

貝貝的聲音仍在夢的邊緣懸掛著，許許多多的零星的形象在重疊，在交現，在旋舞，在幻變，忽然在明亮中凝固了，再不是黑熊，梅鹿，而是一片透明的冰凍，凍住了無數顏彩斑斕的魚群，仔細凝視時，又不是魚群，而是一些清晰的人臉。戴猞猁皮帽的獵手老哈，嘴角溢血的苗爾特，睜大灰瞳的老霍爾巴，叢髯怒張的貝老爹……全在裏面，全在裏面，旋復有濃霧瀰漫在冰層上，那不是濃霧，而是一些衣衫襤褸臉帶饑容的白俄人狼狽奔逃的影子，活動著的生存的黯形，像霧一樣的飄著。霧散後，冰面移動，旋轉到另一面來，一條極美的魚抖化後，推現出貝貝石塑般的臉來，那張臉是那樣明亮清晰，連鬢邊顎下的細小汗毛和硃紅痣都看得異常分明，遠遠的金礦區，稜脊上的雪原，遠遠的襯映著她的臉，粗看上去並非是真實背景，而是冰層背後遭受擊打所產生的一些裂痕。

那張臉是生動的，沒有笑容，也沒有悲愁，她微帶褐紅的前額和兩頰上，有著迷人的野性的溫柔，她一隻漆黑的眼瞳是兩座無比深沉的黑潭——生命有多深，它就有多深。但那張臉再沒有一絲溫暖存在了，因它被凝固在透明的冰凍裏面。

「貝貝！貝貝！」我叫喚著，彷彿像要在絕望中召回一個世界那樣，聲嘶力竭的叫喚著。她不動，也沒有回音……

我陡然驚醒了，寒雞在黑夜裏淒涼的啼喚著，世界像也曾死過一樣。

我盡力回思著夢境，一再詢問自己；是否在潛意識裏已經愛上貝貝了？有一個遠遠低微的聲音回答了一個字，但理性的思緒斬斷了那聲回答，冷冷的警告著自己那是不可能的，那只是潛意識積壓的反射過程中所呈的夢境！

是的，那是不能的，這塊土地已經不是我早先摹想裏的邊疆，沒有婆娑的舞與軟軟的弦歌，沒有大漠中英雄美人的故事，沒有一筆畫意和半句詩情……這兒只是一片荒冷的地域，埋藏著無數未經開發的資源，這兒的人們行走和站立在地上，不但要忍受酷寒，還要忍受俄羅斯人所贈與的人爲災難，在雙重重壓下，他們赤裸裸的祖示著作爲一個中國人所應具有的生存態度。

我不可能戀上貝貝，把她從那寂寞的老人的身邊攫走，我更不知自己在未來的悲劇裏將擔任何種角色？我既不能因著私愛，割捨了珠爾干的苦難，帶她到關內去做一個苟安者，又不願因著私愛而留給她更大的悲傷——如我有一天，也像苗爾特那樣葬身在地層下的時候，她將怎樣?!……理性的思緒儘管像這樣演繹著，但在同時，我心靈深處正有著同樣強烈的吶喊，是的，我必須，必須在冰冷的現實之前，默認我確是愛上貝貝了。在我全部的生存經歷中，我尚沒有遇上另一個女孩子，像貝貝這樣真純，她無羈的存活在悲劇之上，展示著她純然的生命，她馳馬，她狩獵，她敢愛敢恨，她有著她的生活和她的憧憬……她活在屬於她自己的土地上，沒有任何強權，任何種暴力配摧殘這樣真純的生命，除非他們根本沒具有人類所應有的良心！……記憶捲佈開這一段共處的回思，我的生命以莊嚴的撼動把單純理性所構成的片面思緒淹沒了。

我愛她！我愛她！像額爾古納解凍那樣，我全心湧起復活了聲音的波浪；她在馬背上馳騁的姿態，她在爐火邊沉思的側影，她在畢拉爾河畔初見一尾銀鱗躍起的歡悅，她在白俄聚居的木柵子中，看視垂危的老白俄時眉尖鎖著的憐憫，她全身放射著青春的氣息，她野獷矯健的身體和她略帶自然悲涼的詩心，都浮流過來，融入我輕輕呼喚著的聲音。

但在天明之後，冰冷的理性仍然戰勝了我的情感；連貝貝本身都不會了解，為什麼我會突然決定搬離溫暖的貝祿堂酒舖，孤單單的回到像冰窖般的學堂一隅的小木舍裏去。

貝老爹爲這事發我一頓脾氣，過後又送我一匹馬，那正是貝貝最心愛的小栗駒。

當然，一個人欲想以單薄的理性控制本然的情感，是極端痛苦，極端困難的，我並非因此就不愛貝貝，只希望隱忍著，把這種情感永遠埋葬心裏，而以它鼓舞我，更愛這塊邊陲的土地和土地上活著的所有的人們，我應當學習護衛他們像護衛貝貝一樣。

九

學堂終於在冰雪停時復課了。

在珠爾干城居民的眼裏，那是一宗重要的事情；當晴天的白晝，有很多邊民在河岸邊的林裏選材伐木，叮咚有致的斧擊聲此起彼落的遙遙相應著，激盪在寒冷的大氣裏面，他們自動的趕來，幫助修補殘斷的木欄，重建毀於火劫的校舍；伐木聲中，有著強韌的生命力量使大氣中充滿活力。

另兩位將從海拉爾北上的教員還沒有到達，但我必須獨立撐持著，使學堂按時復課，縣教育當局爲了使我的工作能夠順利進行，從珠爾干本地聘請了兩位高級學堂的畢業生，幫助我教授初級的學生。我接到名單時，赫然發現其中之一正是貝貝。

「妳不在酒舖裏幫忙？卻願到這兒來？」我對來校的貝貝說：「妳對猢猻有趣嗎？」

「我對很多事情都有興趣！」她說。

她明亮的黑眼裏所放出的真純的光輝籠罩著我，使我苦心掙扎歸於白費，而她並不知道這些，她只是按照她的心意生活著。在這所學堂裏，各班共有一百多個學生，包括珠爾干當地籍居民的孩子，蒙旗移居來此的孩子，礦工子弟，以及少數經商的白俄的孩子。貝貝爲他們編班，分發課本，更使他們從混亂中歸入秩序。她總是那樣微笑著，即使在陰雲之下，她的笑容也帶給人以晴天的感覺，她黑眼裏的真純的光輝，同樣籠罩著他們。

季節以極緩的速度推移著……

春天還沒有來，但額爾古納河上的邊風不再像早時那樣尖寒了，滿野的積雪緩緩消融，樺木和冷衫的樹幹恢復了潤澤，捲起的樺皮和粗糙的松皮都染上黝黯的顏色；天空的變化更爲顯明；原是凝結著的龜裂的硬雲變軟了，再難看見角稜稜的裂隙，而換成一種慵困的柔軟的形狀，在風裏飄游著，沉凝的墜向四處天腳，使天頂顯露出一些井口般的空藍。

「解凍季快到了罷？貝貝。」

「你是指開河？」貝貝說：「還早著呢。」

我們坐在木舍前的木製方臺上，殘雪圍繞在我們四周，學生們在雪地上嬉遊著，不時迸發出歡悅的喧笑聲；林梢那邊的太陽穿雲走，一息兒黯淡，一息兒光亮。木舍一邊的馬棚裏，小栗駒正跟貝貝騎來的黑馬磨擦著頸和耳，發出鼻聲和一串因愛悅而起的短嘯。

春天雖然還沒有來，但我覺得春天已落在貝貝的笑靨上了。我正想說些不著邊際的什麼，用它切斷我的遐思，但我從木欄的尖齒上看見一群披著麻布的白俄孩子，正蹲在積雪的墳頂上，用羨慕的神情望看學堂裏面的歡樂的小天地。

「看那些孩子，貝貝。」我指著說。

貝貝正在看著他們，他們小小的圍聚著的影子出現在貝貝的眼瞳裏，他們襤褸的身影背後，是額爾古納河對岸、西伯利亞無人的荒野和灰雲瀰漫的龐然的天空。他們也許是誕生在那裏，或從他們的雙親的嘴裏，知道那裏是他們的家鄉，這些俄羅斯的無罪的精靈們，必須要跟著他們的上一代一起走入流浪的命運。他們不能從額爾古納河的冰面上走過去，阻擋著他們的，不是地域，不是國界，而是赤色俄羅斯的邊防騎兵的槍口和刀刺。他們並不欲穿過森林與河面，走回他們的鄉土去，他們卻背朝著那塊土地，他們背朝著那塊土地，並不因那邊土地的自然的荒涼……貝貝那樣深深凝視著那些孩子，笑容仍掛在臉上，兩眼卻瑩瑩的濕潤了——像林木初初懷有了春天，她兩眼的光輝黯淡下去。

「妳在想著什麼？貝貝。」

「他們應該唸書。」她說：「都正是進學堂的年紀。而他們必得來林裏撿拾柴火，使他們的破屋暖些，亮些，他們不能來唸書。」

「如果學堂免費收容呢？」

她寂寂的搖搖頭：「不光是唸書，他們還要生活，他們正唸著他們自己的生活。……我爺爺自我小時就這樣告訴我的。」

校園裏歡樂的孩子們擲著雪球，喧囂著，木欄外的幾個白俄孩子站起來走了，他們走過來木舍前的雪路時，貝貝朝他們搖著手。他們看見了，回以無邪的純良的笑容。……「這不是國勢強弱的問題……」苗爾特的聲音使我設想到，如果有一天，一輪黑色的魔日昇起在我們的土地上，以魔性的瘋狂力圖掩飾它殘暴的本質，而使一些人盲目的歌讚，盲目的湧集，而使另一些無辜的孩子們背向著它時，又將爲我們的民族造成怎樣一種可悲的情況?!

「你又在想著些什麼呢？」

「做夢。」我說，無聲的嘆噫著。

「你有好些日子不去我們那兒了，章先生。」她忽然問說：「我一直隱忍著沒問過；你爲什麼突然搬離酒舖，獨自住到這兒來呢?!」她說這話時，略略的歪起臉，一隻辮梢從肩上滑落，在她胸前搖盪著，她的臉上帶著半分困惑和稚氣的神情。

我的手指在羊皮手套裏不停的敲打著膝蓋；叫我怎樣回答她呢?方臺像是一片誘鹿的鹹場，她是一隻美麗的牝鹿，悠遊在她自己的天地裏，我能使用「貝貝，我愛妳」這樣的字眼驚遁她眼瞳裏的真純嗎？

「我……我只是，」我訥訥的說：「只是想學著習慣孤獨和寒冷……我也希望多看看那邊的墳墓。」我的話，後一句是真的，前一句卻是善意的謊；而她聽著，臉上卻恢復了笑容。

「你不知道我多麼喜歡聽你講關內的故事，講渤海南……」她朝天仰起臉，望著片片飄向南方去的雲，眼裏籠著夢幻的光。

「妳爺爺一定跟妳講過很多了。」我說。

「告訴我，出關後，人趕旱走，真要經過多狼的山谷嗎？……爺爺還說有好些沒人煙的沙海和石海，當我纏著他，要他帶我回老家時，他就說這些，就嘆氣。」

「當然，」我說：「在幾千里長的路上，這些都會有的，但這些擋不住人，像我，不也是趕旱從關內走到這兒來了嗎？既有人來得，就有人去得……那時妳年紀小，妳爺爺只是拿話嚇唬妳罷了。」

「不，」她說：「有一回我夢裏夢過，爺爺他講的狼谷，沙海和石海，也夢見他講的大山，山頭舉在雲頂上，夢見我在雲地上走，一天又一天的走著，狼在嗥叫著，石海在我眼前滾動著，全把尖稜舉著，風吹起沙海上的沙子，天和雲都變成黃的，而山還是那麼遠……一直過了很多年，我想起來還很害怕。我總想，總想回到渤海南老家去看看，但總怕路會像夢裏那樣長！」

「不會的，」我說：「夢只是夢罷了。」

而這話明明是警告自己，夢只是夢罷了！一直到上課鈴響，我始終沒吐出一絲心意，夢只是夢罷了，但我終歸是個平凡的有血氣的人，終有著愛和被愛的慾望，如果我能離開貝貝遠一些，或許能用時間沖淡我的痛苦，而貝貝無意造成了朝夕共處的局面，實在使我常有經不得煎熬的感覺。

爲了發洩這種積鬱，當學堂散學，貝貝騎著黑馬回家之後，我就趁著黃昏欲去的時辰，解開栗駒，在沿河的廣大斜坡上疏林間馳馬，我幾乎是毫無理由的急鞭著馬，閃過雪地、林木和散落的墳塚，跳越過化雪時露顯出的溝泓，在天地逐漸冥合中，聽馬蹄疾速敲響，彷彿像乘著一片雲，飛進一片只有愛心而無慾望的聖境。我在策馬飛馳時想到自己，也必須在理性鞭策下，生活得像老哈、霍爾巴、苗爾特和貝祿堂老爹那樣單純。

但自然所安排的命運是無法預知、無法抗禦的，我竟然摔馬了，當我能回憶起我是如何碰著樹枝而摔下馬背時，我同時發覺我頭部枕在雪袋上，而貝貝的手正按在我的額上。愈是想掙脫什麼，它愈接近你，這一回，在燈光下面對著貝貝的黑眼，我是再也無法躲避的了……

「你醒了！」她喘著氣，用滿懷喜悅的聲音說：「你終於睜開眼來了?!」

我嗡動幾次嘴唇才勉強吐出話來：「我傷了嗎？」

「何止是傷了，」她微微嘆著說：「你已經昏睡了兩天啦……醫生說只傷了肩骨，只要人能醒過來，腦子沒受內傷就不要緊，你爲什麼在天快黑的時刻騎馬，又奔出那樣遠的呢？天全黑後，栗駒空著鞍奔回學堂去，老校役跑來說你不見了，我們舉著火，跟著雪上的蹄印，在幾里外的林裏找著你，當時全以爲你……」

她說著，忽然噤住了，我知道，她極力避著提到一個「死」字。

「天……黑……了……」我說。

她爲我扯起被角說：「已經半夜了。」

「去睡罷，貝貝。」我說。

她搖搖頭，仍然在燈前坐守著，燈燄在我虛弱的眼裏忽遠忽近，忽近忽遠，迸著光刺，拖著芒尾，放著花，疊著塔，構成一環靜謐而甜美的彩色世界，那世界所映亮的，只是貝貝的一張臉，我所夢所思的眼眉，慢慢的，夢像雲絮一般，柔柔的，軟軟的，無聲無息，一絲一縷的飄過來了，但我眼中的實境仍沒消失，它就緊緊的挨靠在我的身邊，這種無聲無慾的愛情的甜美，只有在詩裏才能覓得，我覺得我並非只愛著貝貝，我是在讀著一首詩，一首響在邊民們生活當中的詩，有著極深沉的愛和極高潔的情操，我雖沒向貝貝吐出被一般世俗人用濫了的「愛」字，然而我知道，我已經像擁有一首詩那樣，擁有了貝貝的精神。

十

說是春天已經來了，我卻看不見春天。

我的腦部在摔馬時僅受了輕微的震盪，經過兩週養息，已經能不費力的思考問題，但我的肩胛和足踝，卻仍然把我的行動限制在酒舖裏，即使從臥室到客堂，也非得貝老爹和貝貝攙扶不可。

在白天，貝貝仍騎馬到學堂去，爲孩子們授課，每晚回來，總要告訴我一些我想問的事情；野地上的殘雪快化盡了，兩位從海拉爾來的教員也來了，苗叔叔的墳上生了草芽，孩子們都很乖很好。

我很想要自己的傷勢早些好轉，好讓我早點回到外面的世界裏去，那世界是我和貝貝共同熱愛的，但我不能。我不能分享貝貝的快樂。

「快化凍了罷，——我是說開河。」

「還得一段日子。」貝老爹突然用比較沉重的語調說：「我盼望你的傷能快好，因爲每年開河前，賊毛子都不會放過機會，說不定會大隊越界來洗劫，我希望你能掄動槍。——你不是說要學打獵的嗎？這是最好的機會。我舖裏新雇了兩個麒麟族的獵手，他們的獵法比我更精。」

「我當然希望抓住這樣的機會。」我說：「但我卻擔心學堂裏的孩子們。」

貝老爹的話應驗了；賊毛子這回越界時，我的傷勢還沒有全好。……他們是趁著黃昏橫越過額爾古納河冰面，向珠爾干城施行猛襲的；誰也不知他們來了多少騎兵？只聽見好多支銅號吹響著，與珠爾干邊衛隊的螺角聲捲擰在一起，嗚嗚的銳響中有著奇異的慘愁，一把火似的把天全給煮紅了。

槍聲在各處暴響著，霞光潑在市街上，我們的邊衛隊掄著纏紅布的大刀，端著舊式的銃槍奔著搶佔隘路，企圖以單薄的火力和肉搏阻塞住賊毛子們的衝鋒。驚惶的市民們紛紛逃進住宅，家家響著槓門聲。

而馬隊仍然衝過來了……

賊毛子的馬隊，比我前次在布洛都路衣雪野上所見的不知要多多少倍，馬蹄聲捲在一起，使人腦門都感覺暈眩。一處地方起了火，另一處地方也起了火。馬蹄聲得得的滾轉著，隨著蹄聲，使人產生一種大地也被蹄聲牽轉的幻覺。貝老爹和我，以及幾個麒麟族人都扼守在貝家酒鋪的木樓上，地當高坡升起處，能看得見賊毛子攻入市街的馬群。

「這哪裏是少數賊毛子越界行劫?!」我說：「老爹，這不單是行劫，這是他們有計劃的犯邊，看樣子，至少有一旅人。」

「不論他們是行劫，是犯邊，是一旅，是一師，咱們打他！」貝老爹說：「像咱們早先談過的獵熊一樣！」

他舉起槍，瞄準一匹衝向高坡的馬，槍響後，馬背上的俄兵仰落在街上。黑煙在火燄上捲滾著。又一匹馬從酒舖飛掠過去。一個麒麟人在我身邊擲出飛刀，嵌進那個俄兵的脊背。一些居民從著火的屋中奔到街上，馬力斯快槍把他們全在一刹間變成鮮血流迸的死屍……

激戰就這樣慘烈的進行著，夜幕逐漸蓋落下來了。

我忽然想起那邊的學堂來，因爲我看見河岸邊的火光，學堂還沒放學就被賊毛子的攻擊隔斷了，孩子都留在那裏，貝貝既沒有回來，一定也羈留在那邊。我有著一種強烈的感覺，覺得賊毛子無端縱火焚燒校舍，迫害手無寸鐵的女教師和一些無辜的孩子們！這種堅信使我忘記了肩膊上的傷痛，忘記了賊毛子的來勢和我們艱危的處境。我奮戰著，拚命的放槍擊殺馬上滾動的俄兵，想到樓下去牽出我的栗駒，趕到那邊去。

但這種想法幾乎是絕望的，俄兵太多，所有有槍反擊他們的地方都被圍了。貝老爹也看見西邊學堂起火，他只是咬著牙，不停的放槍。一些火把扔上木樓的屋頂，至少有廿多匹馬三面困住貝家酒舖。煙味嗆著人的鼻孔，木樓也已著火了，貝老爹還在放著槍，使舖前街道上橫滿俄兵的屍體。

一個擲刀的麒麟人中了彈，從窗中直摔出去，落在一匹閃過的馬背上。一排馬力斯掃斷幾支窗櫺。貝老爹的頰上被子彈擦過，迸出血光。

惡毒毒的煙霧捲騰過來，熊熊的火舌舐著身後的梁木，使人周圍的空氣溫暖得真像是春天，在床榻上，在睡夢中，在囈語裏，我曾那樣的渴切盼望著春來，曾夢過冰河解凍，春草怒茁，讓我從甦醒的野地上擷取鳥鳴，聽一聽邊陲的自然在溫風中抖出的靈韻……但真實的春天就是這個樣子；斯拉夫蠻人在滾動的馬上像野獸般的咆哮著，大火使許多屋脊啪啦啦的朝下陷落，壓住更多縮結的狂號，雲是紅的，煙是黑的，街巷間遍橫著人屍和臥伏在血泊中的馬匹，一面血紅的刀斧旗幟在街口飄揚起來，馬力斯槍彈像飛蝗般從頭頂掃過，使木壁上平添無數蜂巢似的孔穴，春天的感覺燒炙著我的脊背，即使這並非是我和所有中國的邊民所盼望所需求的，我們也必須揹負它，以加添我們生命的重量。

面對著失去人性的蠻人，生活就是這種樣子。

「你說對了！」貝老爹說：「這回他們不是越界行劫，這是佔領。——早先他們洗劫，從不舉旗子。」

「珠爾干完了。」我說：「賊毛子騎兵多過我們槍隊十倍，而且他們正源源過河，……這兒著了火，我們只有三個人了。」

貝老爹不作聲，又舉槍射落街口處一個扔火把的俄兵。

「我們得去找貝貝，」我說：「她和那些孩子，全陷在那邊的火窟裏。」

他這才舉目環顧著。很顯然的，賊毛子的騎兵把貝家酒舖當成重要的目標加以圍困了，我們據守著的木樓燒著火，處在絕境當中。

「退走罷，老爹。」我說。

他搖搖頭：「我就留在這兒了！你們快走，……要是貝貝還活著，我把她交托給你，記住，讓她看看渤海……南……」

沒有時間讓我再多說什麼，屋梁帶著狼牙般的活動的火燄陷落下來，把老人隔斷在火燄那邊，隔著火燄，蜂湧的賊騎閃動著圍逼過來；那個壯碩的麒麟人把我推落到一堆乾草上。

若沒有貝老爹的死抗，我們根本無法脫身，我們兩騎馬從舖後的林中西竄時，酒舖的最後抵抗還在持續著。在火光微弱的黑夜裏，很難分出敵我，到處都是槍聲，到處都是馬群奔突的影子，我和那個麒麟人在半途散失了。當我馳馬到斜坡上的學堂時，那裏的焚燒和屠殺都已完成了，有一些學童們曝屍在火場邊，有一些被扔在木欄的尖齒上，在一棵粗大的杉樹邊，我找著了貝貝，她匍在樹根上，背上流著血，賊毛子的一把長刀插入她的後心，刀柄還在彈動著；我翻轉她餘溫猶存的身體，才發現她懷裏緊抱著一個初入學的金髮的白俄孩童，那孩子在死前曾被火灼傷過，臉和背上，全留有可怖的烙痕。

學堂的木舍仍在猛烈的延燒著，不久之前，熱心的居民們曾在這片林野間辛勤的伐木，叮咚的斧擊聲依稀在耳，但都在今夜，在我的眼中化成灰燼了。

火光染著貝貝的臉，紅紅亮亮的眼眉正像我在夢裏，在透明的冰層中所見的樣子，長長的睫毛把她黑瞳裏亮著的世界關閉了。我擁著她，只覺得寒冷。

「我愛妳，貝貝！」我說。

但她再也聽不見了……

十一

我是被額爾古納右翼旗赴援的槍隊救離珠爾干的。四天之後，連那裏也陷落了。我跟著奇乾、室韋各地的殘部撤回海拉爾市，但海拉爾也駐滿了俄軍。

當然，進入海拉爾這座省城的俄軍比較裝得文明些，僅以滿州里一部份中國獵人焚毀俄國海關事件爲藉口，開進大隊的騎兵來搜捕「兇」犯；當他們達到目的時，便退回滿州里邊界去。他們從不提呼倫貝爾北部的入侵和兇殺事件，彷彿一點兒也不知道珠爾干曾發生了什麼，即使知道，也認爲是極端自然的「微小」事件，就如同他們在海拉爾所作的——把十幾顆人頭吊在車站上，其中有一顆正是老霍爾巴；我很快就認出他白髮稀疏的頭，和死灰色的透明得像玻璃球樣的眼珠。

「這個猶太人犯了什麼罪呢？」

「聽說是老毛子指他藏匿在滿州里火燒俄國海關的主犯——獵人老哈。」人群裏有人議論著。

而老哈的頭顱不在其中。

我知道老哈那種人，他會幹的。——只要他的頭還連在頸子上的話，他自會用獵熊的方法獵取斯拉夫蠻人的頭顱。

額爾古納河終於開河了，在夜霧中響著驚天動地的裂冰聲，額爾古納河的河水挾著冰塊淌流著，流不盡邊陲地域的故事，它述說那些故事，它流著呼倫貝爾這塊大地的眼淚，當珠爾干屠城的血水流進河中時，我們大地所流的淚也變成紅的了。——而那將是一種真實的歷史，再沒有什麼樣的暴力能搖撼它了。

國家圖書館出版品預行編目資料

遇邪記／司馬中原著.— 初版 —
臺北市：風雲時代，2009.01
面；　公分

ISBN 978-986-146-514-2 (平裝)

857.63　　97021926

遇邪記

作　者：司馬中原
出版者：風雲時代出版股份有限公司
出版所：風雲時代出版股份有限公司
地　址：105台北市民生東路五段178號7樓之3
風雲書網：http://www.eastbooks.com.tw
官方部落格：http://eastbooks.pixnet.net/blog
信　箱：h7560949@ms15.hinet.net
郵撥帳號：12043291
服務專線：(02)27560949
傳真專線：(02)27653799
執行主編：朱墨菲
美術編輯：許芳瑜

法律顧問：永然法律事務所　李永然律師
北辰著作權事務所　蕭雄淋律師
版權授權：司馬中原
初版二刷：2010年11月

ISBN：978-986-146-514-2

總經銷：成信文化事業股份有限公司
地　址：台北縣新店市中正路四維巷二弄2號4樓
電　話：(02)2219-2080

行政院新聞局局版台業字第3595號
營利事業統一編號22759935

定價：220元